# TEUFELSKINDER

SCHWEDENKRIMI

ANA DEE

# WIDMUNG

Für meine Leser, die sich darauf freuen, wieder ein neues Buch von mir lesen zu können. Die mich ungeduldig fragen, wie es mit Linnea und Erik weitergeht, die mir nette Mails schicken und Interesse zeigen und mich dadurch unglaublich motivieren. Lieben, lieben Dank dafür.

# ANMERKUNG

Auf das in Schweden übliche Duzen wurde zugunsten der Lesbarkeit verzichtet.

Die Geschichte sowie sämtliche Protagonisten, Institutionen und Handlungen sind in diesem Roman frei erfunden. Ähnlichkeiten mit realen Personen sind rein zufällig und nicht beabsichtigt. Wo tatsächlich existierende Orte erwähnt werden, geschieht das im Rahmen fiktiver Ereignisse. 

# PROTAGONISTEN

- Linda Sventon – Kommissarin
- Lillemor und Elina – Töchter von Linda Sventon
- Jörgen Persson – Kollege von Linda Sventon
- Alex Berg – Fallanalytiker
- Karl Lund – Rechtsmediziner

- Helene Beck – Freundin von Linda Sventon
- Frederik Beck – Ehemann von Helene
- Inga Olsson – vermisstes Mädchen
- Mette Olsson – Mutter von Inga
- Birger Olsson – Vater von Inga
- Luisa und Krista Olsson – Schwestern von Inga

# 1

Leon und Mikkel hatten ihre Schaufeln geschultert und marschierten in Richtung Wald. Es war ein klarer Sommertag und eine leichte Brise trieb den so typischen Geruch von Heu und Sommerblumen in ihre Richtung.

„Bis zum Wochenende müssten wir fertig sein", schnaufte Mikkel, der ein ordentliches Tempo vorlegte.

Leon nickte zustimmend. „Klar, dann kann es mit dem Bau der Hütte endlich losgehen. Wird bestimmt ein super Versteck."

Inzwischen hatten die Jungen den Waldrand erreicht und tauchten in die grüne Wildnis ein. Ein Specht hämmerte sein monotones Stakkato und das Laub vom Vorjahr raschelte unter ihren Füßen. Sonnenstrahlen zwängten sich durch die tiefhängenden Zweige der Fichten und malten ein mystisches Spiel aus Licht und Schatten auf den moosbedeckten Boden.

Mikkel und Leon verließen den Trampelpfad und bahnten sich einen Weg durchs Dickicht. Hier roch es nach Pilzen und pralle Beeren hingen an den Sträuchern, die flächenweise den Boden bedeckten. Hellgrüne Farnwedel streiften die Beine der Jungen, die kurz darauf ihr Ziel erreicht hatten – eine kegelförmige Erhebung, die so aussah, als hätte ein Riese Steine auf einen Haufen geworfen.

„Auf geht's", sagte Mikkel und spuckte in seine Handflächen. Dann griff er zur Schaufel und erklomm den kleinen Hügel. Dort wollte er mit Leon den Boden ebnen, um eine Hütte aus Ästen zu bauen – ihre Festung.

Die stickige Luft an diesem Tag führte dazu, dass Mikkel und Leon innerhalb kürzester Zeit total durchgeschwitzt waren. Ihre Shirts klebten am Rücken und der Schweiß rann ihnen an den Schläfen herab.

„Ich brauche eine Pause", keuchte Mikkel und ließ sich abseits ins weiche Moos fallen.

„So werden wir nie fertig", maulte Leon.

„Jetzt sei schon ruhig, du kannst ja weitermachen."

Mikkel streckte sich auf dem Moosbett aus, verschränkte die Arme am Hinterkopf und schaute in die Wipfel. Unterdessen kratzte Leon mit der Schaufel das lose Erdreich zur Seite und schabte über einen Stein.

„Blödes Mistding", schimpfte er und begann, den Stein mit der Schaufel umständlich auszugraben. Sein Atem ging schwer und er wischte sich immer wieder mit dem Handrücken den Schweiß von der Stirn.

Mittlerweile hatte er den Stein so weit freigeschaufelt, dass er zur Hälfte aus dem Boden herausragte. Leon trat kräftig mit dem Fuß dagegen, um ihn zu lockern. Selbst Mikkel spürte die Erschütterungen und setzte sich auf.

„Warte, ich helfe dir gleich", sagte er.

Leon versetzte dem Stein einen weiteren Tritt, worauf ein merkwürdiges Knirschen ertönte. Steine polterten herab und die Stelle, an der Leon soeben noch gestanden hatte, war leer. Mikkel stand wie versteinert da, unfähig, sich zu rühren.

„Leon? Alles in Ordnung?", rief Mikkel entsetzt. Um ihn herum herrschte eine Grabesstille, selbst der fröhliche Singsang der gefiederten Waldbewohner war verstummt.

„Leon?", schrie Mikkel erneut.

„Au, mein Bein, das tut so verdammt weh …", jammerte Leon, dessen Stimme seltsam dumpf klang.

„Oh Mann, du lebst", stieß Mikkel erleichtert aus.

„Hey, jetzt hilf mir endlich! Ich halte diese Schmerzen nicht mehr aus …", forderte Leo weinerlich.

Mit weichen Knien kletterte Mikkel den Hügel hinauf. Er wägte jeden Schritt genauestens ab aus Angst, dass sich der Boden ebenfalls unter ihm auftun könnte. Dann robbte er zu dem Loch, das Leon mit seiner Aktion hinterlassen hatte. Vorsichtig lugte er über den Rand.

„Leon?"

„Ja, Mann …"

„Was ist mit deinem Bein?"

Sein Freund hockte in einem Hohlraum oder einer Höhle, so genau konnte das Mikkel nicht erkennen.

„Ich glaube, mein Knöchel ist gebrochen. Er ist schon ganz dick angeschwollen und ich kann den Fuß nicht mehr bewegen."

„Scheiße, was machen wir jetzt?", fragte Mikkel ratlos.

„Mensch, du musst mich aus diesem Loch rausholen. Such einen großen Ast, an dem ich mich hochhangeln kann."

„Wirst du das überhaupt schaffen mit deinem Bein?", zweifelte Mikkel.

„Mann, jetzt mach einfach. Hier unten ist es richtig unheimlich, und überall liegt so ein komisches Zeug herum."

„Was ist das?"

„Keine Ahnung, hole mich endlich hier raus", drängte Leon ungeduldig.

„Ich gehe ja schon", antwortete Mikkel und machte sich auf die Suche nach einem Ast. Er hatte sich erst wenige Meter von der Unglücksstelle entfernt, als ein durchdringender Schrei die Stille zerriss.

„Mikkel, komm sofort zurück! Du kannst mich hier nicht alleinlassen", kreischte Leon in höchsten Tönen.

Mikkel hastete zurück und beugte sich wieder über den Rand.

„Da ist ein Schädel", wimmerte Leon, „ein richtiger Schädel."

„Du spinnst!", platzte es aus Mikkel heraus. Doch dann sah er ihn auch – und es war nicht nur einer. Bräunliche Kugeln, die auch von Puppen hätten stammen können und drumherum verwobene Gebilde aus kleinen Knochen.

Mittendrin hockte Leon, der sich apathisch vor- und zurückwiegte.

„Leon, du musst jetzt ganz tapfer sein. Ich werde nach Hause rennen, um Hilfe zu holen, und verspreche dir, ordentlich Gas zu geben."

„Nein, nein, nein, du kannst mich nicht allein in diesem Grab zurücklassen", schniefte Leon und wischte sich mit einem Zipfel vom Shirt den Rotz von der Nase.

„Ohne Hilfe schaffe ich das nicht. Außerdem musst du zu einem Arzt."

„Es ist so schrecklich hier unten", jammerte Leon laut schluchzend.

„Jetzt sei ein Mann und keine Heulsuse. Ich bin doch gleich wieder zurück."

„Mikkel, du kannst mich doch nicht einfach so zurücklassen", brüllte Leon aus Leibeskräften.

Mikkel atmete tief durch, ballte seine zitternden Hände zu Fäusten und rannte los. Leons Schreie hallten durch den

Wald und wurden mit jedem Meter, den Mikkel zurücklegte, leiser, bis sie nicht mehr zu hören waren.

Der weiche Waldboden federte Mikkels Schritte ab, als er mit einem Affenzahn in Richtung Dorf spurtete. Er schwitzte und keuchte und hatte das Gefühl, sich auf der Stelle fortzubewegen. Als endlich die ersten Häuser am Horizont auftauchten, zog Mikkel das Tempo noch einmal an.

„Hilfe! Ich brauche sofort Hilfe!", schrie er, als er auf die Hauptstraße bog. Von hier aus waren es nur noch wenige Meter bis zu seinem Zuhause.

Seine Mutter hörte ihn schon von Weitem und stürzte aus dem Haus.

„Junge, was ist passiert?", rief sie bestürzt. Sie umfasste seine Schultern und musterte ihn eindringlich.

„Leon ... er ist ... in eine Höhle ... oder so gefallen. Dort sind ... überall Knochen ... und ich glaube, du musst ... die Polizei rufen", stammelte er völlig außer Atem.

„Wo ist er jetzt?", fragte seine Mutter nach.

„Wir müssen ... zum Waldrand", keuchte Mikkel.

„Ich fahre mit dem Wagen und du rufst Leons Mutter an."

Sie warf ihm das Smartphone zu, schnappte sich die Autoschlüssel und startete den Motor. Mit durchdrehenden Reifen fuhr sie vom Hof und raste mit überhöhter Geschwindigkeit die Straße entlang, während Mikkel stockend die Informationen an Leons Mutter weiterleitete.

Das Heck des Wagens brach aus, als Mikkels Mutter auf dem Feldweg stark abbremste.

„Wo müssen wir hin?", fragte sie und Mikkel deutete auf den schmalen Trampelpfad.

Sie stiegen aus und hetzten durch den Wald, während Mikkel immer wieder stehenblieb und über heftiges Seitenstechen klagte. Seine Mutter griff nach seiner Hand und zog ihn ungeduldig mit sich. Leons Stimme war mittlerweile heiser, aber er rief immer noch verzweifelt nach seinem Freund.

Nach einigen Minuten hatten sie die Stelle erreicht und Mikkels Mutter beugte sich über den Rand.

„Leon, wir sind jetzt bei dir. Alles wird gut“, redete sie beruhigend auf ihn ein. „Mikkel, gib mir bitte das Handy“, forderte sie ihren Sohn auf und lenkte den Lichtstrahl hinunter. „Oh mein Gott, oh mein Gott ...“, schrie sie entsetzt. „Wir müssen sofort die Polizei verständigen!“

# 2

Linda Sventon nippte an ihrer dritten Tasse Kaffee. Die Sommerferien standen kurz bevor und die ersten Kollegen hatten sich in den Urlaub verabschiedet. Momentan arbeiteten sie nur an einem Fall und dem Team war dadurch eine kleine Atempause vergönnt. Linda saß entspannt am Schreibtisch, um die Abschlussberichte zu verfassen, als der Anruf einging.

„Alles klar, wir machen uns sofort auf den Weg", sagte sie und gab die Info an ihren Kollegen Jörgen Persson weiter. Dieser stand nur Sekunden später in ihrem Büro.

„Könnte es sein, dass du dich bei dem Anruf verhört hast?"

„Was soll die Frage?"

„Ein Kind soll in einen Hohlraum unter der Erde gestürzt und direkt auf einem Haufen menschlicher Knochen gelandet sein. Ist das nicht ein wenig zu verrückt für Ludvika?"

„Ich finde diesen Gedanken eher beängstigend", erwiderte Linda. „Aber ich gehe davon aus, dass die Mutter des Jungen in ihrer Panik übertrieben hat, wer könnte es ihr verdenken. Es könnte sich durchaus um Tierknochen handeln, die Forensiker sind schon auf dem Weg."

„Na dann, worauf warten wir? Schauen wir uns den Fuchsbau einmal aus der Nähe an." Jörgen öffnete die Tür und wartete, bis Linda hindurchgeschritten war.

---

Die Stelle im Wald war weiträumig mit Absperrband gekennzeichnet worden, das verloren im Wind flatterte.

„Bis wohin dürfen wir?", fragte Linda einen Kriminaltechniker, der seine Kamera verstaute.

„Sie können einen Blick über den Rand werfen, aber mehr nicht."

„Danke."

Mit forschen Schritten eroberte Linda die Erhebung und schaute nach unten. Die Männer in ihren weißen Schutzanzügen wirkten wie Fremdkörper. Science-Fiction lässt grüßen, dachte sie.

„Tier- oder Menschenknochen?", rief sie nach unten.

„Du wirst das sicher nicht hören wollen, aber es handelt sich auf den ersten Blick ausschließlich um die sterblichen Überreste von Kleinkindern und Säuglingen", sagte Hilmar, der die Leitung der Kriminaltechnik innehatte.

„Du willst mich auf den Arm nehmen?"

„Dafür bist du mir eindeutig zu schwer, liebe Linda."

„Wie viele Jahre liegen die Skelette schon dort unten?"

„Auch dieser Punkt wird dir nicht gefallen, einige der menschlichen Überreste scheinen jüngeren Datums zu sein."

„Das darf doch wohl nicht wahr sein", rief Jörgen überrascht, der am Fuß des Hügels stand und das Gespräch verfolgt hatte.

„Und wie sind sie dort hingekommen, wenn ich fragen darf? Gibt es einen Eingang oder Ähnliches?" Linda runzelte die Stirn.

„Bis jetzt haben wir noch keinen Zugang gefunden, hier unten ist es zappenduster."

„Wie viele Leichen sind es ungefähr?"

„Um die zwanzig. Aber es liegen auch Knochenfragmente herum, die teilweise schon verrottet sind. Wird ein Haufen Arbeit, die einzelnen Skelette zusammenzufügen."

„Was schätzt du, wie lange wird das dauern?"

„Wochen, wenn nicht gar Monate."

Linda stöhnte leise. Da rollte etwas Gewaltiges auf sie zu.

„Weisen die Knochen Gewalteinwirkungen auf? Sind die Schädel intakt?"

„Soweit wir das auf den ersten Blick erkennen konnten, wurde keine Gewalt angewendet", beantwortete Hilmar Lindas Frage.

„Anderweitige Todesursachen? Waren die Kinder nicht lebensfähig?"

„Linda, du kannst vielleicht Fragen stellen. Ich bin doch kein Rechtsmediziner."

„Schon klar, aber dieser Fund sprengt meinen Horizont. So ein Massengrab von Kinderleichen hätte ich in unserer Gegend nie vermutet."

„Auch mir ist die Spucke weggeblieben."

„Wer hat diese Kinder geboren? Ich glaube nicht, dass nur eine einzige Frau daran beteiligt gewesen ist."

„Guter Punkt, wenn auch ein wenig voreilig", sagte Hilmar. „Bei einigen der Schädel habe ich den Verdacht, dass es sich um Frühgeburten handeln könnte."

„Himmel, das wird ja immer schlimmer."

Linda konnte nicht leugnen, dass ihr dieser Fund schon jetzt Magenschmerzen bereitete. Allein der Gedanke, was mit den Kindern passiert sein könnte, trieb ihr die Tränen in die Augen. Die Jahre als Kommissarin hatten sie auf eine gewisse Weise abgehärtet, aber dieser Anblick …

„Schon einen Plan?", schaltete sich Jörgen dazwischen.

„Gib mir erst einmal ein paar Minuten, um die Sache zu verdauen", erwiderte sie.

„Wir sollten die Jungen vernehmen, solange die Erinnerungen noch frisch sind."

„Das weiß ich doch auch." Sie stand auf und klopfte sich Staub und Tannennadeln von den Hosenbeinen. „Hilmar, hast du noch weitere Infos für mich?"

„Momentan nicht. Ich rufe dich aber sofort an, falls sich Neuigkeiten ergeben."

„Danke." Sie wandte sich Jörgen zu. „Wir fangen gleich mit Mikkel und seiner Mutter an, liegt ja direkt auf dem Weg."

„In Ordnung, die Adresse habe ich mir geben lassen."

Schweigend legten sie die Strecke zum Wagen zurück. Jörgens Kiefer mahlten während der kurzen Fahrt.

„Was ist das nur für ein kranker Mist? Ich komme einfach nicht darüber hinweg", sagte er, als er vor dem Haus der Jensens hielt und ausstieg.

„Ja, das muss alles erst einmal sacken", erwiderte Linda.

Ein gepflasterter Weg führte durch den gepflegten Vorgarten, wo sich die Stauden mit ihrer blühenden bunten Pracht regelrecht überboten. Mikkels Mutter schien ein Händchen dafür zu haben.

Linda drückte auf den Klingelknopf und hielt ihren Dienstausweis parat.

„Guten Tag, Frau Jensen. Das ist mein Kollege Jörgen Persson und ich bin Linda Sventon von der Kriminalpolizei."

„Ich habe Sie schon erwartet. Wenn Sie mir bitte folgen wollen."

Klara Jensen führte Linda und Jörgen in ein Wohnzimmer, das von einer wuchtigen Couch dominiert wurde.

„Einen Moment bitte, ich hole Mikkel."

Der Junge lief verschüchtert hinter seiner Mutter her. Sein blondes Haar war zerzaust und eine schmutzige Tränenspur zeichnete sein Gesicht. Artig reichte er Jörgen und Linda die Hand und setzte sich in einen Sessel, der ihn fast verschluckte.

Linda beugte sich nach vorn und lächelte sanft.

„Hallo Mikkel, du brauchst nichts zu befürchten, wir haben nur ein paar Fragen an dich. Seit wann arbeitet ihr an eurem geheimen Projekt im Wald?"

„Seit zwei Wochen ungefähr." Er schniefte leise und wischte sich mit dem Handrücken über die Nase.

„Danke. Warum habt ihr ausgerechnet diesen Platz gewählt?"

„Weiß nicht." Er zuckte mit den Schultern. „Wir fanden den kleinen Hügel cool und wollten dort unser Hauptquartier bauen."

„Ist euch bei euren Aktivitäten etwas Ungewöhnliches aufgefallen?"

„Was denn?", fragte Mikkel.

„Das kann ich nicht so genau sagen. Habt ihr euch manchmal beobachtet gefühlt? Oder ist über Nacht etwas verändert worden?"

Mikkel schüttelte den Kopf. „Nein, das war ja gerade das Tolle, dass uns niemand gestört hat. Die Stelle liegt versteckt im Wald und ist nicht leicht zu finden."

„Kannst du uns noch erklären, wie es zu dem Unfall von Leon gekommen ist?"

„Da war ein Stein, der aus dem Boden herausragte, und Leon hat versucht, ihn auszugraben. Als er mit dem Fuß dagegengetreten ist, um ihn zu lockern, ist er eingebrochen."

„Danke Mikkel, du hast uns sehr geholfen." Linda stand auf. „Ich denke, an dieser Stelle können wir einen Cut machen."

„Ich bringe Sie zur Tür", bot Mikkels Mutter an, sichtlich erleichtert über das Ende der kurzen Befragung.

Fliesen, Stahl und grelles Licht erwarteten Linda und Jörgen, als sie Karl Lund, den Rechtsmediziner, aufsuchten. Drei Mitarbeiter teilten sich die undankbare Aufgabe, die sterblichen Überreste zu einem Ganzen zusammenzufügen. Beim Anblick der winzigen Schädel wurde Linda schwer ums Herz. Wo kamen nur all diese Kinder her?

„Hallo Linda, hallo Jörgen", grüßte Karl.

„Schon erste Erkenntnisse?", fragte sie.

„Nun ja, wie man es nimmt. Die ältesten Knochenfragmente könnten durchaus ein Alter von über dreißig Jahren haben."

„Das ist doch verrückt", sagte Linda kopfschüttelnd. „Wer legt Neugeborene über so einen langen Zeitraum in diesem Hohlraum ab?"

„Illegale Abtreibungen vielleicht?", merkte Jörgen an.

„Hier? In Ludvika?" Linda hielt diesen Gedankengang für geradezu absurd.

„Die Kinder sind, soweit ich das beurteilen kann, auf natürlichem Wege auf die Welt gekommen. Der weiche Schädel verformt sich während des Geburtsvorganges."

„Und warum liegen sie dort im Wald?"

„Das ist das Rätsel, das wir lösen müssen", antwortete Karl.

„Jedenfalls sind die Neugeborenen nicht durch stumpfe Gewalt gestorben. Es muss eine andere Todesursache vorliegen."

„Wie geht es jetzt weiter?" Linda schaute Karl fragend an.

„Wir werden das Alter der Knochen bestimmen und einzelne Gewebereste, die noch vorhanden sind, auf toxische Rückstände untersuchen."

„Wann liegen erste Ergebnisse vor?", fragte Linda.

„Das kann dauern." Karl machte eine ausladende Handbewegung.

„Schon klar. Aber wie sollen wir mit dieser geringen Datenmenge arbeiten? Mir schwirrt schon jetzt der Kopf, weil ich nicht weiß, wo wir ansetzen sollen."

„Ich kann nicht zaubern", brummte Karl.

„Schade eigentlich. Karl, wir fahren wieder zurück ins Büro und ich wünsche euch gutes Gelingen."

Linda drehte sich um und lief nach draußen, Jörgen folgte ihr wortlos.

„Wir sollten zuerst die Hebammen in der Region anschreiben", sagte er und legte den Gurt um. „Vielleicht gab es Auffälligkeiten, dass Frauen schwanger waren und später ohne Nachwuchs dastanden."

„Gute Idee, denn die Hebammen sind auch für die Nachsorge verantwortlich. Wir werden uns gleich an die Arbeit machen."

# 3

Schlaftrunken tastete Inga nach dem Wecker, um ihn auszustellen. Nur noch ein paar Minuten, dachte sie und drehte sich auf die andere Seite.

„Inga?“ Ihre Mutter stand in der Tür und schaute auf sie herab. „Warum stehst du nicht auf, wenn der Wecker klingelt? Musst du nicht zur Schule?“

„Doch“, erwiderte Inga matt.

„Ach, bevor ich es vergesse – zieh endlich das weite Shirt an, das ich dir vor drei Tagen gekauft habe.“

„Ja, werde ich …“, antwortete Inga mit einem gequälten Gesichtsausdruck. Genervt schlug sie die Bettdecke zurück und tappte ins Badezimmer. Ihre zwei Schwestern stritten sich lautstark im Nebenzimmer, während Mette, ihre Mutter, den Frühstückstisch deckte.

Inga beugte sich nach vorn und stützte sich mit den Händen auf dem Rand des Waschbeckens ab. Diese verflixten Rückenschmerzen quälten sie schon seit drei Wochen. Ihre Mutter hatte gesagt, dass sie sich daran gewöhnen solle, es wäre alles im grünen Bereich. Dabei hatte ihre Stimme so kühl und hart geklungen wie das scharfkantige Eis des Sees.

Den Blick in den Spiegel hätte sich Inga auch sparen können. Ihr Haar hing strähnig herab und das Gesicht wirkte aufgedunsen.

„Ich halte das nicht mehr lange durch“, murmelte sie. Als es an die Badezimmertür klopfte, zuckte sie zusammen.

„Inga? Bist du eingeschlafen?“

Sie verabscheute die schneidende Stimme ihrer Mutter und fragte sich nicht zum ersten Mal, warum diese Frau überhaupt Kinder in die Welt gesetzt hatte. Sie lebten gut, das Haus war neu und ihnen mangelte es an nichts – wenn man von fehlender Elternliebe und Nestwärme einmal absah.

Sie putzte rasch die Zähne, wusch sich das Gesicht und kleidete sich in ihrem Zimmer an. Das weite Shirt, das ihre Mutter extra gekauft hatte, konnte die Rundungen ihres Körpers kaum mehr verbergen. Inga fühlte sich unwohl und erneut glomm kurz der Gedanke auf, endlich Schluss zu machen.

Schon von Geburt an war ihr Weg vorbestimmt gewesen, sie kannte es nicht anders. Ständig bekam sie zu hören, dass sie etwas Besonderes wäre. Aber wenn sie ehrlich war, dann beneidete sie die anderen Mädchen. Sie wollte nicht besonders sein, sie wollte lachen, ins Kino gehen und sich mit Jungs treffen. All das, was man mit sechzehn eben so machte.

Der Duft von warmen Toasts zog durch das Haus und lockte Inga in die Küche. Sie hatte Appetit und langte ordentlich zu, doch ihre Mutter klopfte ihr auf die Finger.

„Na, na, wie dick willst du denn noch werden", mahnte sie.

Resigniert zog Inga ihre Hand zurück. Sie fühlte sich schwach, besonders an warmen Tagen so wie heute. Das ständige Hungergefühl war kaum zu ertragen.

„Ich habe gleich einen Kundentermin", sagte ihre Mutter Mette. „Ihr müsst mit den Fahrrädern los."

Sie war als Maklerin tätig und gut in ihrem Job genauso wie ihr Vater Birger, der als leitender Angestellter in der Bank arbeitete. Nach außen hin präsentierten sie die perfekte Familie.

Inga räumte den Tisch ab und stellte das Geschirr in die Spülmaschine. Alles hatte seinen angestammten Platz, die Regeln waren hart, selbst bei solch banalen Dingen wie schmutziges Geschirr.

„Luisa, Krista, zieht eure Sandalen an, wir müssen los", rief sie in Richtung Flur.

Die Schwestern unterbrachen ihren Zwist, schnappten sich die Rucksäcke und folgten Inga nach draußen.

„Du siehst wie ein Nilpferd aus", rief Krista, die Jüngste von ihnen, als Inga schwerfällig auf das Fahrrad stieg.

„Halt die Klappe", zischte Inga und hätte Krista am liebsten eine schallende Ohrfeige verpasst. „Irgendwann wirst du an meiner Stelle sein und daran denken, was du zu mir gesagt hast."

Krista verstummte augenblicklich und senkte ihren Blick. Inga bereute ihre Worte sofort, sie hatten alle an dieser Last schwer zu tragen. Ihre jüngste Schwester war erst fünf Jahre alt und besuchte die Vorschule. Sie hatte den steinigen Weg noch vor sich, war jetzt erst Schritt für Schritt an ihre neue Rolle herangeführt worden.

„Nun kommt schon, wir müssen uns beeilen", drängte Inga und trat in die Pedale. Sie fuhr voraus, Krista in der Mitte und Luisa bildete das Schlusslicht. Nur wenige Meter vor der nächsten Kreuzung sprang Inga vom Rad und stützte sich an einem Laternenpfahl ab.

„Was ist mit dir?", fragte Luisa besorgt.

„Mir ist gerade schwindelig geworden", erwiderte Inga und schmeckte die bittere Galle. Schon seit den frühen Morgenstunden war die Luft stickig und Inga fühlte sich schlapp.

„Sollen wir umdrehen?" Luisa musterte sie fragend.

„Nein, nein, es geht schon wieder." Inga stieg wieder aufs Rad. Zum Glück war die Schule nicht weit entfernt.

Nachdem sie Krista in der Kindertagesstätte abgeliefert hatten, stiegen Inga und Luisa von ihren Rädern. Gemeinsam betraten sie das Schulgebäude und suchten die jeweiligen Klassenzimmer auf. Inga sah ihrer Schwester hinterher, die allein den langen Flur durchquerte und ein wenig verloren wirkte.

Ihre Eltern hatten ihnen strengstens untersagt, Freundschaften zu knüpfen. Man dürfe sich nicht mit dem Pöbel abgeben, das würde nur den Charakter verderben. Aber die Schwestern litten unter der Situation, auch wenn sich Inga mittlerweile daran gewöhnt hatte. Manchmal beobachtete sie Luisa in den Pausen, wie sie vergeblich Anschluss suchte. Die anderen Schüler mieden Luisa und oft stand sie einsam in einer Ecke, um ihr Pausenbrot zu essen.

„Hej", begrüßte Lillemor sie.

„Hej."

„Du siehst krank aus."

„Ja, ich weiß. Die Hitze macht mir zu schaffen."

Inga ließ sich auf den Stuhl fallen und Lillemor nahm neben ihr Platz.

„Was ist eigentlich los mit dir? Du hast dich in letzter Zeit verändert, nicht nur äußerlich."

„Ich möchte nicht darüber reden", erwiderte Inga knapp.

Lillemor und sie hatten sich seit dem letzten Schuljahr angenähert und ein zartes Band der Freundschaft geknüpft. Manchmal hatten sie sich am Nachmittag verabredet, um zusammen Eis zu essen oder zum See zu fahren. Natürlich ohne das Wissen von Ingas Eltern, die durften nichts davon erfahren.

„Ich will am Samstag mit einigen Freunden grillen. Falls du Lust hast, bist du herzlich eingeladen."

Es war nicht das erste Mal, dass Inga eine Einladung ausschlagen musste. Sie hätte liebend gern den Abend mit Lillemor verbracht, aber das war einfach nicht möglich.

„Schade, meine Eltern haben schon einen Ausflug geplant", sagte sie bedauernd.

„Na ja, ihr habt sicher viel Spaß."

Inga hasste es, zu lügen. Es fanden weder Familienausflüge noch andere Unternehmungen statt. Kein Kino, keine Geburtstagsfeiern, nichts. In ein paar Tagen würden die Ferien beginnen und ihr großer Tag stand bald bevor. Dann würde sie in die Reihen der Oberen aufgenommen werden und ihr graute davor. Wie gern hätte sie sich Lillemor oder jemand anderem anvertraut, aber die Angst war viel zu groß.

„Ich habe dich noch nie lachen sehen, du wirkst immer so bekümmert", sagte Lillemor unvermittelt. „Falls du reden möchtest, ich bin immer für dich da."

„Danke für dein Angebot, aber ich komme schon zurecht."

Die Lehrerin betrat das Klassenzimmer und Lillemor suchte ihren Platz auf, während Inga allein am Tisch zurückblieb.

---

Am Nachmittag erledigte Inga den Großteil der Hausarbeit, während ihre Schwestern im eingezäunten Garten spielten. Kameras im Haus, Kameras im Garten, alles wurde aufgezeichnet. Kein Wunder, dass sie sich wie Sklaven fühlten.

Sie schnappte sich den Wäschekorb und ging ebenfalls

nach draußen, um die Wäsche aufzuhängen. Die Sonne strahlte von einem azurblauen Himmel, es hatte seit Tagen nicht mehr geregnet. Inga hängte die Laken über die Leine, steckte sie mit Klammern fest und drückte immer wieder den schmerzenden Rücken durch. Für einen kurzen Moment wurde ihr schwarz vor Augen und sie griff nach einem Laken, um sich daran festzuhalten. Es hielt ihrem Gewicht nicht stand und fiel zu Boden.

„Mama wird ausflippen, wenn sie die Flecken sieht", sagte Luisa.

„Dann hilf mir bitte, die restliche Wäsche aufzuhängen."

Inga raffte das Laken zusammen und trug es ins Haus, um es in der Badewanne auszuspülen. Der Zusammenhalt unter den Schwestern war eher mäßig, denn ihre Mutter trieb gewollt einen Keil dazwischen. Wann immer sich eine günstige Gelegenheit ergab, wurden sie gegeneinander ausgespielt. Keine gute Basis für das gemeinsame Zusammenleben.

Sie hörte den Wagen ihrer Mutter vorfahren, warf das Laken in den Wäschekorb und hetzte nach draußen, um es aufzuhängen. Bis auf zwei kleinere Flecken war nichts mehr zu sehen. Schwer atmend stützte sie sich am Pfeiler ab.

„Hej. Warum seid ihr noch nicht umgezogen? Wir müssen in einer halben Stunde los" hörte sie ihre Mutter ungeduldig rufen. Kein nettes Wort zur Begrüßung, keine Umarmung, nichts.

„Jetzt schau mich nicht so vorwurfsvoll an", zeterte Mette. „In ein paar Tagen bist du erlöst. So lange wirst du doch wohl noch durchhalten können."

Stillschweigend verschwand Inga im Badezimmer und kühlte das erhitze Gesicht mit kaltem Leitungswasser. Was hatte sie in einem früheren Leben nur verbrochen, um in dieser Familie wiedergeboren zu werden? Sie hatte sich heimlich ein Buch über Buddhismus besorgt und darin gelesen. Diese Glaubensrichtung gefiel ihr sehr. Sie brauchte dringend Halt und dieser winzige Funke Hoffnung war alles, was sie noch mit dem Leben verband. Manchmal ritzte sie sich sogar, an Stellen, die niemand sehen konnte, um überhaupt etwas zu fühlen.

Nachdem sie sich umgezogen hatte, öffnete sie die Zimmertür und lauschte. Ihre Mutter war in der oberen Etage und so huschte sie in die Küche. Lautlos öffnete sie die Kühlschranktür und riss die Käsepackung auf, um zwei Schreiben herauszunehmen und sich in den Mund zu stopfen. Das Hungergefühl war ihr täglicher Begleiter, da ihre Mutter sie ständig ermahnte, nicht so viel zu essen. Aber ihr Körper schrie nach Nahrung. Beim Sportunterricht war es einmal besonders dramatisch gewesen, weil sie sich schwach gefühlt hatte und ihre Beine wie Streichhölzer eingeknickt waren.

Als sie bemerkte, dass ihre Mutter die Treppe herunterkam, huschte sie ins Wohnzimmer. Kurz darauf schloss der Vater die Eingangstür auf. Jetzt war die Familie vollzählig. Insgeheim hatte sie gehofft, dass er vielleicht aufgehalten und zu spät kommen würde, aber sie vernahm seine festen Schritte im Flur.

„Mette, wo steckst du?“

Auch er machte sich nicht die Mühe, seine Kinder zu begrüßen. Stattdessen strafte er sie mit Achtlosigkeit.

„Mette?“

„Was ist denn?“

„Schalte sofort den Fernseher ein.“

Ihre Mutter eilte ins Wohnzimmer und Sekunden später hallte die Stimme des Nachrichtensprechers durchs Wohnzimmer.

„… in einem Waldstück Nähe Ludvika wurde eine grausige Entdeckung gemacht, als ein Junge beim Spielen in einen Hohlraum eingebrochen ist, in dem mehrere menschliche Skelette lagen. Was es damit auf sich hat und wie sie dorthin gekommen sind, muss jetzt die örtliche Polizei klären …“

„Ein Unglück kommt selten allein", hörte Inga ihre Mutter sagen.

„Ich bin mal gespannt, was die Ermittlungen zutage fördern." Die Stimme ihres Vaters klang spöttisch.

„Wartens wir's ab. Jetzt müssen wir aber los."

Ihre Mutter klopfte an die Zimmertüren und mit gesenkten Köpfen folgten Inga und ihre Schwestern den Eltern zum Wagen. Sie stiegen ein und die Fahrt führte sie aus Ludvika hinaus. Auf den Getreidefeldern reiften satte Ähren heran, die sich sanft mit dem Wind bewegten, während die Feldlerchen fröhlich jubilierten.

Wie wunderschön die Natur doch ist, dachte Inga verzückt mit einem sehnsüchtigen Blick auf die vorüberziehende Landschaft. Wie gern wäre sie jetzt einen Feldweg entlangspaziert und hätte aus den Kornblumen und Margeriten bunte Kränze für ihre Schwestern geflochten.

Irgendwann bog ihr Vater auf einen geteerten Wirtschaftsweg ab und parkte den Volvo vor einer riesigen Scheune. Durch eine schmale Nebentür traten sie ein und Inga benötigte einige Atemzüge, bis sich ihre Augen an das diffuse Dämmerlicht gewöhnt hatten. Die Luft war stickig und der gestampfte Lehmboden uneben. Die Holzbänke wackelten und knarzten, als sie darauf Platz nahmen, und nur Sekunden später verstummte das leise Gemurmel. Die Messe begann.

„Ich ess dies Brot, den Eid ich schwör,
entflamm mich selber im Gebet:
Es gibt keine Gnade, es gibt keine Schuld.
Tu was du willst, ist das Gesetz!"

Wie fremdgesteuert ratterte Inga die Worte herunter. Ihre Mutter war wie immer mit Feuereifer dabei und betete voller Inbrunst. Hass regte sich in Ingas Herzen – nicht zum ersten Mal. Begriffen ihre Eltern denn gar nicht, was sie ihren Töchtern antaten? Ein Leben wie im Mittelalter zu führen mit allen Entbehrungen und Demütigungen, die es mit sich brachte.

Sie konnte sich nicht daran erinnern, jemals glücklich und befreit gelacht zu haben. Da existierte nur dieser minutiös geplante, fast schon rituelle Tagesablauf, den sie einzuhalten hatten, das Schweigen und die Lieblosigkeit.

Der Ellenbogen ihrer Mutter traf Inga hart in die Seite und vor Schreck und Schmerz blieb ihr die Luft weg.

„Bete", zischte Mette.

Mit gesenktem Kopf kam Inga der Aufforderung nach und versuchte, die Zeilen mit klarer Stimme nachzusprechen, die ihr in all den Jahren in Fleisch und Blut übergegangen waren. Doch die schlechte Luft im Inneren der Scheune schnürte ihr die Kehle zu und sie rang nach Luft. Der Boden unter ihren Füßen schwankte und wie ein nasser Sack plumpste sie zurück auf die Bank.

„Jetzt reiß dich gefälligst zusammen." Mette musterte ihre Tochter mit stechendem Blick.

Anstatt ihr zu helfen, sie zu stützen oder ihr wenigstens gut zuzureden, zerrte ihre Mutter sie wieder auf die Beine. Schwankend murmelte sie die Gebete, bis ihre Beine nachgaben und eine wohltuende Schwärze sie umfing.

# 4

„Hej“, rief Linda und winkte ihrer Freundin zu, die sich überrascht umdrehte. Beim Anblick von Helene verschlug es ihr beinahe die Sprache. „Sag mal, seit wann bist du schwanger?“, fragte sie irritiert.

Helene und Frederik versuchten seit Jahren, verzweifelt Nachwuchs zu bekommen, und scheiterten bei jeder Therapie.

„Ich …“ Helene stockte.

„Warum hast du nichts gesagt? Mensch, ich freue mich so für euch.“ Linda ergriff Helenes Hände und strahlte sie an.

„Frederik und ich wollten nicht darüber reden, solange wir uns nicht sicher sind, dass die Schwangerschaft ohne Komplikationen verläuft.“

„Aber du bist doch mindestens im achten Monat?“, wunderte sich Linda. „Darf ich einmal fühlen?“, fragte Linda, doch Helene wich unangenehm berührt zurück.

„Das mag wahrscheinlich albern klingen, aber ich halte das für ein schlechtes Omen. All die Jahre des Wartens und der Rückschläge, diesmal möchte ich es vorsichtiger angehen.“

„Das ist verständlich.“

Linda fand Helenes Verhalten dennoch ungewöhnlich, aber sie wollte auch nicht schlecht über sie urteilen. Wahrscheinlich brachte es die Zeit der Rückschläge und des vergeblichen Wartens mit sich, dass man ein wenig eigen wurde.

Helene schaute auf die Uhr. „Du, ich habe jetzt einen Termin beim Gynäkologen. Es war schön, dich zu sehen“, sagte sie.

„Will schon jemand aus unserem Freundeskreis eine Babyparty organisieren?“, fragte Linda rasch.

„Nein, aber das ist eine fantastische Idee. Ich werde mich bei dir melden, fest versprochen“, antwortete Helene. Sie hob zum Abschied kurz die Hand und eilte mit schnellen Schritten davon.

Linda schaute Helene nachdenklich hinterher, sie erkannte ihre Freundin nicht wieder. Hatte ihr Verhalten mit der Verlustangst zu tun, die sich in Helene eingenistet haben musste?

Das letzte Mal hatten sie sich vor drei Monaten getroffen, und da war von der Schwangerschaft noch nichts zu sehen gewesen. Ein wenig ärgerte sich Linda über Helenes mangelndes Vertrauen. Schulterzuckend machte sie kehrt und lief mit dem Gebäck, das sie im Auftrag ihrer Kollegen besorgt hatte, zur Dienststelle zurück.

„Bist du mit den Rückmeldungen der Hebammen durch?“, fragte sie Jörgen und legte die Tüte auf seinem Schreibtisch ab.

„Ja, alles erledigt. Du warst ganz schön lange weg."

„Ich habe unterwegs eine Freundin getroffen."

„Ach so. Jedenfalls sind acht Frauen dabei gewesen, die nicht nachversorgt worden sind. Ein Anruf im Krankenhaus hat ergeben, dass die Kinder von sieben Frauen tot geboren wurden, und die achte und letzte Frau hatte sich bewusst gegen eine Nachsorge entschieden."

„Na wunderbar, dann stehen wir wieder bei null", antwortete Linda verstimmt. „Könnten die Neugeborenen vielleicht aus dem Krankenhaus entwendet worden sein?"

„Auch das habe ich bereits geklärt. Die Kinder wurden auf dem Friedhof bestattet."

„Und nun?" Linda angelte sich ein süßes Teilchen aus der Tüte und biss hinein. „Da die Presse sowieso schon Wind von der Sache bekommen hat, könnten wir doch einen Aufruf in den Medien starten. Mit etwas Glück erinnert sich jemand an eine schwangere Frau, die nach dem Geburtstermin keinen Kinderwagen durch die Gegend geschoben hat."

„Sicher, das wäre eine Möglichkeit. Aber dann werden die Telefone wieder glühen und jeder, der meint, seinen Senf dazugeben zu müssen, wird uns eine hanebüchene Story auftischen."

„Wir müssen schnell eine Entscheidung treffen, bevor weitere Kollegen ihren Urlaub antreten."

„Ich stehe der Aktion skeptisch gegenüber", sagte Jörgen. „Die Zeitspanne, in der die Kinder abgelegt worden sind, ist zu groß, und wir werden uns vor lauter Denunzianten nicht retten können."

„Das mag schon sein. Aber wenn uns nur ein einziger Hinweis in die richtige Richtung lenkt, können die Ermittlungen an Fahrt aufnehmen."

„Du bist der Boss und triffst die Entscheidungen", erwiderte Jörgen.

„Stillstand kommt nicht infrage, schon gar nicht in so einem brisanten Fall. Gib mir eine Stunde Bedenkzeit."

„In Ordnung Chefin, ich erwarte dich in einer Stunde in meinem Büro. Kann ich das restliche Gebäck unter den Kollegen aufteilen?"

„Klar doch", sagte sie auf dem Weg nach draußen.

In ihrem Büro griff sie zum Telefon und wählte die Nummer von Alex Berg, dem Fallanalytiker aus Stockholm, der ihnen schon im letzten Jahr zur Seite gestanden hatte.

„Hallo Alex."

„Grüß dich, Linda. Wolltest du nicht erst am Abend anrufen?"

„Akkurat wie immer", lachte sie. „Es geht um einen neuen Fall und ich möchte gern Rücksprache mit dir halten, bevor ich eine Entscheidung treffe, die auch nach hinten losgehen könnte."

„Schieß los, ich bin ganz Ohr."

„Gestern ist ein Junge in einen Hohlraum im Wald eingebrochen, auf dessen Boden mindestens zwanzig Skelette von Neugeborenen lagen."

„Ah, darüber wolltest du also am Abend mit mir sprechen."

„Genau. Wir haben bereits die Rückmeldung der Hebammen erhalten, allerdings ohne einen Hinweis. Jetzt möchte ich eine Pressekonferenz abhalten, aber Jörgen meint, dass der frühe Zeitpunkt unser Team überstrapazieren könnte."

„Da muss ich ihm recht geben, dieser Schritt sollte wohlüberlegt sein."

„Ich wusste, dass du dich auf seine Seite stellen würdest."

„Linda, darum geht es doch nicht. Eigentlich wollte ich dich überraschen, aber was hältst du davon, wenn ich mich gleich hinters Steuer setze, um nach Ludvika zu fahren?"

„Aber du hast doch keinen offiziellen Auftrag, Alex."

„Das stimmt, meine Liebe, aber eine Woche Urlaub. Na, was hältst du davon? Möchtest du mich sehen?“

Linda dachte einen Moment lang darüber nach. Noch waren Lillemor und Elina tagsüber in der Schule, sodass sie in Ruhe den Fall analysieren konnten.

„Ich würde mich freuen, dich wiederzusehen. Aber zuerst musst du mir die Frage beantworten: Was soll ich tun?“

„Sobald du die Öffentlichkeit darüber informiert hast, werden alle Dämme brechen. Allerdings werdet ihr ohne die DNA der Mütter auch kein Licht ins Dunkel bringen.“

„Was meinst du? Sollen wir es riskieren?“

„Weiß die Presse schon Bescheid?“

„Ja, das Top-Thema in den Online-Ausgaben und in Kürze wird sich ganz Schweden auf die Angelegenheit stürzen.“

„Das wird die Personen, die dafür verantwortlich sind, natürlich aufschrecken. In Anbetracht dessen, solltet ihr euch an die Bewohner von Ludvika wenden.“

„Danke“, stieß Linda erleichtert aus. „Der Fall wird hohe Wellen schlagen und ich würde mich nicht in die Öffentlichkeit wagen, wenn es nicht notwendig wäre. Du kennst mich, ich ermittele lieber in aller Stille.“

„Dann wünsche ich euch viel Erfolg und vielleicht liegen schon erste Ergebnisse vor, sobald ich angekommen bin.“

„Fahr bitte vorsichtig und … ich freue mich auf dich“, sagte Linda.

„Ich mich auch.“

Alex war sehr zurückhaltend, wenn es darum ging, seine Gefühle zum Ausdruck zu bringen. Seit einem Jahr führten sie eine Fernbeziehung, und das klappte ganz gut. Der nötige Abstand auf Dauer bescherte Linda immer noch Herzklopfen, sobald sie sich sahen.

Meist war es Alex, der den Weg nach Ludvika auf sich nahm. Auch wenn Linda nicht daran zweifelte, dass sie

Lillemor und Elina übers Wochenende allein lassen könnte, so scheute sie sich davor.

Sie riss sich von den Gedanken los und setzte sich an den Rechner, um ein Konzept auszuarbeiten, mit dem sie sich an die Öffentlichkeit wenden konnte. Hoffentlich traf sie nicht die falsche Entscheidung.

Der Drucker ratterte leise und sie heftete die einzelnen Blätter ab. Ein wenig flau war ihr schon zumute, als sie Jörgens Büro betrat. Er schaute Linda erwartungsvoll über den Rand seines Bildschirms an.

„Entscheidung getroffen?", fragte er.

„Ja, habe ich." Sie reichte ihm den Ordner. „Willst du kurz gegenlesen?"

„Klar." Er überflog die Zeilen und blickte wieder auf.

„Und? Wie findest du den Text?"

„Besser hätte ich es nicht schreiben können. Dann ist es also beschlossene Sache, dass wir uns an die Öffentlichkeit wenden?"

„Es gibt kaum Spuren, denen wir nachgehen können. Bei einer Flugzeugentführung würde immerhin ein Pass im Cockpit liegen", merkte Linda an.

„Sind wir heute wieder ein wenig sarkastisch?"

„Ohne einen DNA-Abgleich sind wir aufgeschmissen und weil sich Leute generell gern denunzieren, müssen wir darauf vertrauen."

„Linda, was ist eigentlich mit dir los?" Jörgen runzelte die Stirn.

„Da wurde ein Massengrab mit Kinderknochen gefunden und du fragst mich ernsthaft, was los ist?" Sie stützte sich mit den Händen auf seinem Schreibtisch ab und funkelte ihn zornig an. „Niemand will etwas bemerkt haben, in all den Jahren nicht. Haben Behörden, Nachbarn, Betreuer einfach weggesehen?"

„Linda, schalte bitte einen Gang zurück, solange wir nicht wissen, was wirklich passiert ist."

„Nein, ich werde eher noch einen Gang hochschalten, um den Fall zu lösen. Für morgen um zehn ist der Pressetermin anberaumt und ich hoffe, dass danach die Telefone glühen. Was hat die Befragung von Leon im Krankenhaus ergeben?"

„Leons Aussage deckt sich mit der von Mikkel. Keine Auffälligkeiten, keine fremden Personen."

Lindas Diensthandy gab einen melodischen Ton von sich. „Hauptkommissarin Linda Sventon."

„Hej Linda, ich habe Neuigkeiten für dich", meldete sich Karl, der Rechtsmediziner.

„Schieß los."

„Wir haben Reste von Insektenlarven an einem Skelett gefunden und konnten den ungefähren Todeszeitpunkt bestimmen. Das Kind ist vor etwa sechs Monaten dort abgelegt worden. Schädel und Knochengerüst sind noch nicht vollständig ausgebildet, muss eine Frühgeburt gewesen sein."

Linda war sprachlos.

„Hallo? Bist du noch dran?"

„Ja, natürlich. Ob das kleine Würmchen tot auf die Welt gekommen ist? Allein die Vorstellung, dass es dort unten in diesem Loch ...", sie stockte.

„Das Gewebe ist kaum mehr vorhanden. Ich kann also nicht mehr feststellen, ob das Kind noch gelebt hat."

„Danke für deinen Anruf. Mit diesem zeitlichen Rahmen ist uns schon viel geholfen."

„Immer wieder gern." Karl hatte aufgelegt.

„Der letzte Säugling wurde also vor einem halben Jahr dort abgelegt?", fragte Jörgen und Linda nickte.

„Ja, du hast richtig gehört. Falls für den besagten Zeitraum Hinweise eingehen, können wir denen gezielt nachgehen."

„Mit diesem Background macht der Pressetermin Sinn. Hoffentlich ergibt sich etwas."

„Das hoffe ich auch."

# 5

Im Haus war es still und friedlich, eine trügerische Idylle, wie Inga nur zu gut wusste. Sie streifte sich ihre Hose und den Hoodie über und huschte wie ein Schatten zur Hintertür. Da sie genau wusste, welche Bereiche von den Kameras aufgezeichnet wurden, drückte sie sich mit dem Rücken gegen die Wand und bewegte sich seitwärts entlang in Richtung Zaun.

An der linken Seitenwand des Schuppens war eine Holzlatte lose. Inga schob sie zur Seite und langte durch die Öffnung hindurch, um die Taschenlampe an sich zu nehmen. Ihre Eltern hatten Smartphones ausdrücklich verboten und das Gefühl, hinter dem Mond zu leben, war ständig präsent.

Inga zwängte sich durch ein Loch in der Hecke und eilte

mit schnellen Schritten die Straße entlang. Schon nach wenigen Minuten war sie völlig außer Atem und bezweifelte, dass sie die weite Strecke überhaupt zurücklegen könnte. Aber letztlich siegte der Wille und Inga lief weiter. Sie wollte diesen Ort mit eigenen Augen sehen, und tagsüber hatte sie keine Möglichkeit dazu.

In der Ferne bellte ein Hund und Fledermäuse schwirrten pfeilschnell durch die Nacht. Inga spürte jedoch keine Furcht, sie fühlte sich seltsamerweise befreit von aller Last. Warum konnte es nicht immer so sein, dachte sie betrübt.

Nach einer halben Stunde strammen Fußmarsches hatte sie Ludvika hinter sich gelassen und näherte sich dem Wald, den die Leute inzwischen nur noch „Den Wald der toten Kinder“ betitelten. Natürlich kannte niemand die wahre Bedeutung dieses Ortes, aber Inga ahnte, was es mit ihm auf sich hatte.

In Gedanken stellte sie sich diesen Ort als einen idyllischen Platz vor, verwunschen und heimelig zugleich. Sie sah bunte Blumen und Schmetterlinge, die sich auf der Suche nach Nektar auf ihnen niederließen. Diese romantische Vorstellung beglückte sie, denn sonst wäre der Blick in die Zukunft nicht zu ertragen gewesen.

Sie tauchte in das Dunkel des Waldes ein, dessen Baumwipfel ein geheimnisvolles Flüstern von sich gaben. Ein paar Meter von ihr entfernt raschelte Laub und Inga schaltete mit klopfendem Herzen die Taschenlampe ein. Zwei junge Rehböcke preschten erschrocken davon und zauberten ein Lächeln auf Ingas Gesicht. Wie schön diese Nacht doch war.

Im Schulunterricht hatte sie sich dank eines Computerprogrammes von Lillemor genau erklären lassen, wo die Stelle im Wald lag. Durch die weiträumige, quadratisch angeordnete Absperrung musste sie nur dem Band folgen und am Eckpunkt die Diagonale nehmen. So weit, so gut. Doch die Dunkelheit, die eine gewisse Orientierungslosigkeit mit sich brachte, erschwerte die Suche.

Nichts als Bäume, die ihre Äste zu einem undurchdringbaren Dickicht verwoben hatten. Immer wieder kam Inga vom Weg ab und schon jetzt spürte sie ihre Kräfte schwinden. Nicht auszudenken, wenn sie sich verlaufen würde. Obwohl, dieser Gedanke war gar nicht so unangenehm. Alles war besser, selbst der Tod. Dennoch konnte sie sich nicht dazu überwinden, diesen letzten Schritt zu wagen.

Der unheimliche Ruf eines Käuzchens ließ sie zusammenzucken und nun wurde ihr doch ein wenig mulmig zumute. Überall raschelte und knackte es im Unterholz, das war nicht gerade ermutigend. Als auch noch das Licht der Taschenlampe zu flackern begann, raste ihr Puls. Warum konnte sie dieses verfluchte Absperrband nicht finden.

Sie drehte sich mehrmals um die eigene Achse und dann entdeckte sie es. Sie legte die wenigen Meter rasch zurück, löschte das Licht der Taschenlampe und umfasste das Band mit ihrer Hand. Im Blindflug tastete sie sich voran. Nachdem sie am Eckpunkt angekommen war, schaltete sie das Licht wieder an. Sie schätzte den Winkel der Diagonalen ein, den sie nehmen musste, um die Erhebung zu finden.

Der schwere Duft von Pilzen hing in der Luft, während ihre Füße im weichen Moos versanken. Sie hatte bisher noch nicht viel von der Welt gesehen. Das Leben verlief in geordneten Bahnen – gleichförmig, kontrolliert, freudlos. Dabei liebte Inga die Natur mit ihren zahlreichen Facetten und konnte sich an den Sonnenuntergängen nie sattsehen.

Warum pressten ihre Eltern sie in dieses starre Konstrukt, aus dem es kein Entrinnen gab? Andere Mütter und Väter wollten nur das Beste für ihre Kinder, ließen ihnen die Freiheiten, die sie für eine gesunde Entwicklung brauchten. Wie oft schon hatte Inga sich gewünscht, mit Lillemor tauschen zu können …

Der helle Lichtkegel huschte über eine Steinformation, sie musste ihr Ziel erreicht haben. Doch nichts von alledem, was sich in ihren Gedanken manifestiert hatte, war zutreffend. Das hier war mitnichten ein magischer Ort.

Sie leuchtete in die Öffnung hinein und bei diesem Anblick grauste ihr. Kalter nackter Boden voller Geröll, eine Gruft ohne Wiederkehr. Wie hatte sie nur so dumm sein können? Keine tanzenden Schmetterlinge, keine Blumen, nichts. Ein schmerzender Stich im Unterleib zwang sie in die Knie und sie rang keuchend nach Luft. Sie musste nach einer Lösung suchen, nicht heute, nicht morgen, sondern sofort!

Ja, sie war in ihrer Lethargie gefangen, hatte sich in all den Jahren ihrem Schicksal ergeben. Die Angst vor den Konsequenzen – die Drohungen hatten ihre Wirkung nicht verfehlt – musste sie besiegen, und zwar auf der Stelle.

Plötzlich vernahm sie das leise Rascheln von Kleidung und fuhr herum. Eine Gestalt hatte sich aus der Dunkelheit geschält und stand direkt hinter ihr.

„Was hast du um diese Uhrzeit an diesem Ort verloren?"

Ihr wäre beinahe vor Schreck die Taschenlampe aus der Hand gefallen und das Blut rauschte in den Ohren. Sie schluckte und war nicht in der Lage, sich zu artikulieren. Die Scheu vor anderen Menschen war ihr in die Wiege gelegt worden, wie so vieles andere auch. An manchen Tagen überwog die Scham, dass sie kaum dazu in der Lage war, in die Schule zu gehen.

Wie ein aufgescheuchtes Reh wandte sie sich ab und spurtete blindlings drauflos. Vertrocknete Zweige knackten unter ihren Sohlen und sie wäre fast gegen den mächtigen Stamm einer Fichte geprallt. Ob der Mann sie erkannt hatte und wusste, zu welcher Familie sie gehörte? Das konnte bitter enden, denn die Strafen waren verheerend.

Irgendwann kam sie atemlos zum Stehen. Sie hatte sich verlaufen und wagte nicht, die Taschenlampe einzuschalten. Der wolkenlose Himmel half ihr auch nicht weiter, sie hatte nie gelernt, sich an den Sternen zu orientieren. Doch die Zeit drängte, bis zum Morgengrauen musste sie zurück sein.

Ihre Beine waren bleischwer und geschwollen. Inga fühlte sich so müde, so hungrig und erschöpft. Mit schleppenden Schritten irrte sie durch den Wald, bis sich endlich der Bewuchs lichtete.

Wie wohltuend es doch war, sich keinen Weg mehr durchs Unterholz bahnen zu müssen. Inga sehnte sich nach ihrem Bett und wünschte sich, nie da gewesen zu sein. Jetzt war sie ihrer letzten Illusionen beraubt worden. Schon von Weitem sah sie in einigen der Häuser Licht brennen, der Morgen nahte.

Das Shirt klebte Inga verschwitzt am Rücken, als sie durch die Hecke schlüpfte und sich dem Haus näherte. Sie hatte gerade die Taschenlampe an ihren angestammten Platz zurückgelegt, als plötzlich das Licht im Badezimmer aufflammte. Hoffentlich war es nur eine ihrer Schwestern.

Inga huschte zum Hintereingang und presste sich mit dem Rücken gegen die raue Hauswand. Sie fühlte die Wärme der Ziegel, die die Hitze des Vortages gespeichert hatten. Über ihr im Badezimmer konnte sie das leise Plätschern von Wasser durch das geöffnete Fenster hören. Ein leises Räuspern erklang und Inga schloss gequält die Augen. Warum konnte das Glück nicht einmal auf ihrer Seite sein?

Ihre Mutter schien es nicht eilig zu haben, das Licht brannte und brannte. Es war ausgeschlossen, dass sie unbemerkt ins Haus gelangte, solange ihre Mutter nicht zurück ins Schlafzimmer ging. Inga hatte keine Kraft mehr, um eine dieser sinnlosen Bestrafungen zu ertragen.

Als plötzlich die Hintertür knarrend aufschwang, setzte ihr Herzschlag für eine Schrecksekunde aus.

„Inga?“, wisperte Krista. „Was machst du hier draußen?“

Inga legte den Zeigefinger auf ihre Lippen und deutete mit einem Kopfnicken in Richtung Badezimmer.

„Komm, schnell, die Luft ist rein“, wisperte Krista.

Inga folgte ihr ins Haus und gemeinsam huschten sie ins

Kinderzimmer, das sich Luisa und Krista teilten. Krista legte sich wieder ins Bett und Inga deckte sie zu.

„Was hast du draußen gemacht?“, flüsterte Krista.

„Ich habe ein verdächtiges Geräusch gehört und wollte nachsehen“, log Inga.

„Wenn das Mama mitbekommt, dann gibt es eine Menge Ärger.“

„Das weiß ich doch. Ich werde es in Zukunft auch nicht mehr machen, versprochen. Wie hast du überhaupt bemerkt, dass ich draußen bin.“

„Ich konnte nicht schlafen und habe aus dem Fenster geschaut. Du bist von der Straße gekommen.“

„Stimmt, weil ich dachte, dass jemand über den Zaun klettern wollte. Aber bitte erzähl Mama und Papa nichts davon.“

„Und du lügst mich auch nicht an?“, fragte Krista misstrauisch.

„Nein, ganz bestimmt nicht.“

Inga strich ihrer jüngsten Schwester eine Haarsträhne aus der Stirn. Sie wirkte so zerbrechlich, so zart und der Beschützerinstinkt regte sich in ihr. Aber sie war machtlos, jede Gegenwehr ihrerseits würde sofort mit harten Maßnahmen bestraft werden.

„Du solltest noch ein wenig schlafen, damit du ausgeruht den Tag beginnen kannst.“

„Ich bin aber nicht mehr müde“, widersprach Krista.

„Versuche es wenigstens, ja?“

„Mhm.“

Inga stand auf und öffnete die Tür einen Spaltbreit. Dann huschte sie ungesehen in ihr Zimmer und atmete auf. Es würde niemals Frieden geben, einmal Hölle hin und zurück. Der letzte Funke Hoffnung war in dieser Nacht erloschen.

# 6

Nervös setzte sich Linda neben Jörgen, breitete die Unterlagen vor sich aus und stellte das Mikrophon ein. Die Pressevertreter hatten ihre Kameras auf die Stative geschraubt und ein leises Stimmengemurmel füllte den Raum.

„Meine Güte, bin ich nervös“, raunte sie Jörgen zu und atmete tief durch. Durch die vielen Personen war die Luft schon jetzt stickig und feine Schweißperlen bildeten sich auf Lindas Stirn. Ihr Magen schien sich verknotet zu haben, sie hätte auf die dritte Tasse Kaffee verzichten sollen.

„Das wird schon.“

Jörgen nickte ihr aufmunternd zu und sie erhob sich.

„Sehr geehrte Damen und Herren, auch wenn der Anlass

ein trauriger ist, so bin ich dankbar, dass Sie so zahlreich erschienen sind …"

Nach den ersten Sätzen verfiel Linda in die übliche Routine. Sie gab einen Teil der Daten preis und bat die Öffentlichkeit um Hilfe. Gleich würden die Telefone in der Zentrale glühen.

„… ich bedanke mich bei Ihnen für Ihre Aufmerksamkeit", beendete Linda ihre Ansprache.

„Geschafft", flüsterte sie, als sie wieder Platz nahm.

„Du warst große Klasse", lobte Jörgen.

Jetzt würde das Team den Reportern Rede und Antwort stehen.

---

Linda stand mit einem weiteren Becher Kaffee vor der Tür und trank mit kleinen Schlucken. Die Pressekonferenz war vorüber und die Mitarbeiter in der Zentrale tippten sich die Finger wund. Nur Relevantes wurde an sie weitergeleitet.

„Es war die richtige Entscheidung", sagte sie mit einem erleichterten Lächeln.

„Das hoffe ich auch, obwohl mir vor den Auswertungen graut", gestand Jörgen.

„Wir werden etwas finden, davon bin ich felsenfest überzeugt."

„Wehe, wenn nicht." Jörgen leerte seinen Becher. „Kommst du?"

Sie hatten sich im Konferenzraum häuslich eingerichtet, um schnell agieren zu können, falls einer von ihnen einen ernst zu nehmenden Hinweis entdeckte. Schweigend brüteten sie über den Hinweisen, die eingegangen waren. Durch das geöffnete Fenster wehte eine leichte Sommerbrise.

„Ach, das ist doch nur wieder Mist", schimpfte Jörgen.

„Wie sich die Leute gegenseitig anschwärzen, ist kaum zu ertragen."

„Nun mach mal halblang. Man muss viele Frösche küssen …"

„… und so weiter und so weiter", fiel Jörgen ihr ins Wort.

„Probleme zu Hause?", fragte Linda und musterte ihn über den Rand ihres Bildschirms hinweg.

„Wie man's nimmt. Karla kann bisweilen sehr anstrengend sein, wenn das Zusammenleben nicht ihren Vorstellungen entspricht."

„Dann sei ein guter Mann und füge dich", riet Linda.

„Dein Vorschlag in allen Ehren, aber irgendwann ist es auch genug."

„Hey, ich glaube, ich habe da was", rief Arne, der mit ihnen arbeitete.

Fast gleichzeitig sprangen Linda und Jörgen auf und liefen zu seinem Tisch.

„Vor zehn Jahren hat diese Familie ein Kind bekommen, ohne dass die Frau schwanger gewesen ist."

„Ach komm", winkte Jörgen ab. „Da habe ich schon mindestens zehn Fälle zur Seite gelegt."

„Jetzt warte doch erst einmal ab", beschwerte sich Arne. „Fünf Personen, die in der gleichen Straße wohnen, haben sofort nach der Pressekonferenz angerufen."

„Punkt für dich, aber sie könnte das Kind auch illegal adoptiert haben. Schließlich bearbeiten wir ja den umgekehrten Fall, wo schwangere Frauen plötzlich ohne Kind dastehen", sagte Jörgen.

„Trotzdem sollten wir der Sache nachgehen", erwiderte Linda. „Ich wäre dafür, dass einer von uns sofort aufbricht."

„Ich überlasse dir den Vortritt, Chefin. Du hast eindeutig mehr Fingerspitzengefühl", entgegnete Jörgen und nahm wieder an seinem Schreibtisch Platz.

„Einverstanden. Dann haltet mal schön die Stellung."

Und schon war Linda auf dem Weg nach draußen. Die

Adresse war nicht weit von der Polizeibehörde entfernt und sie parkte den Wagen vor einem schmucken Einfamilienhaus, dessen ockerfarbener Ton der Fassade ein frisches Aussehen verlieh. Ein Nachbar, der gerade den Rasen mähte, beäugte sie neugierig. Wahrscheinlich einer der Anrufer.

Da kein Fahrzeug in der Einfahrt stand, vermutete Linda, umsonst gekommen zu sein. Aber schon nach dem ersten Klingelton öffnete sich die Tür.

„Hallo?“

Eine Frau Mitte dreißig stand in legerer Kleidung vor ihr. Linda zückte ihren Dienstausweis.

„Mein Name ist Linda Sventon und ich bin von der Kriminalpolizei. Ich hätte ein paar Fragen zu Ihren Familienverhältnissen.“

„Oh mein Gott, ist etwas mit meinem Sohn passiert?“

„Nein, mit ihm ist alles in Ordnung. Dürfte ich eintreten?“

Alba Helmersson zögerte.

„Ich würde das nur ungern zwischen Tür und Angel besprechen“, sagte Linda.

„Nun gut, kommen Sie rein.“ Alba Helmersson führte sie ins Wohnzimmer. „Bitte, setzen Sie sich.“

„Danke.“ Linda nahm auf der gemütlichen Couch Platz.

„Also, warum sind Sie hier?“

„Es geht um Matti, Ihren Sohn.“

„Ja, das sagten Sie bereits.“ Alba Helmersson wirkte mit einem Mal sehr reserviert.

„Sie wissen sicher, in welchem Fall wir gerade ermitteln.“ Linda ließ ein paar Sekunden verstreichen. „Ich weiß nicht so recht, wie ich es formulieren soll, aber uns wurde mitgeteilt, dass Sie wie die Jungfrau Maria zu einem Kind gekommen sein sollen, ohne dass Nachbarn Ihre Schwangerschaft bemerkt hätten.“

„Und auf diesen Tratsch geben Sie etwas?“, erwiderte Alba Helmersson entrüstet.

„Wir müssen jedem Hinweis nachgehen", sagte Linda.

„Suchen Sie nicht nach den Müttern der Kinder?" Alba Helmersson erhob sich, zog die Schreibtischschublade auf und nahm das Familienstammbuch heraus. „Bitteschön, die Geburtsurkunde von Matti."

Linda warf einen Blick darauf. Die Urkunde schien echt zu sein. „Danke." Sie gab Alba das Stammbuch zurück.

„Nicht jeder Frau sieht man an, dass sie ein Kind erwartet", entgegnete Alba kühl, doch Linda hatte da so ihre Zweifel.

Alba war ein zerbrechliches Persönchen und wirkte durch ihren hellen Teint wie aus Porzellan. Genau in diesem Moment erklang ein melodischer Klingelton.

„Das wird Matti sein", sagte Alba und sprang auf, um zur Tür zu laufen.

Ein Zehnjähriger stürmte in den Flur und ließ seinen Schulranzen neben der Garderobe fallen. Neugierig betrat er das Wohnzimmer, sagte kurz „Hej", machte auf dem Absatz kehrt und verschwand im Kinderzimmer.

„Haben Sie vielleicht ein Familienfoto zur Hand?", bat Linda mit einem freundlichen Lächeln.

„Ich dachte, es wäre alles geklärt?"

Alba zog genervt die Brauen zusammen, doch Linda überging die Frage.

„Ich möchte Sie nur ungern in die Behörde bestellen."

„Reicht auch ein Foto vom Smartphone?"

„Aber sicher", erwiderte Linda.

Alba wischte mit dem Zeigefinger über das Display, um es anschließend Linda zu reichen. „Zufrieden?"

„Vielen Dank."

Das Foto zeigte die Familie samt Großeltern im Garten und Linda zoomte die Gesichter näher heran. Ein kurzer Blick genügte, dann gab sie Alba das Smartphone zurück.

„Schön. Sonst noch Fragen?"

„Nein.“ Linda stand auf und reichte Alba die Hand. „Danke, dass Sie sich die Zeit genommen haben.“

Sie konnte Alba deutlich ansehen, wie erleichtert sie über den Aufbruch war. Draußen im Wagen ließ Linda das Gespräch noch einmal Revue passieren. Matti war ein ausgesprochen hübscher Junge. Das Haar hatte die satte Farbe von Kastanien, sein Gesicht war wie von einem Bildhauer modelliert. Und seine Augen erst. In ihnen schimmerte ein sanfter Braunton mit goldenen Sprenkeln.

Plötzlich hatte Linda es sehr eilig und startete den Wagen. Sie musste der Sache unbedingt auf den Grund gehen. Innerhalb kürzester Zeit hatte sie die Strecke zurückgelegt und eilte ins Büro.

„Linda?“, rief Jörgen ihr fragend hinterher, doch sie blieb ihm eine Antwort schuldig. Er folgte ihr ins Büro und lehnte sich an den Türrahmen. „Was hat die Familie gesagt? Haben sie das Kind vielleicht illegal aus dem Ausland adoptiert?“

„Geduldige dich bitte einen Moment“, erwiderte Linda abwesend und klickte sich durch die Seiten. „Ah, da ist es“, rief sie freudig.

„Nun sag schon, worum geht es überhaupt?“, brummte Jörgen voller Ungeduld.

„Komm her.“ Sie winkte ihn zu sich heran und deutete auf das Dokument, das sie soeben aufgerufen hatte.

„Brauchst du Nachhilfe in Genetik?“

„Ach Jörgen“, seufzte sie.

„Jetzt klär mich endlich auf.“

„Okay, okay.“ Sie hob beschwichtigend die Hände. „Beide Elternteile, also Vater und Mutter, haben jeweils blaue Augen und der kleine Matti hat braune.“

„Und?“

„Du stehst heute echt auf der Leitung. Blau plus Blau kann niemals Braun ergeben.“

Jörgen klappte die Kinnlade herunter. „Verdammt, die Nachbarn hatten recht.“

„Genauso ist es. Alba Helmersson wirkte zudem sehr nervös und hat nur mittelmäßig kooperiert. Jede andere Mutter wäre bei diesen Anschuldigungen an die Decke gegangen und hätte sämtliche Dokumente präsentiert, um die Vorwürfe von sich zu weisen. Nicht so Alba Helmersson."

„Was schlägst du also vor?"

„Ich werde einen DNA-Test beantragen, um auf diese Weise die Eltern zum Reden zu zwingen."

„Wird sicher genehmigt, der Boss will endlich Ergebnisse sehen."

„Du sagst es, auch wenn wir uns nicht sicher sein können, dass diese Geschichte mit unserem Fall zusammenhängt."

„Wir werden noch ein paar Tage über den Auswertungen sitzen, schätze ich. Aber ich gehe davon aus, dass wir noch den einen oder anderen Hinweis entdecken", sagte Linda.

„Hoffentlich", antwortete Jörgen mit einer gehörigen Portion Skepsis in der Stimme.

# 7

Inga fühlte sich schwach und schleppte sich durch den Tag. Seit sie wieder zugenommen hatte, wurden ihre Mahlzeiten noch strenger rationiert, und vor lauter Hunger füllte sich ihr Magen mit Luft. Das konnte ziemlich schmerzhaft werden, besonders wenn sie den Schultag im Sitzen verbringen musste. Manchmal schlief sie sogar im Unterricht ein, weil sie so müde war.

Ausgerechnet heute sollte Luisa ihre erste Weihe erhalten und ihre Mutter hatte schon die Tasche mit den Medikamenten gepackt. Inga wurde schlecht bei dem Gedanken, dass ihre Schwester im Alter von zwölf Jahren nun in ihre Fußstapfen treten würde. Tagelang hatte sie darüber nachgedacht, wie sie Luisas Weihe verhindern könnte. In einer

Stunde würden sie losfahren, dann war es für Überlegungen zu spät.

Die Tür öffnete sich einen Spaltbreit und Luisa schlüpfte ins Zimmer.

„Du kannst dir gar nicht vorstellen, was für Angst ich habe“, flüsterte sie und warf sich in Ingas Arme.

Wie ein kleines Kätzchen schmiegte sich Luisa an ihre große Schwester. Die Eltern hatten ihnen verboten, Gefühle dieser Art zu zeigen, aber Inga konnte sich gut in Luisa hineinversetzen, denn sie hatte dieses einschneidende Erlebnis schon hinter sich. Noch mehr Schuld, die auf Luisas schmalen Schultern lastete, noch mehr seelische Pein, die sie teilen würden.

„Ich will das nicht machen“, hauchte Luisa und sie zitterte wie ein zartes Vögelchen im Regen.

„Mir geht es ganz genauso. Aber ich habe nicht die geringste Ahnung, wie ich es verhindern könnte.“

„Bitte, du musst dir etwas einfallen lassen“, flehte Luisa und Inga wurde es schwer ums Herz. Wenn ihre Mutter sie so erwischte, dann …

Luisa zupfte an ihrem Ärmel. „Und wenn wir gemeinsam weglaufen?“

Diesen Gedanken hatte Inga auch schon erwogen, aber dann würde Krista allein zurückbleiben. Sie brauchten einander, um all das durchzustehen.

Inga strich Luisa sacht übers Haar, die so zerbrechlich in ihren Armen wirkte.

„Wir müssen auch an Krista denken. Für sie beginnt gerade die Hölle auf Erden, sie braucht uns als Stütze.“

„Aber ich kann und ich will das nicht. Bitte, du musst das unbedingt verhindern“, flehte Luisa leise. „Ich will diese entsetzlichen Schreie nicht mehr hören müssen und bei dem Geruch von Blut könnte ich kotzen …“

So harte Worte aus dem Mund einer Halbwüchsigen. Inga drückte ihre Schwester an sich, die vor Angst zitterte.

„Es dauert nicht mehr lange, bis Krista in die Kiste muss“, wisperte Luisa.

„Bitte, mach es mir nicht noch schwerer“, erwiderte Inga im Flüsterton.

„Aber du bist meine große Schwester“, beharrte Luisa. „Ein Junge aus meiner Klasse hat gesagt, dass sich Geschwister immer beschützen. Immer, hörst du!“

„Luisa?“ Die schneidende Stimme ihrer Mutter hallte im Flur.

„Los jetzt, geh, bevor es Ärger gibt.“

Luisa huschte zur Tür und drehte sich dort noch einmal um. In ihrem Blick lag so viel Schmerz und Verzweiflung, dass es Inga das Herz brach. In was für eine Welt waren sie nur hineingeboren worden?

In einer Viertelstunde würden sie aufbrechen, ihr blieb nicht mehr viel Zeit, um Luisas Weihe zu verhindern. Mit einem Ruck erhob sich Inga und lauschte an der Tür. Aus der Küche drang das leise Stimmengemurmel ihrer Eltern. Jetzt oder nie.

In Eile riss sich Inga das weite Kleid vom Leib, sie hatte sich bereits für die Messe umgezogen, und schlüpfte in Jeans und Shirt. Die Turnschuhe nahm sie in ihre Hand und trat in den Flur. Das Herz pochte wild, als sie auf leisen Sohlen die Treppe hinunterhuschte und in der Gästetoilette verschwand. Dort öffnete sie das Fenster, stieg auf den Toilettendeckel und kletterte nach draußen. Der Weg bis zur Hecke erschien ihr endlos und sie wäre beinahe über den Gartenschlauch gestolpert. Die Zweige der Hecke zerkratzten ihr Gesicht, doch sie kümmerte sich nicht darum.

Sie zwängte sich durch das Loch im Zaun und rannte, was die Beine hergaben. Schon nach wenigen Metern bekam sie Seitenstechen und hockte sich auf den Boden. Sie musste unbedingt weiter, sie hatte sich noch nicht weit genug vom Haus entfernt. Mühsam rappelte sie sich auf und stürmte davon, ohne recht zu wissen, wohin. Tränen sammelten sich in ihren Augen und sie stieß blindlings mit jemandem zusammen.

„Inga?“

Die Panik stand ihr ins Gesicht geschrieben, als sie Lillemor erblickte. Die Zeit schien stillzustehen.

„Was ist passiert?“

„Ich … ich …“, stammelte Inga.

„Wirst du verfolgt?“

„Ich muss weg von zu Hause“, brach es aus ihr heraus.

„Warum?“

„Du hast mich nie gesehen, ja?“, flehte Inga.

„Wohin willst du?“

Inga zuckte ratlos die bebenden Schultern und hetzte einfach weiter, doch Lillemor folgte ihr.

„Ich weiß, dass bei euch zu Hause etwas nicht stimmt. Bitte, lass mich dir helfen“, drängte Lillemor.

„Ich muss mich verstecken, niemand darf mich finden“, stieß Inga atemlos hervor.

„Komm!“

Lillemor erfasste ihre Hand und zog sie mit sich. Sie bog zwischen den Wohnhäusern auf einen schmalen Trampelpfad ab, der sie direkt zu einem baufälligen Schuppen führte.

„Los, rein da!“, kommandierte sie.

Im Inneren roch es nach altem Öl und überall stand Gerümpel herum.

„Setzen wir uns.“ Lillemor zeigte auf eine Matratze. „Hier habe ich mich früher mit meinen Freundinnen getroffen, wenn sie heimlich geraucht haben. Aber die Zeiten sind längst vorbei.“

Kraftlos sank Inga neben ihr auf die Matratze.

„Willst du darüber reden?“, fragte Lillemor.

Inga schüttelte den Kopf. Sie hatte ein Gelübde ablegen müssen und das Risiko, dass Lillemor es weitersagen könnte, durfte sie nicht eingehen. Auf keinen Fall wollte sie das

Leben ihrer Schwestern gefährden, ihr eigenes war sowieso keine Krone mehr wert.

„Inga?"

„Ich kann nicht darüber reden", brachte sie unter Tränen hervor.

„Ist schon gut, ich will dich nicht bedrängen", erwiderte Lillemor verständnisvoll. „Für ein oder zwei Tage kannst du hierbleiben."

„Danke."

Inga hatte keineswegs vor, länger zu bleiben, aber das wollte sie Lillemor nicht auf die Nase binden. Sie würde Ludvika verlassen, für immer.

„Möchtest du etwas trinken?"

„Ja, ich fühle mich nicht gut."

„Gut, ich bin gleich wieder zurück."

Lillemor schlüpfte nach draußen und Inga lehnte sich erschöpft gegen das raue Holz der Schuppenwand. Sie hatte schon so viele schlimme Dinge durchlebt und erlitten, aber das war mit Abstand die größte Seelenpein. Ihre Schwestern zurückzulassen, brachte sie um den Verstand. Luisa würde die Weihe erhalten, wenn nicht heute, dann an einem anderen Tag. Genau wie sie war Luisa ein seelisches Wrack, anders konnte man es nicht bezeichnen.

Krista, die Jüngste, konnte die Torturen am besten verdrängen. Wenn es ganz schlimm wurde, klinkte sie sich einfach aus. Danach fehlten ihr jegliche Erinnerungen, und Inga beneidete sie um diese Gabe.

„So, da bin ich wieder", sagte Lillemor und stellte zwei Wasserflaschen auf den Boden. Dann reichte sie Inga eine Packung Kekse. „Damit du nicht verhungerst."

Inga riss die Packung auf und stopfte sich hastig ein paar Kekse in den Mund, die sie mit einem Schluck Wasser hinunterspülte. Die Mahlzeiten auf Zuteilung waren eine Qual, sie litt unter dem ständigen Hunger- und Schwächegefühl.

„Hm, die Kekse werden wohl nicht reichen, ich könnte dir rasch Spagetti kochen. Dann muss ich Elina abholen und kann nicht mehr weg."

„Mach dir nicht so viele Gedanken", sagte Inga, die von Lillemors Fürsorge peinlich berührt war.

„Ich sehe doch, dass du Hunger hast, und wir haben genug im Haus. Gib mir eine halbe Stunde, dann bin ich wieder da."

Inga nickte matt. Sie war so aufgewühlt, dass sie keinen klaren Gedanken mehr fassen konnte. Wie sollte es jetzt nur weitergehen? Würde man sie auch in der Öffentlichkeit suchen?

Sie wiegte sich rhythmisch vor und zurück, wie immer, wenn sie das Gefühl hatte, dass die Welt zugrunde ging. Warum hatte sie ihre Flucht nicht besser geplant, als noch Zeit dafür gewesen war? Jetzt war Lillemor unbewusst zur Mittäterin geworden.

„Inga?"

Erschrocken zuckte sie zusammen. Sie hatte gar nicht bemerkt, wie rasch die Zeit vergangen war.

„Du machst mir ganz schöne Sorgen", sagte Lillemor und reichte ihr die Plastikdose und eine Gabel. „Lass es dir schmecken."

„Danke, ich werde später essen."

Lillemor verharrte unschlüssig neben der Tür. „Kann ich dich wirklich allein lassen?"

„Ja." Ingas Antwort war nicht mehr als ein leises Flüstern. Sie fühlte sich so schwach, so elend und grenzenlos allein. „Bitte schwöre, dass du niemandem verraten wirst, wo ich bin."

„Du hast mein Wort, Inga. Ich werde dichthalten."

„Möchtest du mir nicht doch noch anvertrauen, warum du weggelaufen bist?"

„So gern ich das würde, ich kann nicht ...", stammelte

Inga gequält. „Ich bin einfach davongerannt, es gibt kein Zurück."

Sie verschwieg Lillemor, dass nach ihrer Rückkehr eine der härtesten und grausamsten Strafe auf sie warten würde. Kein Erbarmen, kein Entrinnen, keine Hoffnung. Ja, sie fürchtete sich davor, es war die Hölle auf Erden.

„In Ordnung, ich habe schon verstanden. Ich werde dir morgens, mittags und abends Essen vorbeibringen und nach dir sehen. Trotzdem solltest du darüber nachdenken, wie es weitergeht. Meine Mutter könnte sich auch an die Jugendhilfe wenden, wenn du magst."

Inga lachte verbittert auf. Sie waren alle so ahnungslos.

„Was gefällt dir an diesem Vorschlag nicht? Meine Mutter ist Kommissarin und hat das Herz am rechten Fleck."

„Ich kann dir das nicht erklären." Resigniert schloss Inga die Augen.

„Ich lasse dich mal lieber allein." Lillemor klang enttäuscht.

„Warte", rief Inga unvermittelt. „Könntest du mir eine Schere bringen?"

„Äh … ja", erwiderte Lillemor irritiert. „Du willst dir doch nichts antun?"

„Nein, nein", antwortete Inga schnell, obwohl das natürlich auch eine Möglichkeit wäre, ihrem Leben ein Ende zu setzen. Aber noch fehlte ihr der Mut, diesen letzten Schritt zu wagen. Sie musste in Ruhe darüber nachdenken, falls das in dieser Situation überhaupt möglich war.

„Ich bin gleich wieder zurück", sagte Lillemor und huschte hinaus.

Inga bewunderte Lillemors souveränes Auftreten, ihre Hilfsbereitschaft und ihre Herzlichkeit. Das, was ihnen jahrelang eingetrichtert worden war, dass sie etwas Besseres wären, konnte nicht stimmen. Kein Lachen, keine Freude – stattdessen nur Dunkelheit, immerwährender Schmerz und Demütigungen.

Nach einigen Minuten schwang die Tür leise knarrend auf und Lillemors zierliche Statur schob sich in den Raum.

„Bitteschön. Aber mach ja keine Dummheiten", warnte sie und reichte Inga die Schere.

„Nein, das werde ich nicht", versprach Inga.

„Ich komme am Abend noch einmal vorbei, um dir die Reste vom Abendessen zu bringen."

„Danke."

Dann war Lillemor auch schon wieder zur Tür hinaus und Inga mit ihren Gedanken allein. Sie ließ den Blick über das sperrmüllartige Inventar schweifen. Die Holzbretter der Außenwand waren von einer silbergrauen Patina überzogen, durch das undichte Dach malte die Sonne helle Kringel auf den staubigen Boden und Spinnweben in den Ecken bewegten sich beim kleinsten Lufthauch.

Inga atmete tief durch, griff nach einer Haarsträhne und brachte die Schere in Position. Nur einen Atemzug später trudelte die Strähne zu Boden und für Inga gab es kein Halten mehr. Sie wütete wie Edward mit den Scherenhänden und betrachtete anschließend mit einem verklärten Blick die blonde Lockenpracht zu ihren Füßen. Es hatte etwas Befreiendes an sich, obwohl sich ihr Kopf nackt und kahl anfühlte.

Sie lehnte sich mit dem Kopf an die Wand. Eine bleierne Müdigkeit ergriff von ihr Besitz und Inga gab sich diesem Gefühl hin. Sie streckte sich auf der muffig riechenden Matratze aus und schlief innerhalb weniger Minuten ein.

„Inga, bist du verrückt geworden?" Lillemor stand neben der Matratze und hatte fassungslos die Fäuste in die Hüften gestemmt. „Mensch, deine schönen Haare", jammerte sie. „Um die habe ich dich immer beneidet."

„Die Locken mussten ab", erwiderte Inga lakonisch.

„Das verstehe ich nicht. Warum diese radikale

Verwandlung in den letzten Wochen?", fragte Lillemor und hockte sich neben Inga auf die Matratze. Die Frischhaltebox mit dem Abendessen stellte sie auf den Boden. „Du bist noch stiller geworden, dein Körper hat sich verändert und jetzt das wunderschöne Haar ... ach." Lillemor winkte resigniert ab. „Willst du mir nicht endlich sagen, was dich bedrückt?"

Inga spürte den drängenden Wunsch, reinen Tisch zu machen und sich Lillemor anzuvertrauen. Aber sie wusste auch, dass sie ihre einzige Verbündete damit in Gefahr bringen würde.

„Bitte versteh doch, ich kann einfach nicht ...", murmelte sie stattdessen.

„Okay, ich respektiere es", antwortete Lillemor. „Aber die Haare kannst du auf keinen Fall so lassen. Rutsch ein Stückchen nach vorn, damit ich sie in Form bringen kann. Wie kurz willst du sie denn?"

„So kurz wie bei einem Jungen, wenn das geht."

„Ich schaue, was ich machen kann. Halt bitte still", sagte Lillemor und fasste einzelne Strähnen mit den Fingern.

Nach einer halben Stunde betrachtete sie zufrieden ihr Werk und zog ihr Smartphone aus der Hosentasche, damit Inga sich betrachten konnte.

„Gefällt's dir?"

Der Anblick war ungewohnt. Nicht nur der knabenhafte Haarschnitt, auch die blassen Wangen und der gehetzte Ausdruck in ihren Augen erschreckten sie.

„Danke", flüsterte Inga matt.

„Du, ich muss gleich wieder zurück. Lass es dir schmecken und morgen zum Frühstück gibt es einen Kakao und ein Croissant. Falls du dich doch dafür entscheidest, zu deinen Eltern zurückzukehren, dann schreibe mir bitte einen Zettel, damit ich Bescheid weiß." Lillemor legte einen Stift und ein Blatt Papier auf die Matratze.

„Ich werde hierbleiben", erwiderte Inga.

„Na gut. Ich wollte dich nur wissen lassen, dass du frei entscheiden kannst. Bis morgen."

„Ja, bis morgen."

Nachdem Lillemor gegangen war, öffnete Inga sofort die Frischhaltebox, und verzehrte die Mahlzeit mit Genuss. Der Auflauf schmeckte köstlich, aber er reichte bei weitem nicht, um ihren Heißhunger zu stillen. Wahrscheinlich würde sie nachts wieder mit Magenkrämpfen wach liegen und sich von einer Seite auf die andere drehen. Aber sie wollte auch nicht undankbar erscheinen und Lillemor um mehr Essen bitten. Sie konnte schon froh sein, dass ihr überhaupt jemand half.

Sie leerte eine halbe Wasserflasche und raffte das abgeschnittene Haar zusammen, um es in eine Ecke zu stopfen. Es war äußerst wichtig, keine Spuren zu hinterlassen, und jede einzelne Strähne könnte sie verraten.

In der Ferne hörte sie plötzlich Stimmen, die sich rasch dem Schuppen näherten. Der Schweiß brach ihr aus allen Poren und ihr Atem ging stoßweise. Sie rechnete damit, dass gleich die Schuppentür aufgestoßen werden würde. Hatte Lillemor nicht beteuert, dass es hier sicher wäre?

Die Männerstimmen verstummten und Inga roch Zigarettenqualm. Nach einer kurzen Pause setzten die Männer ihr Gespräch fort und Inga lauschte. Die zwei waren auf der Suche nach Altmetall, das sie für ein Paar Kronen verscherbeln konnten. Inga ahnte, was sie vorhatten.

Behutsam drückte sie die Schuppentür auf und schaute durch den schmalen Spalt. Die Männer standen mit dem Rücken zu ihr und die Gelegenheit war günstig. Noch.

Jeden einzelnen Schritt genau abwägend stahl sie sich aus dem Schuppen. Sie presste sich an das roh verspundete Holz der Rückwand. In ihrer Aufregung spürte sie nicht, wie ein Splitter in ihren Handballen eindrang und die Wunde zu bluten begann. Als die Tür knarrend zufiel, hechtete Inga in die Sträucher.

„Was war das?"

„Sieht so aus, als wenn wir nicht allein wären."

Die Männer drückten mit der Schuhsohle die Zigarettenstummel aus und öffneten die Tür zum Schuppen.

„Hallo? Jemand da?"

Siedend heiß fiel Inga die Frischhaltebox ein, die sie auf der Matratze zurückgelassen hatte. Hoffentlich würde sie für diesen Fehler nicht bezahlen müssen.

„Schau mal, hier scheint sich jemand einquartiert zu haben."

„Mir doch egal, halte du lieber nach Kupferkabeln und brauchbarem Zeug Ausschau."

Inga hörte die Männer im Schuppen rumoren und duckte sich. Es dauerte nicht lange, bis die Tür wieder aufschwang.

„Nichts als Müll, wir müssen weitersuchen."

„Tja, die Zeiten sind hart."

Sie zündeten sich eine weitere Zigarette an und zogen von dannen. Inga spürte, wie die Anspannung von ihr abfiel, trotzdem traute sie sich nicht in den Schuppen zurück. Sie hockte sich auf den Boden und wartete, bis die Dämmerung einsetzte. Der Himmel hatte sich orangerot gefärbt, als sie in den Schuppen zurückkehrte.

Sie löschte ihren Durst und stellte die leere Plastikdose zur Seite. Eine leichte Sommerbrise wehte den Geruch von Gegrilltem zu ihr herüber. Es war eine Qual, nichts essen zu dürfen, und ihre Gedanken drehten sich nur noch um die nächste Mahlzeit. Bevor sie sich auf die Matratze legte, nahm sie ein altes Seil vom Haken, um die Tür zu sichern. Dann streckte sie sich mit einem Seufzen aus. Was Krista und Luisa wohl gerade machten. Und würde die Weihe dennoch stattfinden?

Inga drehte sich schwerfällig auf die andere Seite. Das zusätzliche Körpergewicht, das sie während der letzten Monate zugelegt hatte, machte ihr zu schaffen, und sie fühlte sich wie eine unförmige Tonne. Ihre Mutter hatte sie ständig dazu aufgefordert, ihre Rundungen zu verstecken, was alles andere als leicht gewesen war.

Die Hänseleien in der Schule hatten proportional zu ihrem Körpergewicht zugenommen und waren kaum zu ertragen gewesen. Aber Inga war darauf konditioniert worden, all das Leid stumm zu ertragen und so zu tun, als würden die Sticheleien und der immerwährende Schmerz an ihr abprallen. Wenn dem doch nur so wäre …

# 8

Müde erklomm Linda die Stufen zu ihrer Wohnung, dieser Fall verlangte ihnen einiges ab. Auch dieser Tag war ein verlorener Tag gewesen, und die Enttäuschung wog schwer, denn es waren keine weiteren Hinweise eingegangen. Schon jetzt machte der Boss unnötigen Druck und verlangte erste Ergebnisse, um sie der Presse zu präsentieren.

Genervt kramte sie in der Tasche nach ihrem Schlüssel, als plötzlich die Eingangstür aufgerissen wurde.

„Mami, Mami, Alex ist da", strahlte Elina.

Er stand hinter dem Mädchen und nickte entschuldigend.

„Wolltest du nicht erst morgen kommen?", fragte Linda. „Ich hatte dich noch gar nicht erwartet."

„Verzeih mir meine Sehnsucht“, sagte Alex entschuldigend.

„War es nicht eher Langeweile?“ Sie blickte ihn herausfordernd an.

„Dass du mich immer so schnell durchschaust“, antwortete er mit einem Augenzwinkern.

Linda legte die Hände um seinen Hals und atmete den herben Geruch seines teuren Aftershaves ein.

„Du kannst dir gar nicht vorstellen, wie sehr du mir gefehlt hast“, raunte er.

Sie spürte seinen warmen Atem auf ihrer Haut und schmiegte sich an ihn. „Schön, dass du da bist.“

Er hob ihr Kinn und küsste sie.

„Könnt ihr das nicht woanders machen?“, beschwerte sich Lillemor, die den Kopf zur Zimmertür hinaussteckte.

„Verzeihung, eure Hoheit“, lachte Alex. „Was halten die Ladies davon, wenn ich sie zu einem Abendessen einlade?“

„Oh ja.“ Elina klatschte begeistert in die Hände. „Gehen wir bitte, bitte zu Alfredo?“, bettelte sie.

„Nicht schon wieder zum Italiener“, stöhnte Linda leise.

„Lillemor, du entscheidest“, schlug Alex vor.

„Ich bin auch für Alfredo“, antwortete sie.

„Tja Linda, du wurdest eindeutig überstimmt.“

„Alex, hast du denn gar keine eigene Meinung?“

„Ich darf es mir mit deinen Töchtern auf keinen Fall verscherzen“, antwortete er.

Ein verschmitztes Lächeln umspielte seine Lippen und Linda sah ihm an, wie wohl er sich bei ihnen fühlte.

„Na gut, dann gebe ich mich geschlagen, auf zu Alfredo“, sagte sie.

---

Ein klarer Sternenhimmel spannte sich über ihnen, als sie die Pizzeria wieder verließen. Elina war völlig aufgedreht und

Linda ahnte, dass es mit dem Einschlafen Probleme geben würde. Aber Tage wie dieser waren selten und deshalb sah sie darüber hinweg. Sie hatten eine Menge Spaß gehabt, und nur das zählte.

„Schau mal, Mam, was ist das?“

Lillemor deutete aus dem Seitenfenster. Linda folgte dem Blick ihrer Tochter und entdeckte den orangefarbenen Lichtschimmer am Horizont. Auch Alex riskierte einen Blick und drehte den Kopf zur Seite.

„Da macht wohl einer ein Feuerchen“, sagte er in seiner so typisch wortkargen Art.

„Nach einem kleinen Feuerchen sieht das aber ganz und gar nicht aus“, erwiderte Linda skeptisch und glaubte, einen leichten Rauchgeruch wahrzunehmen.

In der Ferne hörten sie das schrille Heulen der Sirenen und kurz darauf kamen ihnen die Einsatzfahrzeuge der Feuerwehr mit blinkenden Lichtern entgegen.

„Es war sehr trocken in letzter Zeit. Nicht dass sich ein Waldbrand entfacht hat“, sagte Linda.

„Können wir umdrehen? Ich will unbedingt wissen, wo es brennt“, fragte Lillemor.

„Mir war bis jetzt gar nicht bewusst, dass du so sensationshungrig bist“, erwiderte Linda.

„Aber wir sind doch sowieso unterwegs.“ Lillemor beugte sich nach vorn. „Alex, was sagst du dazu? Juckt es euch als Kriminalisten nicht in den Fingern?“

„Bitte Mama, lass uns hinfahren“, bettelte nun auch Elina, als handele es sich um ein Event.

„Nun sag schon, Linda, was soll ich machen?“, fragte Alex, der mit der Situation heillos überfordert schien.

„Wenn es denn unbedingt sein muss, dann dreh halt um“, erwiderte sie genervt.

Alex nutzte die nächste Querstraße, um zu wenden, und fuhr in die entgegengesetzte Richtung. Der beißende Geruch von Rauch verstärkte sich mit jedem Kilometer, den sie sich der Brandstätte näherten.

„Hoffentlich erkennt mich niemand, wenn ich mich unter die Schaulustigen mische. Nicht, dass das morgen die Runde macht", sagte Linda.

„Sie werden denken, dass du deiner Pflicht nachgekommen bist", verteidigte Lillemor ihren Vorschlag.

„Es kann nicht schaden, wenn wir uns rasch einen Überblick verschaffen", meldete sich Alex wieder zu Wort. „Der aktuelle Fall hat für ordentlich Zündstoff gesorgt, im wahrsten Sinne des Wortes."

„Siehst du, Mam, sogar Alex gibt mir recht", triumphierte Lillemor.

Linda schüttelte nur stumm den Kopf. Sie wollte ins Bett, und das so schnell wie möglich. Das Gleiche galt auch für ihre Töchter. Das orangefarbene zuckende Licht am Horizont verstärkte sich, genauso wie der beißende Qualm. Ein Polizist regelte den Verkehr und im Schritttempo passierte der Wagen die brennende Scheune, die sich mittlerweile in eine Feuersbrunst verwandelt hatte. Elina und Lillemor drückten sich an den Scheiben die Nasen platt.

„Das ist ja ein richtiges Inferno", entfuhr es Lillemor, und sie hatte recht.

„Alex, stell bitte sofort die Lüftung aus", bat Linda, weil der Rauch in ihrem Hals kratzte. Der Wind trieb die düsteren Schwaden in die andere Richtung, was zur Folge hatte, dass sich durch den Funkenflug im anliegenden Getreidefeld unzählige Brandnester bildeten.

„Da wird wohl nicht mehr viel zu retten sein. Ich hoffe, dass der Bauer gut versichert ist", sagte Alex pragmatisch.

„Ja, das hoffe ich auch", erwiderte Linda, die mit ihren Gedanken schon wieder ganz woanders war. „Können wir den Feldweg hintenherum zurückfahren? Ich bekomme kaum Luft."

„Kein Problem, wenn du mir sagst, wo ich abbiegen muss“, erwiderte Alex.

„Gleich da vorn, nach dem Schild.“

„Okay.“

Der Wagen holperte über den unbefestigten Weg und die Mädchen beschwerten sich lautstark. Linda ließ sie lamentieren, während sie über die bisherigen Ermittlungen nachdachte. Sie ermittelten im Schneckentempo, was sie ungemein fuchste, obwohl extra eine Task Force eingerichtet worden war.

Als Alex den Wagen auf dem Parkplatz vor dem Haus abstellte, schob sie ihre Sorgen beiseite.

„So, meine Mädchen, erst unter die Dusche und dann ab ins Bett. Inzwischen ist es kurz nach Mitternacht“, ermahnte Linda ihre Töchter und ging ins Wohnzimmer, wo sie sich auf die Couch fallen ließ. Alex setzte sich zu ihr.

„Meine Güte, was für ein Tag.“ Sie lehnte sich zurück und schloss für einen Moment erschöpft die Augen.

„Stimmt. Aber ich bin froh, wieder bei euch zu sein“, sagte er.

Linda lehnte ihren Kopf an seine Schulter. „Ich habe dich schrecklich vermisst“, gestand sie ihm.

„Jetzt bin ich ja da und werde dich unterstützen.“

„Das wird nicht leicht, dieser Fall hat es in sich.“

„Ich liebe Herausforderungen. Aber ein wenig mehr Zweisamkeit wäre auch ganz nett“, raunte Alex ihr ins Ohr.

„Tut mir leid, dass ich damit nicht dienen kann. Im Moment ist es weniger kuschelig.“

„Das sollte kein Vorwurf sein, ich bin an deiner Seite.“

Sie sah ihn dankbar an. „Ich weiß, Alex, ich weiß.“

# 9

Schritte, da waren ganz deutlich Schritte zu hören. Trotz ihrer körperlich schlechten Verfassung war Inga wie eine Antilope auf der Flucht aufgesprungen und lauschte mit klopfendem Herzen. Ein leises Räuspern, das Rascheln von Kleidung und das Knirschen von kleinen Steinchen unten den Sohlen.

War man ihr bereits auf den Fersen. Hatte sie jemand aus der Gemeinschaft bei ihrer Flucht beobachtet? Warum war sie auch so kopflos davongestürmt?

Nur noch wenige Meter, dann würde diese Person den baufälligen Schuppen erreicht haben. Inga verkrampfte sich. Bitte, geh weiter!, flehte sie stumm. In ihrer Panik kroch sie unter ein Metallgestell und presste sich mit dem Rücken gegen die Holzwand.

Jetzt konnte sie sogar den schnaufenden Atem hören und spürte die Gänsehaut auf ihren Armen. Sie zählte die Schritte und als diese allmählich verhallten, wurde ihr bewusst, wie viel Glück sie gehabt hatte. Ein Leben auf der Flucht, war es das wirklich wert?

Sie hatte ihre komplette Identität verloren und würde sich als Obdachlose durchschlagen müssen. Nur wie sollte das funktionieren? Sie war so weltfremd aufgewachsen, dass selbst ein normales Dasein ihr enorme Schwierigkeiten bereiten würde. Sie besaß kein Geld, keine Kleidung zum Wechseln, ja nicht einmal Freunde.

Das schreckliche Geheul der Sirenen und der leichte Brandgeruch hatten sie zusätzlich in Angst versetzt. Seit sie von zu Hause weggelaufen war, schien das Unglück über ihr zu schweben wie ein Damoklesschwert. Konnte das die göttliche Strafe sein, die man ihr wieder und wieder angedroht hatte? Wie sollte es nur weitergehen?

Als Lillemor am nächsten Morgen an die Schuppentür klopfte und um Einlass bat, kauerte Inga immer noch wie ein verängstigter Hund unter dem Metallgestell. Mit zitternden Händen knüpfte sie das Seil auf und wäre Lillemor am liebsten um den Hals gefallen. Aber körperliche Berührungen waren ihr ein Gräuel.

„Was ist passiert? Du zitterst ja wie Espenlaub", fragte Lillemor und wickelte ratlos eine Haarsträhne um ihren Zeigefinger.

„Die Nacht war schrecklich. Ich hatte Panik, dass sie mich aufspüren", stammelte Inga mit angstgeweiteten Augen.

„Wer? Deine Eltern?" Lillemor reichte ihr das in Alufolie eingewickelte Frühstück. „Ich habe wirklich nicht geahnt, dass es so schlimm bei euch zu Hause zugeht."

Inga schluckte. Die Worte „niemand wird dir Glauben schenken" hallten erneut in ihrem Kopf wider.

„Ist es wegen der Noten?", hakte Lillemor nach. „Du gehörst zu den Klassenbesten, lass dich nicht trietzen."

Lillemor hatte gut reden. Inga war sich sicher, dass sie nicht verstehen würde, was sich tatsächlich in ihrer Familie abspielte.

„Ich kann nicht darüber sprechen", antwortete Inga gequält. Das Zittern hatte endlich durch Lillemors Anwesenheit nachgelassen. „Könntest du mir vielleicht ein Mittel zum Haare färben besorgen?"

„Du willst ausgerechnet jetzt deine Haare umstylen?", fragte Lillemor ungläubig.

„Ich weiß, ich verlange ziemlich viel von dir, aber ich will auf keinen Fall nach Hause zurückkehren."

„Aber wir hatten doch vereinbart, dass du hier nicht bleiben kannst. Irgendwann wird meiner Mutter auffallen, dass Lebensmittel fehlen."

„Ich verspreche dir, mich an die Regeln zu halten", bat Inga. Sie hatte sich ihr Leben lang an Regeln halten müssen, und das würde sie auch jetzt tun. „Gib mir bitte noch etwas Zeit."

„Ich lüge nicht gern, Inga, aber ich werde dir helfen. Heute fallen die letzten beiden Stunden aus und wir können die Zeit nutzen, um deine Haare zu färben."

„Aber ich habe kein Geld, um dir die Unkosten zu erstatten", sagte Inga leise.

„Kein Problem, dafür reicht mein Taschengeld gerade noch. Welche Farbe soll es denn sein?"

„Schwarz wäre gut."

„Du wirst schrecklich aussehen", seufzte Lillemor.

„Das stört mich nicht", erwiderte Inga matt. Sie konnte ihr Spiegelbild kaum mehr ertragen. Was machte es da schon, wenn ihr Äußeres dem einer zerrupften Krähe ähnelte?

„Du, die Schule ruft. Hältst du noch so lange durch?"

Inga nickte. „Hat es in der Nacht gebrannt?", fragte sie rasch.

„Ja, in einer Scheune außerhalb von Ludvika."

„Oh. War es die kurz vor Iviken?"

„Ja, woher weißt du davon?"

Inga biss sich nervös auf die Unterlippe, als sie ihren Fehler bemerkte.

„Ich habe nur geraten. Wir sind dort immer vorbeigefahren", sprudelte es aus ihr heraus.

„Die Scheune ist bis auf die Grundmauern niedergebrannt, mehr kann ich nicht dazu sagen. Aber jetzt muss ich wirklich los. Bis nachher", sagte Lillemor, hob zum Abschied die Hand und verschwand zur Tür hinaus.

Inga riss sofort die Alufolie auf. Bei dem Duft der schwedischen Brötchen lief ihr sofort das Wasser im Mund zusammen und sie nahm einen herzhaften Bissen. Die noch warmen Brötchen waren mit Frischkäse, Schinken und knackigen Salatblättern belegt und Inga stopfte sie regelrecht in sich hinein. Das Sättigungsgefühl wich dem quälenden Hunger.

Erst jetzt analysierte Inga, was letzte Nacht geschehen war. Die Scheune existierte also nicht mehr. War das jetzt ein gutes oder ein schlechtes Zeichen? Wahrscheinlich würden sie einen neuen Ort finden, aber bis dahin wäre Luisas Weihe auf Eis gelegt. Ein kleiner Hoffnungsschimmer.

Inga streckte sich wieder auf der Matratze aus und hoffte, dass die Zeit bis Lillemors Rückkehr schnell verfliegen würde.

„Hej, da bin ich wieder", sagte Lillemor und Inga richtete sich erschrocken auf. Sie musste tatsächlich noch einmal eingeschlafen sein.

„Wir müssen uns beeilen, wir haben nicht viel Zeit.

Kommst du?“ Lillemor deutete mit einem Kopfnicken in Richtung Tür.

„Ich habe Angst, dass mich jemand sehen könnte“, erwiderte Inga besorgt.

„Wir laufen schnell rüber zum Haus, mach dir nicht so viele Gedanken. Alex, der Freund meiner Mutter, ist unterwegs.“

Schweigend folgte sie Lillemor nach draußen und sah sich immer wieder suchend um.

„Hier ist niemand, du kannst mir vertrauen“, versuchte Lillemor, sie zu beruhigen.

Die Kühle des Treppenhauses schlug ihnen entgegen, als sie das Haus betraten. Nach der brütenden Hitze im Schuppen empfand Inga die kältere Luft als wohltuend. Das einfache Blechdach heizte das Innere des Schuppens mächtig auf.

Lillemor schloss die Wohnungstür auf und zog Inga in den Flur, wo sie beinahe über die Schuhe gestolpert wäre, die mitten im Weg standen.

„Na ja, wir wohnen nicht so nobel wie ihr“, fügte Lillemor entschuldigend hinzu.

Die Räume waren gemütlich eingerichtet, und abermals wurde sich Inga der Sterilität ihres eigenen Zuhauses bewusst.

„Es ist doch schön hier“, erwiderte Inga schüchtern.

„Danke. Weißt du was? Ich werde jetzt eine Kleinigkeit zu essen machen und du kannst in der Zwischenzeit eine Dusche nehmen. Du bist sicher total verschwitzt.“

„Äh … ich“, stotterte Inga überrascht.

„Nun geh schon, ein Handtuch liegt auf dem Wannenrand bereit.“

Lillemor schob sie sanft ins Badezimmer und schloss die Tür. Inga schaute sich ängstlich um, bevor sie sich zögerlich entkleidete. Es gab keinen Schlüssel und falls Lillemor hereinplatzte, würden mit Sicherheit unangenehme Fragen auf sie niederprasseln. Ihr Körper war gezeichnet von den Selbstverstümmelungen, und nicht nur das. Niemand durfte sie so zu sehen bekommen.

Lillemor hantierte in der Küche lautstark mit den Töpfen und allmählich fiel die Anspannung von Inga ab. Sie seifte sich ein und genoss das Gefühl, sich anschließend rein und sauber zu fühlen. Ihre Kleidung roch zwar unangenehm nach Schweiß, aber das war zurzeit ihr geringstes Übel. Mit einem Schwall feuchtwarmer Luft verließ sie das Bad.

„Der Nudelauflauf ist im Backofen", verkündete Lillemor freudig. „Jetzt können wir uns deinen Haaren widmen." Sie schob Inga zurück ins Badezimmer. „Du setzt dich am besten auf den Klodeckel und ich verteile die Farbe auf deinem Haar."

Inga kam der Aufforderung nach und Lillemor legte ein Handtuch über ihre Schultern, um die Kleidung zu schützen. Dann streifte sie sich Einweghandschuhe über, drückte den Inhalt der Tube aus und verteilte ihn in Ingas Haar.

„So, jetzt müssen wir eine halbe Stunde warten, dann können wir das Zeug ausspülen. Schauen wir mal, ob der Auflauf inzwischen fertig ist."

Lillemor lief in die Küche und öffnete den Backofen. „Hmmm, riecht gut." Sie nahm die Auflaufform aus dem Ofen und deckte den Tisch. „Lang zu und lass es dir schmecken."

Inga ließ sich nicht lange bitten. Die Käsekruste war das Köstlichste von allem und sie orderte eine weitere Portion.

„Du kannst richtig gut kochen", lobte sie Lillemor.

„Danke. Wie du ja weißt, ist meine Mutter selten zu Hause. Da muss ich jede Menge Aufgaben übernehmen."

„Ist bei uns genauso", bestätigte Inga zwischen zwei Bissen.

„Dabei könntet ihr euch sicher eine Haushaltshilfe leisten."

„Meine Eltern mögen keine Fremden im Haus“, antwortete Inga.

„Also ich würde mich über jede Hilfe freuen, dann hätte ich mehr Zeit für mich. Immer habe ich Elina im Schlepptau.“

Lillemor rollte genervt mit den Augen, während sich Inga insgeheim wünschte, mit ihr tauschen zu können.

„Möchtest du noch einen Teller?“, fragte Lillemor. „Sonst räume ich den Tisch ab.“

Inga zögerte, hatte aber den Blick fest auf die Auflaufform gerichtet.

„Du musst dich nicht scheuen, du kannst dir gern noch einen Nachschlag holen.“

Erleichtert stieß Inga die Luft aus. „Danke.“ Mit einem vollen Magen ließ sich das ganze Elend viel besser ertragen. Es war schön, für ein paar Minuten abgelenkt zu sein und nicht immerzu an die Konsequenzen ihres Handelns denken zu müssen.

Lillemor warf einen besorgten Blick zur Uhr. „Eine halbe Stunde haben wir noch, wir müssen uns ranhalten.“

„Ich beeile mich mit dem Essen“, versprach Inga und stopfte Bissen für Bissen in sich hinein. Zum ersten Mal seit Wochen fühlte sie sich richtig satt.

Lillemor räumte den Tisch ab. „So, ab ins Badezimmer, damit wir sehen können, was wir da fabriziert haben.“ Sie grinste breit. „Beug dich über die Wanne, damit ich deinen Kopf abspülen kann.“

Inga konnte sich nicht daran erinnern, dass je ein Mensch so sorgsam mit ihr umgegangen wäre. Lillemor reichte ihr ein flauschiges Handtuch.

„Jetzt bin ich aber wirklich gespannt“, sagte sie.

„Oh …“, hauchte Inga, als sie ihr Spiegelbild betrachtete. War sie das fremde Mädchen, das ihr scheu entgegenblickte? Ihre Verwandlung war geradezu perfekt.

„Gewöhnungsbedürftig, aber immerhin nicht fleckig oder

grün", stellte Lillemor zufrieden fest. „Sag mal, wäre es nicht besser, wenn wir uns mit deinem Problem an die Jugendhilfe wenden?"

Inga bewunderte Lillemors Pragmatismus, sie schien für alles eine Lösung parat zu haben. Doch die Jugendhilfe, das wusste Inga nur zu gut, war unterwandert von ihresgleichen. Traurig schüttelte die den Kopf.

„Du meinst es gut, und das weiß ich sehr zu schätzen, aber die Jugendhilfe kommt nicht infrage."

„Hast du Angst, dass deine Eltern in einem schlechten Licht dastehen könnten? Du musst sie nicht schützen, wirklich nicht." Lillemors Worte klangen eindringlich.

„Nein, es ist nicht so, wie du denkst."

„Na ja, wenn du nicht sagst, was Sache ist, wie soll ich dir dann helfen?" Ratlos zuckte Lillemor mit den Schultern und hängte das Handtuch auf.

„Weil ich dich damit in Gefahr bringen würde", rutschte es Inga heraus.

„Ach, das ist doch Bullshit. Der Job meiner Mutter ist bedeutend gefährlicher."

Wenn du wüsstest, dachte Inga beschämt.

„Jetzt musst du aber in den Schuppen zurück, so leid es mir auch tut", sagte Lillemor. „Ich bringe dir heut Abend Wäsche zum Wechseln mit. Wir haben zwar nicht die gleiche Größe, aber vielleicht passen dir ein weites Shirt und meine Sportunterwäsche."

„Danke, das ist wirklich lieb von dir." Inga wusste gar nicht, was sie sagen sollte. So viel Fürsorge und Hilfsbereitschaft war sie nicht gewohnt.

Lillemor warf einen prüfenden Blick ins Treppenhaus, und als die Luft rein war, huschten die Mädchen nach unten. Kurz darauf waren sie in den Büschen verschwunden und tauchten erst auf dem Weg zum Schuppen wieder auf. Eine getigerte Katze lag abseits im Gras und rekelte sich in der Sonne.

„Miez, Miez", lockte Lillemor und hockte sich hin, um die Katze auf den Arm zu nehmen. Das Tierchen war sehr zutraulich und schnurrte hingebungsvoll, als Lillemor sie im Nackenfell kraulte. Inga hingegen verfiel in eine Art Schockstarre und zitterte unkontrolliert.

„Inga? Was ist los mit dir?" Lillemor setzte den Stubentiger wieder auf dem Boden ab und berührte Inga vorsichtig am Arm.

Inga war nicht dazu in der Lage, auch nur einen einzigen Ton hervorzubringen. Der Schweiß brach ihr aus allen Poren und sie berührte ihren rechten Unterarm. Lillemor folgte dieser fließenden Bewegung und bemerkte die Striemen.

„Hat dich eine Katze verletzt?"

Ingas Atem ging stoßweise und sie schwankte. Erst im letzten Moment gelang es Lillemor, sie aufzufangen und zu stützen.

„Komm, ich bringe dich zum Schuppen."

Wie in Trance ließ sich Inga führen, während ihr Herz wie ein gefangenes Vögelchen in der Brust flatterte.

„Hast du eine Aversion gegen Katzen?", fragte Lillemor, nachdem sich Inga auf die Matratze gesetzt hatte. „Ich meine, bei diesen Narben könnte ich das verstehen."

Tränen glitzerten in Ingas Augen und ließen Lillemor verstummen.

„Schon okay, ich werde nicht weiter fragen", sagte sie. „Ich muss jetzt aber wirklich los. Kann ich dich allein lassen?"

„Mhm."

„Ich habe echt kein gutes Gefühl bei der Sache."

„Es geht schon", versicherte Inga mit kratziger Stimme.

„Na gut, dann bin ich weg." Lillemor warf ihr einen letzten besorgten Blick zu, dann wandte sie sich ab und schlüpfte zur Tür hinaus.

Inga zog die Knie bis zum Kinn und wiegte sich katatonisch. Sie war mit der jetzigen Situation völlig überfordert.

# 10

Linda hatte eine bunt gemusterte Tüte auf ihrem Schoß, während Alex seinen Wagen durch Ludvika steuerte.

„Irgendwie hat diese Babyparty schon etwas Makabres an sich“, sagte sie.

„Du wolltest unbedingt dorthin.“

Alex war nur Linda zuliebe mitgekommen. Allein der Gedanke, auf eine Frauenrunde zu treffen, die mit verzückten Rufen der werdenden Mutter beim Geschenkeauspacken zusahen, bereitete ihm ein gewisses Unwohlsein.

„Ich kann Helene schließlich nicht hängen lassen, wo es doch bald so weit ist.“

„Es wird hoffentlich nicht lange dauern“, sagte er hoffnungsvoll und setzte den Blinker. „Welches Haus?“

„Da vorn, das zweite auf der linken Seite."

„Nobel geht die Welt zugrunde", sagte er beim Anblick des protzigen Baus mit den bodentiefen Fenstern.

„Helenes Mann ist Architekt", fügte Linda fast schon entschuldigend hinzu.

„Ihr Frauen seid doch praktisch veranlagt. Müssten euch diese Fenster nicht abschrecken?"

„Warum, Alex?"

„Denk doch nur einmal daran, wie lange und wie oft du sie putzen müsstest."

Linda brach in schallendes Gelächter aus. „Ich liebe deinen Pragmatismus."

Alex zuckte mit den Schultern. „Frauen sind wie ein Buch mit sieben Siegeln."

Er quetschte seinen Volvo in eine Parklücke und die restlichen Meter bis zum Haus legten sie zu Fuß zurück. Linda drückte auf den Klingelknopf und eine strahlende Helene öffnete ihnen.

„Kommt rein, ihr seid die Letzten", sagte sie und führte Linda und Alex in ein lichtdurchflutetes Wohnzimmer.

„Nicht schlecht", raunte Alex Linda beim Anblick der vier Meter hohen Decken ins Ohr. Er fühlte sich sofort wie in einer Schulaula.

Vier weitere Ehepaare hatten bereits die riesige Eckcouch in Beschlag und die hübsch verpackten Geschenke stapelten sich auf einem eleganten Tisch aus Chrom und Glas.

„Setzt euch. Möchtet ihr auch einen Kaffee."

„Ja, sehr gern."

Helenes Mann schenkte den Kaffee in die Tassen und reichte diese Linda und Alex. Da die Couch schon besetzt war, tranken sie ihren Kaffee im Stehen.

„Einen Moment, ich hole zwei Stühle aus dem Esszimmer", bot sich Helenes Mann an und sprang auf. Im Vorbeigehen stieß er Alex versehentlich an, dessen Kaffeetasse ausgerechnet auf Helenes Kleid überschwappte.

„Oh nein ...“, rief sie entsetzt und sprang hastig auf. Besorgt schaute sie an sich hinunter und stürmte fluchtartig aus dem Raum.

„Ach, Alex“, sagte Linda.

„Könntest du mir vielleicht sagen, wo die Toilette ist? Ich will mir die Hände waschen.“

„Im Flur, dritte Tür rechts.“

„Danke.“

Er hatte schon geahnt, dass so eine Babyparty nichts für ihn wäre. Kichernde Frauen und gelangweilte Männer, die sicher erleichtert waren, wenn sie wieder nach Hause fahren konnten. Bei Helene hatte die Hormonumstellung ganze Arbeit geleistet, so hysterisch wie sie auf den Kaffeefleck reagiert hatte. Nicht, dass er etwas gegen eigene Kinder einzuwenden gehabt hätte, aber der richtige Zeitpunkt hatte sich nie ergeben.

Im Flur schaute er sich suchend um. Was hatte Linda gesagt? Die dritte Tür auf der linken oder auf der rechten Seite? Egal, er würde schon merken, wenn er falsch wäre, und drückte die Klinke herunter. Das erste, was er sah, war eine breite Spiegelfront und den Rücken von Helene, die sich gerade umzog. Oh, hoffentlich hatte sie ihn nicht bemerkt.

Genau in dem Moment, als er die Tür schließen wollte, drehte sie sich zur Seite, ohne ihn zu bemerken. Das, was er zu sehen bekam, verschlug ihm die Sprache. Er war so irritiert, dass er die Tür lautlos zuzog und sich fragte, ob ihm die Sinne einen Streich gespielt hatten.

„Hast du das Bad gefunden?“, fragte Linda, als er ins Wohnzimmer zurückkehrte. Abwesend schüttelte er den Kopf.

„Alex, alles in Ordnung mit dir? Du siehst aus, als hättest du einen Geist gesehen.“

„So in etwa ...“, raunte er. „Können wir bitte gehen?“

„Was ist los mit dir? Es wäre unhöflich, jetzt einfach so zu verschwinden. Lass uns kurz auf die Terrasse gehen.“ Linda nahm ihn an die Hand und zog ihn nach draußen. „Jetzt sag schon, was hat dich so verstört?“

„Ich habe die Tür zum Badezimmer nicht gefunden …“

„Du scheiterst immer an den kleinen Dingen“, unterbrach sie ihn lächelnd.

„… und bin prompt im Schlafzimmer von Helene gelandet.“

„Hat dir die Inneneinrichtung vielleicht zu denken gegeben, weil Folterinstrumente an der Wand hängen?“ Sie zwinkerte ihm verschwörerisch zu.

„Mir ist wirklich nicht zum Scherzen zumute. Helene hatte keinen Bauch.“

„Du spinnst!“

„Ich weiß doch, was ich gesehen habe“, beharrte er.

„Wir reden nachher in Ruhe darüber, einverstanden?“

„In Ordnung“, willigte er widerstrebend ein.

Genau in diesem Moment kehrte Helene mit einem aufgesetzten Lächeln zurück. Alex bemerkte Lindas Blick, wie sie skeptisch den Babybauch anstarrte und leicht den Kopf schüttelte. Wenn es ihm nicht so peinlich gewesen wäre, hätte er Helene sofort zur Rede gestellt. Aber er war ungefragt in ihr Reich eingedrungen und fühlte sich unwohl damit.

„Wisst ihr schon, was es wird?“, fragte die Rothaarige mit den stark geschminkten Lippen.

„Nein, wir wollen uns überraschen lassen“, antwortete Helene und schaute zu ihrem Mann, der ihre Worte durch ein verhaltenes Nicken bestätigte.

„Schade, ich hätte so gern den Namen erfahren.“

„Die paar Tage wirst du deine Neugier noch zügeln müssen“, erwiderte Helene lächelnd.

Alex blieb jedoch nicht verbogen, dass auch Helene sich unwohl in ihrer Haut fühlte. Der Bauch sah täuschend echt aus und unter dem geblümten Kleid aus einem feinen Gewebe zeichnete sich sogar der nach außen gewölbte

Bauchnabel ab. Er rief sich Helenes schlanke Silhouette ins Gedächtnis, die er im Spiegel gesehen hatte.

„Alex, jetzt starr Helene doch nicht so an", wisperte Linda.

„Entschuldige, aber das wird mir alles zu viel."

„Nur noch ein paar Minuten, bitte."

„Ich nehme dich beim Wort", antwortete Alex im Flüsterton.

Stillschweigend ließ er die Party noch eine Weile über sich ergehen, bis Linda mit einem demonstrativen Blick auf die Uhr endlich andeutete, dass sie aufbrechen würden. Er verabschiedete sich höflich und hoffte, dass man ihm die Erleichterung nicht ansah.

Im Wagen saßen sie einige Minuten still nebeneinander, bis Linda schließlich das Schweigen brach.

„In einem Punkt muss ich dir recht geben – Helene verhält sich seltsam. Aber ich kann es auch nachvollziehen, schließlich haben sie und ihr Mann jahrelang versucht, ein Kind zu bekommen. Das hinterlässt Spuren. Könnte es nicht sein, dass du dich getäuscht hast?"

„Es war nur ein schneller Blick, aber ich konnte keine Wölbung sehen."

„Hm, ich weiß wirklich nicht, was ich davon halten soll. Glaubst du, dass sie die Schwangerschaft nur vortäuscht?"

„Meiner Ansicht nach, ja."

„Ihr Gesicht wirkt sehr schmal und passt nicht unbedingt zum Bauchumfang. Aber ich bin auch kein Arzt, um das richtig einzuschätzen."

„Wirst du Helene darauf ansprechen?"

„Ich will den Finger nicht in die Wunde legen", gab Linda zu bedenken.

„Im Prinzip geht mich das auch nichts an. Aber verschone mich bitte in Zukunft mit derlei Partys. Ich bin einfach nicht der gesellige Typ."

„Schon gut, ich habe verstanden. Und jetzt fahr endlich los."

Während der Fahrt dachte Linda unentwegt über die Bemerkung von Alex nach. Hatte er sich getäuscht oder lag er mit seiner Vermutung richtig? Sie wusste, dass Alex manchmal wie ein zerstreuter Professor wirkte, nahm sich aber fest vor, noch einmal in aller Ruhe bei Helene vorbeizuschauen.

Lillemor und Elina hockten vor dem Fernseher, als sie die Wohnungstür aufschloss.

„Im Moment geht in Ludvika echt die Post ab", erklärte Lillemor und griff in die Chipstüte.

„Warum? Was ist passiert?", fragte Linda.

„Es hat einen schweren Unfall gegeben. Alle Insassen tot", antwortete Lillemor kauend.

Linda starrte auf die blinkenden Lichter. In der Tat jagte ein Unglück das nächste, aber wahrscheinlich lag das nur an diesem verrückten Sommer.

# 11

Inga lag auf der Matratze, den Blick zum Wellblechdach gerichtet und wartete sehnsüchtig auf Lillemor, die das Abendessen vorbeibringen wollte. Ingas körperliche Schwäche war zu einem täglichen Begleiter geworden und sie wusste nicht, wie lange sie noch durchhalten würde. Auf Dauer war der Schuppen keine Lösung, sie brauchte etwas Geld, um von hier verschwinden zu können.

Lillemor hatte schon so viel für sie getan, sie wollte sie nicht auch noch um ein paar Kronen bitten. Verdammt, sie hätte ihre Flucht vorher besser planen müssen, als noch Zeit dafür gewesen war. Ihre Mutter bewahrte immer ein paar Scheine in der Küchenschublade auf, aber jetzt war es dafür zu spät.

Wenn sie es ungesehen bis Smedjebacken schaffte, konnte die Reise von dort aus weitergehen. Durch ihr verändertes Aussehen, an das sie sich noch gewöhnen musste, wiegte sie sich in Sicherheit. Auf die Schnelle würde sie niemand erkennen.

Das rhythmische Klopfzeichen riss sie aus ihrer Grübelei.

„So, da bin ich wieder. Ich hoffe, die belegten Brote schmecken dir."

Lillemor reichte Inga das Päckchen und stellte zwei weitere Wasserflaschen auf den Boden.

„Danke, das ist wirklich nett von dir."

„Ich muss immer aufpassen, dass mich niemand erwischt. Ständig rückt mir Elina auf die Pelle, warum ich neuerdings so viel essen würde. Schwestern, das kennst du ja", grinste Lillemor.

Inga wickelte die Brote aus und biss hinein.

„Extra mit Frischkäse", kommentierte Lillemor. „Die Butter wäre bei der Wärme garantiert zerlaufen."

„Mhm."

Lillemor gab sich wirklich Mühe und Inga genoss erneut die Fürsorge. Sie hätte sich ihrer einzigen Freundin so gern anvertraut, sich einfach alles von der Seele geredet, aber das war nicht möglich. Zurück nach Hause konnte sie nicht, denn sie fürchtete sich vor der drakonischen Strafe, die sie erwarten würde.

„Ich freue mich, wenn es dir schmeckt", sagte Lillemor und setzte sich neben sie. „Hast du schon Pläne für die Zukunft gemacht? Wirst du zu deiner Familie zurückkehren?"

Inga zuckte ratlos mit den Schultern. „Am liebsten möchte ich Ludvika für immer verlassen."

„Das kann ich gut verstehen, aber du verbaust dir damit auch deine Zukunft. Mit deinen guten Noten könntest du jede Uni besuchen und richtig durchstarten. Du musst nur noch ein wenig durchhalten, dann hast du es geschafft."

„Wenn das alles doch nur so einfach wäre, Lillemor. Ja, ich bin total überstürzt von zu Hause weggerannt, aber das hatte gute Gründe."

„Inga, du hast nicht nur von deinen Eltern, sondern auch von den anderen gesprochen. Wer sind die?"

„Ihr würdet mich alle für verrückt erklären, wenn ich euch meine Geschichte erzählen würde. Sagen wir einmal so: Ich will dich nicht in Gefahr bringen."

„Hast du so wenig Vertrauen zu mir?"

„Nein, ich bin dir sehr, sehr dankbar." In Ingas Augen schimmerten Tränen. „Ich habe mir dieses Leben nicht ausgesucht, ich wurde hineingeboren, genau wie meine Eltern auch. Wenn ich nur ein Sterbenswörtchen darüber verliere, dann …" Inga stockte, die Verzweiflung schnürte ihr die Luft ab.

„Schon gut. Ich wollte dich nicht bedrängen, auch wenn mir deine Flucht keine Ruhe lässt. Ach ja, bevor ich es vergesse, ich habe noch eine Decke für die Nacht. Möchtest du sie haben?"

„Ja, gern", antwortete Inga dankbar.

„Okay, ich bin in fünf Minuten wieder zurück."

Lillemor schien geflogen zu sein und stand nur wenige Augenblicke später mit einer flauschigen Decke über dem Arm wieder vor ihr.

„Hoffentlich fällt meiner Mutter nicht auf, dass auch ein Sofakissen fehlt", grinste sie. „Gute Nacht, Inga. Ich wünsche mir wirklich, dass du eine Lösung für dein Problem findest."

„Das werde ich. Danke, für alles."

„Nichts zu danken, Inga. Schlaf gut."

Die Tür fiel knarrend ins Schloss und Inga zurrte sie wieder mit dem Seil fest. Die Grillen zirpten und eine leichte Brise trug den Geruch von frisch gemähtem Rasen ins Innere des Schuppens. Wie schön es doch wäre, all diese Dinge ohne Sorgen genießen zu können. Inga liebte den Sommer, wenn die wärmenden Sonnenstrahlen ihre Haut berührten und die

Natur ihre ganze Pracht entfaltete. Lange Tage, die für Helligkeit und gute Stimmung sorgten, denn Inga hasste die Schwärze der Nacht, die alles zu verschlingen drohte und selten ihre Geheimnisse preisgab.

Allmählich wurden die Lider schwer und sie gab sich der Süße des Schlafes hin. Weg, einfach nur weg von all den bösen, schrecklichen Dingen …

Doch Erlösung war ihr nicht vergönnt. Ein großer schwarzer Höllenhund mit zotteligem Fell und rotglühenden Augen stand direkt über ihr und öffnete sein stinkendes Maul, um ihre Kehle durchzubeißen. Inga schlug wild um sich, schrie und strampelte, doch sie konnte sich ihres überlegenen Gegners nicht erwehren. Seine scharfen Krallen drangen tief in ihr weiches Fleisch und das Blut tropfte aus den Wunden.

Plötzlich erfolgte ein Szenenwechsel und die Familie stand direkt neben ihr. Inga flehte verzweifelt um Hilfe, doch ihre Eltern bespuckten sie.

„Du hast Schande über uns gebracht und deine Strafe ist nur gerecht“, sagte ihr Vater in verächtlichem Ton.

Luisa hatte Tränen in den Augen, während sich Krista ängstlich hinter ihrer Mutter verbarg, die kalt auf sie herabblickte. Mit einem erstickten Schrei fuhr Inga schweißgebadet aus dem Schlaf.

Mach Schluss, mach endlich Schluss mit alldem, hämmerte das Mantra hinter ihrer Stirn. Sie hatte doch sowieso keine Chance und eine Wahnsinnsangst vor der Zukunft. Das, was da auf sie zurollte, war nicht mit Worten greifbar.

Erst jetzt spürte sie die feuchtwarme Nässe zwischen ihren Beinen und richtete sich erschrocken auf. Hektisch öffnete sie die Hose und nahm sofort den metallischen Geruch wahr. Das konnte kein gutes Zeichen sein. Wahrscheinlich würde sie zu einem Arzt müssen, sie hatte keine Ahnung von diesen Dingen.

Sie säuberte sich notdürftig mit einer Packung Tempotaschentücher, die Lillemor dagelassen hatte und löschte ihren Durst. Das Shirt klebte am Rücken und sie strich sich eine verschwitzte Strähne aus der Stirn. Wenn die Blutungen schlimmer wurden, dann hatte sie ein ernsthaftes Problem. Einmal Hölle und wieder zurück, ganz ohne Ticket.

Sie hockte sich wieder auf die Matratze und horchte in sich hinein. Ob der Stress daran schuld war, dass ihre Hormone Achterbahn fuhren? Sie brauchte dringend einen Platz, wo sie zur Ruhe kommen konnte. Nur wo sollte sie danach suchen?

Ihre Gedanken wanderten zu Krista und Luisa. War es richtig gewesen, ihre Schwestern im Stich zu lassen?

Die Schmerzen im Unterbauch verstärkten sich. Inga drehte sich auf die Seite und rollte sich wie ein Igel zusammen. Bitte nicht jetzt, flehte sie still und krümmte sich. Sie wollte auf gar keinen Fall zurück, auch wenn sie mit ihrem Schicksal haderte. Einmal, nur ein einziges Mal musste sie stark sein und darauf hoffen, dass sich das Blatt wendete.

Plötzlich hörte sie ein Räuspern, direkt neben dem Schuppen. So ein Mist, warum war sie nicht achtsamer gewesen?

Der keuchende Atem des Mannes wurde lauter und ein rasselnder Hustenanfall folgte. Inga presste die Decke vor ihren Oberkörper und wagte kaum zu atmen. Für eine Flucht war es bereits zu spät, außerdem hatte sie jede Menge Spuren hinterlassen.

Der Mann rüttelte an der Tür, um sie zu öffnen. Inga kroch in die hinterste Ecke und hoffte, dass der einfache Doppelknoten halten würde.

„Scheiße, seit wann ist die Tür zu“, brummelte er und Inga konnte durch die Ritzen den Gestank von Alkohol und Urin wahrnehmen. Angeekelt schüttelte sie sich. Wahrscheinlich ein Obdachloser, der diesen Schuppen hin und wieder für ein Nachtquartier nutzte.

„Hey, ist jemand da drinnen?“ Er trat mit dem Fuß gegen die Tür und die dünnen Wände des Schuppens erzitterten.

Los jetzt, verschwinde endlich!, dachte Inga nervös. Der besoffene Typ sollte sich in Luft auflösen, denn sie fürchtete sich vor ihm. Nicht nur, dass er sie verraten könnte, nein, sie wusste nur zu gut, wozu Männer fähig waren. In ihrer Panik presste sie die Lippen fest zusammen, damit sich kein Schrei von ihnen löste.

„Was soll dieser Dreck?“, pöbelte der Mann weiter, riss und zerrte an der Tür.

Inga bemerkte zu ihrem Entsetzen, dass sich der Spalt vergrößert hatte. Sie beugte sich nach vorn und tastete nach einem brauchbaren Gegenstand, um sich verteidigen zu können. Plötzlich war da dieser Wille in ihr, sich nichts mehr gefallen zu lassen und den Mann notfalls auch zu töten. Er oder ich, dachte sie und umklammerte den gespaltenen Holzgriff einer uralten rostigen Sichel. Ein Holzsplitter bohrte sich tief in ihre Hand, aber sie achtete nicht auf den Schmerz und konzentrierte sich stattdessen darauf, diesem Fremden Einhalt zu gebieten.

Der Geruch von Männerschweiß war überwältigend und eine Erinnerung flammte auf. Doch sie wollte diese Bilder nicht mehr in ihrem Kopf haben – nicht jetzt, nicht morgen, niemals wieder. Mit hoch erhobenem Haupt wartete sie auf das Unvermeidbare – den Kampf um Leben oder Tod. Ihre Sinne liefen auf Hochtouren, die Nerven waren zum Zerreißen gespannt.

Die Tür gab ein knackendes Geräusch von sich. Ein Brett war locker, es hatte den brachialen Tritten nicht standgehalten. Inga hob die Sichel auf Augenhöhe, um dem Kerl sofort eine überzuziehen. Doch mit einem Mal erstarb der Geräuschpegel.

„Leckt mich doch alle am Arsch …“, brabbelte der Mann und entfernte sich mit schlurfenden Schritten.

Zitternd ließ Inga die Sichel sinken. Er war weg, er hatte

sich tatsächlich aus dem Staub gemacht. Trotzdem war klar, dass sie nicht länger an diesem Ort bleiben konnte. Eine Nacht noch, maximal zwei, aber dann musste sie sich nach etwas anderem umsehen. Wenn ihr das Leben lieb war.

Sie war viel zu aufgewühlt, um in den Schlaf zu finden, und machte sich trotz der Dunkelheit daran, die Spuren ihrer Anwesenheit zu tilgen. Vorsichtig tastete sie sich voran und sammelte die Taschentücher und Haarsträhnen ein, um sie in einem Gebüsch unter Steinen zu verbergen. Die Plastikflaschen stellte sie hinter die Tür, damit sie nicht gleich ins Auge fielen, und die Alufolie, in die Lillemor das Essen eingewickelt hatte, steckte sie in eine Plastiktüte. Kissen und Decke schob sie in die hinterste Ecke.

Allmählich hatte sich auch ihr Herzschlag wieder beruhigt und die Schmerzen im Unterleib waren verflogen. Sie zurrte die Tür wieder fest und streckte sich anschließend auf der Matratze aus. Mit etwas Glück würde sie wieder einschlafen, allen Widrigkeiten zum Trotz.

# 12

Linda saß hinter dem Schreibtisch, um die Obduktionsberichte noch einmal durchzugehen, als es an die Tür klopfte.

„Ja, bitte."

Anders Söderström, ein Mitglied ihres Teams, trat ein und legte einen schmalen Ordner auf den Tisch.

„Ein neuer Fall."

„Bitte nicht …", stöhnte Linda leise. „Um was geht es denn?"

„Der Unfall vom gestrigen Abend", antwortete Anders.

„Die Familie, die ums Leben gekommen ist?"

Er nickte. „Die Bremsen sind anscheinend manipuliert worden."

„Allmählich wachsen mir die Fälle über den Kopf, wir stecken immer noch in den Ermittlungen fest. Die meisten Rückmeldungen haben sich als nicht haltbar herausgestellt."

Linda öffnete den Ordner und blätterte die Fotos der Unfallstelle durch. „Üble Sache", murmelte sie.

„Weitere Instruktionen?" Anders sah sie fragend an.

„Ich werde mit Jörgen zur Unfallstelle fahren, um mir ein genaueres Bild zu machen. Anschließend wird eine Teambesprechung anberaumt."

„Danke, dann weiß ich Bescheid." Anders verließ ihr Büro.

Linda griff zum Telefon, um Jörgen in ihr Büro zu bestellen. Eine Minute später steckte er den Kopf zur Tür herein.

„Was gibt's?"

„Der gestrige Unfall, bei dem eine komplette Familie ausgelöscht worden ist, war gar keiner."

„Sagt wer?"

„Die Techniker, die das Fahrzeug auseinandergenommen haben. Die Bremsen sollen angeblich defekt gewesen sein. Deshalb möchte ich die Unfallstelle aufsuchen und du wirst mich begleiten."

„Das kommt mir sehr gelegen, Berichte schreiben ist so gar nicht meins. Soll ich fahren?"

„Gerne." Linda warf ihm die Autoschlüssel zu. „Auf geht's."

---

Die von einem Waldgebiet umsäumte Strecke war sehr kurvenreich und unübersichtlich. Wer hier mit überhöhter Geschwindigkeit unterwegs war, spielte mit seinem Leben.

Jörgen trat auf die Bremse, als sie sich der Unfallstelle näherten. Die Rinde des Baumes war durch den Aufprall vom Stamm gefetzt worden und der Stamm zeigte seine honigfarbene Wunde. Überall auf dem Asphalt lagen Glassplitter herum und die kreidefarbenen Markierungen waren noch deutlich zu erkennen.

Jörgen stellte das Dienstfahrzeug auf dem Seitenstreifen ab und sie stiegen aus.

„Überhöhte Geschwindigkeit und Fliehkraft“, sagte er. „Da hatte der Fahrer überhaupt keine Chance, rechtzeitig zu reagieren.“

„Er hätte nicht einmal mehr bremsen können, selbst wenn er es gewollt hätte.“ Linda runzelte die Stirn.

„Keine Ahnung, warum der Fahrer so schnell unterwegs gewesen war und damit das Leben seiner Familie riskiert hat.“

„Hm, laut Gutachter soll er mit angemessener Geschwindigkeit gefahren sein.“

Jörgen fischte eine Packung Zigaretten aus seinem Jackett und zündete ein Streichholz an.

„Du rauchst wieder?“, fragte Linda erstaunt.

„Ja, seit einer Woche, um genau zu sein. Karla hat Schluss gemacht.“

„Oh, das tut mir leid.“ Sie war überrascht, wie gut es Jörgen gelungen war, seine Gefühle vor ihr zu verbergen.

„Nach einem ziemlich heftigen Streit hat sie einfach ihre Sachen gepackt und ist zu ihrer Mutter gezogen.“

Er zündete die Zigarette an, blies das Streichholz aus und schnippte es auf die Fahrbahn. Plötzlich schossen Flammen in die Höhe und tanzten über den dunklen Asphalt. Jörgen hechtete geistesgegenwärtig zum Wagen, riss den Feuerlöscher aus dem Kofferraum und begann damit, die inzwischen vier Meter lange Feuerspur zu löschen.

„Linda? Was ist los?“

„Sieh dir doch nur einmal die Form an“, sagte sie aufgeregt und Jörgen folgte ihrem Blick.

„Tatsächlich, die Streifen sehen wie Bremsspuren aus, allerdings aus der Gegenrichtung kommend.“ Jörgen ging auf die Knie und beugte sich nach vorn. „Es riecht stark nach

Verdünnung. Jemand hat auf diese Weise die Bremsspuren beseitigen wollen, damit es wie ein Unfall aussieht."

Lindas Diensthandy klingelte.

„Kriminalhauptkommissarin Linda Sventon", meldete sie sich und lauschte. „Danke Ole, wir fahren sofort los."

„Neuigkeiten?"

„Ja, die älteste Tochter war nicht im Fahrzeug. Sollen wir zuerst zur Schule oder zum Wohnhaus der Familie fahren? Was schlägst du vor?"

„Wohnhaus", erwidert Jörgen knapp.

„Gut. Aber vorher rufe ich die Techniker an, damit sie die Unfallstelle nochmals untersuchen."

---

Der Dienstwagen kam vor einem modernen Wohnhaus zum Stehen. Hohe Hecken verhinderten die Sicht in den Garten und Linda fielen sofort die Kameras ins Auge, die rings ums Haus angebracht waren.

„Ein bisschen übertrieben, findest du nicht?", sagte sie.

„Wahrscheinlich ein Spleen der Besitzer. Du weißt doch, wie die Leute heutzutage sind", erwiderte Jörgen.

„Schon möglich, schließlich war Birger Olsson der Geschäftsführer der Bank."

Linda trat unter das ausladende Vordach und drückte auf den Klingelknopf, doch im Haus blieb es still. Das satinierte Glas der Eingangstür verhinderte einen Blick ins Innere.

„Ich umrunde mal zur Sicherheit das Haus", sagte sie und drückte die Klinke des Gartentores herunter. „Na wunderbar, abgeschlossen."

„Kein Problem, das haben wir gleich", sagte Jörgen und schwang sich geschmeidig über den Zaun.

„Wow, du bist wirklich gut in Form", nickte Linda anerkennend.

„Danke für die Blumen." Mit den Worten „ich schaue

mich mal genauer um“ verschwand Jörgen im Garten. Nach zehn Minuten tauchte er wieder am Zaun auf.

„Was für ein Luxus, die zwei müssen nicht schlecht verdient haben.“

„Eine Spur von der ältesten Tochter?“

„Nein, wir werden jemanden herschicken müssen.“

„Das denke ich auch. Nicht, dass das Mädchen irgendwo im Haus auf dem Boden liegt …“

„Der Fall scheint komplizierter zu sein, als ich angenommen hatte“, sagte Jörgen. „Dabei treten wir mit den Kinderskeletten immer noch auf der Stelle.“

„Erinnere mich bloß nicht daran“, erwiderte Linda gereizt und stieg in den Wagen. „Du kannst so viel Geld besitzen, wie du willst, aber es wird dich nicht vor Unglück bewahren.“

„So schaut's aus. Zur Schule?“

Sie nickte.

---

Die Schritte von Linda und Jörgen hallten durch den Schulflur.

„Ich wusste gar nicht, dass Inga Olsson mit meiner Tochter in eine Klasse geht“, sagte Linda und klopfte an die Tür zum Klassenzimmer. Als sie eintrat, richteten sich die Blicke aller Schüler auf sie und ihr entging nicht, wie Lillemor genervt die Augen verdrehte. „Wir suchen Inga Olsson“, wandte sich Linda an die Lehrerin.

„Inga ist seit zwei Tagen nicht zum Unterricht erschienen und zu Hause geht niemand ans Telefon“, antwortete sie schulterzuckend.

„Sie wissen also nicht, wo sie stecken könnte?“

„Nein, ich habe nicht die geringste Ahnung“, erwiderte die Lehrerin.

„Können wir uns kurz auf dem Flur unterhalten“, bat

Linda.

„Selbstverständlich", antwortete Astrid Gustafsson und folgte Linda vor die Tür. „Also, was wollen Sie wissen?"

„Gab es Probleme in der Familie Olsson?", fragte Linda freiheraus.

„Nun ja …" Astrid Gustafsson zögerte. „Die Familie lebt sehr abgeschottet und auch die beiden Töchter, die unsere Schule besuchen, gelten als sehr verschlossen und in sich gekehrt. Die Eltern stehen zwar im Fokus der Öffentlichkeit und sind beruflich erfolgreich, aber auf schulischen Veranstaltungen haben sie sich so gut wie nie blicken lassen."

„Den Eindruck haben wir auch", gestand Linda. „Das Haus der Olssons wirkt wie ein Hochsicherheitstrakt. Wie schätzen Sie denn die schulischen Leistungen der Mädchen ein?", erkundigte sie sich.

„Sehr gut. Aber ich gehe davon aus, dass die Eltern Inga und Luisa ziemlich streng erzogen haben. Oft wirkten ihre Gesten wie einstudiert, als wären die Mädchen stets auf den guten Ruf der Familie bedacht."

„Sonstige Auffälligkeiten?", hakte Linda nach.

„Hm, im letzten Sommer habe ich Verletzungen an Ingas Oberschenkeln entdeckt. Sie hatte ein luftiges Kleid an, das bei einem Windstoß den Blick freigegeben hatte."

„Um welche Art der Verletzungen handelte es sich?"

„Sie sahen wie frische Schnitte aus."

„Wäre es möglich, dass Inga sich die Schnitte selbst zugefügt hat? Oder haben Sie bei diesem Anblick an Fremdeinwirkung gedacht?"

„Sie können vielleicht Fragen stellen", seufzte Astrid Gustafsson. „Ich war einerseits schockiert, andererseits musste das Mädchen bei diesem strengen Elternhaus wahrscheinlich eine Menge Druck ablassen."

„Gibt es einen Schüler oder eine Schülerin, die mit Inga enger befreundet sind?"

„Lillemor hat sich ab und zu mit ihr unterhalten", sagte Astrid Gustafsson.

„Sonstige Freundschaften?"

Die Lehrerin schüttelte bedauernd ihren Kopf. „Eher nicht. Mir wurde zugetragen, dass Ingas Eltern den Kontakt zu Mitschülern nicht gerne gesehen haben. Warum fragen Sie?"

„Hat sich das noch nicht wie ein Lauffeuer herumgesprochen?"

„Was?"

„Ingas Eltern und ihre beiden Schwestern sind bei diesem schrecklichen Autounfall ums Leben gekommen."

Astrid Gustafsson schlug sich entsetzt die Hand vor den Mund. „Das habe ich wirklich nicht gewusst", stammelte sie.

„Wir fragen uns natürlich, wie es sein kann, dass Inga genau zwei Tage vor diesem verhängnisvollen Unfall spurlos verschwunden ist. Hat sich das Mädchen in irgendeiner Art und Weise auffällig verhalten, war sie anders als sonst?"

„Inga war ehrlich gesagt schon seit Monaten nicht mehr sie selbst. Sie wirkte völlig entrückt, schien in ihrer eigenen Welt gefangen zu sein."

„Haben Sie die Eltern darauf angesprochen?", fragte Linda.

„Natürlich habe ich das Gespräch gesucht. Aber Ingas Mutter hat wie üblich abgewiegelt und das Verhalten ihrer Tochter auf die Pubertät geschoben."

„Woran könnte es liegen, dass sich Inga so auffallend verändert hat?", wollte Linda wissen.

„Nun ja, ganz so offensichtlich war es nicht für jedermann, denn Inga war schon immer sehr introvertiert. Lillemor hat ein feines Gespür dafür und sich Inga angenähert. Ihre Tochter weiß sicher mehr."

„Danke. Würden Sie Lillemor jetzt zu mir schicken."

Astrid Gustafsson nickte und verabschiedete sich rasch.

Dann trat Lillemor hinaus in den Flur und musterte ihre Mutter argwöhnisch.

„Worum geht es?"

„Um Inga. Sie ist nicht zum Unterricht erschienen und deine Lehrerin meint, dass du mehr darüber wissen könntest."

„Ich?"

„Ja, wer sonst. Also, was hast du mir zu sagen?" Linda forschte im Gesicht ihrer Tochter, weil das Mädchen sofort auf Abstand gegangen war.

„Nichts."

„Warum hast du dich ausgerechnet mit Inga angefreundet?"

„Sie hat mir leidgetan, mehr nicht."

„Weshalb?"

„Weil sie gemobbt wird und eine Außenseiterin ist."

Lillemor verschränkte die Arme trotzig vor ihrem Oberkörper und bei Linda schrillten sofort die Alarmglocken. Ihre Tochter schien mehr zu wissen, als sie preisgab.

„Was ist der wahre Grund?"

„Warum fragst du, wenn du mir sowieso nicht glaubst", rechtfertigte sie sich. „Mit Inga stimmt irgendetwas nicht, und ich hatte das Gefühl, dass sie in Schwierigkeiten steckt."

„Welche Schwierigkeiten?"

„Sie redet nicht mit mir darüber, verdammt", brauste Lillemor auf.

„Du erinnerst dich an den gestrigen Unfall, bei dem eine gesamte Familie ausgelöscht wurde?"

„Ja klar ..."

„Das war Ingas Familie."

Lillemor erblasste. „Wie kann das sein?", stammelte sie.

„Wir ermitteln bereits."

Linda konnte Lillemor deutlich ansehen, wie sie mit ihren Gefühlen rang.

„Ich weiß gar nicht, was ich sagen soll."

„Die Wahrheit vielleicht?"

Lillemor ballte die Hände zu Fäusten. „Ich kenne diese beschissene Wahrheit nicht", schrie sie und ihre zornigen Worte hallten durch den Flur.

„Ist schon gut, Lillemor", schaltete sich Jörgen dazwischen. „Geh zurück ins Klassenzimmer, damit du nichts vom Unterricht verpasst."

Wortlos drehte sich Lillemor um und zog die Tür hinter sich zu.

„Da stimmt doch etwas nicht", sagte Linda. „Ich kenne meine Tochter ganz genau, sie verschweigt mir etwas."

„Lillemor hat abgeblockt, das solltest du respektieren, und sie wird sich wahrscheinlich erst öffnen, wenn sie das Für und Wider abgewogen hat. Deine Tochter in die Enge zu treiben, bringt rein gar nichts."

„Ist mir neu, dass du der Superdad bist", erwiderte Linda spitz.

„Jetzt sei doch nicht beleidigt. Dieser Auftritt wird ihr vor versammelter Mannschaft peinlich gewesen sein. Ich weiß, dass uns der Chef im Nacken sitzt, aber gib Lillemor die Zeit, die sie braucht. Vielleicht weiß sie wirklich nichts."

„Wir müssen trotzdem die anderen Schüler befragen."

„Das können die Kollegen übernehmen."

Zähneknirschend lenkte Linda ein und folgte Jörgen zum Wagen. Sobald sie zurück im Büro wäre, würde sie die Fahndung nach Inga Olsson sofort in die Wege leiten.

# 13

Inga hockte auf der Matratze und hatte sich mit dem Rücken an die Wand gelehnt. Im Inneren des Schuppens war es heiß und stickig wie in einem Backofen, was für ihren körperlichen Zustand nicht gerade von Vorteil war. Sie schmeckte bittere Galle und hatte das Gefühl, sich gleich übergeben zu müssen.

Das rhythmische Klopfzeichen ließ sie zusammenzucken. Die Tür öffnete sich mit einem leisen Knarren und Lillemor schlüpfte herein.

„Hej." Sie setzte sich neben Inga. „Du siehst gar nicht gut aus."

„Stimmt, ich fühle mich schlecht."

„Hast du Kopfschmerzen, soll ich Tabletten holen?“, fragte Lillemor besorgt, doch Inga winkte ab.

„Das wird schon wieder, in der Nacht ist es kühler.“

Lillemor zupfte nervös an ihrem Shirt und starrte auf ihre Schuhspitzen.

„Du, ich muss dir etwas Wichtiges mitteilen …“, druckste sie herum.

„Lass mich raten, nach mir wird schon überall gesucht.“

„Ja, auch, aber darum geht es nicht.“

„Nun mach es doch nicht so spannend“, drängte Inga, die die brütende Hitze kaum noch ertragen konnte.

„Deine Eltern und deine beiden Schwestern …“ Lillemor stockte. „Sie sind … sie sind gestern bei einem Autounfall tödlich verunglückt.“

Inga war nicht mehr in der Lage zu antworten. Ein Schwall brennender Galle schoss in ihren Rachen und sie würgte keuchend.

„Oh nein, das ist alles meine Schuld“, wimmerte sie und lehnte ihren Hinterkopf an das raue Spundholz der Wand.

„Aber warum denn? Du kannst schließlich nichts dafür“, sagte Lillemor mitfühlend und strich Inga tröstend über den Arm, die unter der Berührung zusammenzuckte. „Entschuldige“, murmelte sie und zog peinlich berührt ihre Hand zurück.

„Bist du dir auch wirklich sicher, dass es sich um meine Familie handelt?“, schluchzte Inga voller Verzweiflung.

„Fühlst du dich stark genug, um das Video von der Unfallstelle anzusehen?“, fragte Lillemor leise.

„Ja …“, hauchte Inga.

Lillemor wischte über das Display ihres Smartphones.

„Ist das euer Volvo?“

„Oh nein, sie haben wieder und wieder damit gedroht, dass sie uns umbringen“, stammelte Inga und wiegte sich vor und zurück. Sie spürte, wie die Todesangst den Rücken hinaufkroch und in ihrem Unterleib zog und zerrte es. Alle waren tot – Krista, Luisa und ihre Eltern. Von nun an würde sie mutterseelenallein auf dieser Welt sein.

„Willst du mir nicht endlich erzählen, was dich bedrückt?", fragte Lillemor zaghaft, doch Inga war zu keiner Reaktion mehr fähig. „Vielleicht wäre es besser, wenn wir zu einem Arzt fahren?", schlug sie vor.

Inga schüttelte energisch den Kopf. „Keinen Arzt …"

„Gut, dann laufe ich schnell nach oben und koche dir eine stärkende Suppe, damit du wieder auf die Beine kommst. Einverstanden?"

„Mhm."

Lillemor huschte aus der Hütte und überließ Inga ihren Gedanken. Inga hatte keine Ahnung, wie es jetzt weitergehen sollte, und das Allerschlimmste daran war, dass sie sich für den Tod ihrer Familie verantwortlich fühlte. Wäre sie nicht weggelaufen und hätte sich stattdessen dem Unvermeidlichen gestellt, dann wäre es erst gar nicht so weit gekommen. Sie konnte nicht mehr zurück, sie konnte nirgendwohin. Die einzige Option, die ihr blieb, war der Freitod. Sie wusste, dass sie dazu verpflichtet war, es zu tun, und der Schweiß brach ihr aus allen Poren.

Sie zitterte und musste sich ein weiteres Mal übergeben. Erst jetzt wurde ihr bewusst, wie hilflos sie doch der Situation ausgeliefert war. Stets hatten die Eltern mit strengen Regeln den Alltag vorgegeben. Dieses Gerüst war nun in sich zusammengefallen, und das Leben – ihr Leben – damit wertlos geworden. Diese Schuld würde sie niemals allein stemmen können.

„So, da bin ich wieder." Lillemor hockte sich neben sie, stellte die Thermoskanne auf den Boden und streckte die Hand aus, um Ingas Stirn zu fühlen. „Hey, du glühst regelrecht, als hättest du hohes Fieber. Ich kann dich unmöglich hier allein zurücklassen, wir müssen zu einem Arzt."

„Wozu, ich werde doch sowieso sterben", flüsterte Inga.

„Warum wirst du sterben?" Lillemor strich sich nervös

eine Strähne aus der Stirn. „Du stehst unter Schock, das war alles zu viel für dich. Bitte, lass mich Hilfe holen, ich habe Angst um dich", erwiderte sie.

„Der Tod ist Erlösung", murmelte Inga. Sie hatte den Blick in die Ferne gerichtet und hoffte, dass es schnell gehen würde. Wenn sie länger bei Lillemor blieb, könnte es auch für sie gefährlich werden. Aber momentan fühlte sie sich zu schwach und kaum dazu in der Lage, überhaupt einen Schritt zu gehen.

„Was faselst du nur für dummes Zeug?" Lillemor rüttelte sie sanft an der Schulter. „Was hältst du davon, wenn ich meine Mutter einweihe? Sie ist nett, sie wird eine Lösung für dich finden, denn ich habe wirklich das Gefühl, es nicht allein zu schaffen."

Ingas Arm schnellte nach vorn und umfasste Lillemors Handgelenk.

„Niemals, hörst du, niemals darfst du jemandem verraten, dass ich hier bin. Gib mir bitte, bitte noch zwei Tage Zeit, dann kannst du dich deiner Mutter anvertrauen", flehte sie.

„Na gut, wie du meinst", willigte Lillemor widerstrebend ein und Inga konnte ihr ansehen, wie unwohl sie sich dabei fühlte. „Zwei Tage, und bis dahin musst du eine Entscheidung getroffen haben. Du wirst nicht ewig in diesem Schuppen hausen können, irgendwann fällt es garantiert auf."

„Danke." Kraftlos sank Inga in sich zusammen.

„Soll ich dir Baldriantropfen bringen?", fragte Lillemor besorgt.

Inga verneinte.

„Kann ich dich allein lassen? Ich muss mit meiner Schwester gleich Hausaufgaben machen."

Bei dem Wort Schwester zuckte Inga leicht zusammen. Das Wort brannte in ihrem Herzen wie die Glut des Höllenfeuers … Krista, Luisa. Neben den körperlichen Qualen konnten die seelischen tausendmal schlimmer sein.

„Ich komme schon klar“, antwortete Inga und blieb allein in der brütenden Hitze des Schuppens zurück. Mechanisch schraubte sie die Thermoskanne auf und sofort verflog die Übelkeit beim appetitlichen Geruch. Trotz der schlimmen Nachricht löffelte Inga voller Genuss die Suppe.

Lillemor meinte es wirklich gut mit ihr, und schon deshalb war es Ingas Pflicht, die Freundin zu schützen. Sie musste die achtundvierzig Stunden nutzen, um wieder einigermaßen zu Kräften zu kommen und eine Entscheidung zu treffen, auch wenn der Blick in die Zukunft getrübt war. Schon immer hatte es sich falsch angefühlt, wenn sie gegen ihren Willen gezwungen worden war, verdorbene Dinge zu tun. Sie durfte nur lodernden Hass empfinden, der sämtliche böse Taten rechtfertigte.

Wenn sie sah, wie frei und ungezwungen sich Lillemor in ihrer Welt bewegte, dann wurden die Zweifel größer. Warum war ihr so ein Leben nicht vergönnt?

Sie hatte einmal beobachten können, wie Lillemor liebevoll von ihrer Mutter umarmt worden war. Ihr Leben lang hatte sie sich nach so einer Berührung gesehnt. Niemand hatte sie und ihre Schwestern beschützt, im Gegenteil. Und selbst wenn, so hatte sie mit ihrer übereilten Flucht ihre gesamte Familie auf dem Gewissen. Es war unmöglich, mit dieser Last weiterzuleben, es würde keine Rettung geben, niemals.

Immer wieder hatte man sie beschworen, dass ihr sowieso niemand Glauben schenken würde, falls sie je mit dem Gedanken spielte, sich einer Person anzuvertrauen.

Inga rollte sich auf der Matratze zusammen und schloss erschöpft die Augen. Einfach einschlafen und nie wieder aufwachen, um diesen qualvollen Schuldgefühlen zu entkommen.

# 14

Ein leises Klopfen an die Bürotür ließ Linda aufblicken.

„Ich habe es allein in der Wohnung nicht mehr ausgehalten“, sagte Alex und griff nach einer Strähne von Lindas Haar, um sie spielerisch um seinen Finger zu wickeln.

„Du willst dich aktiv an den Ermittlungen beteiligen, stimmt's?“

„Nun ja, das kann ich nicht leugnen. Neue Erkenntnisse?“, fragte er.

So war Alex. Ein kurzer Moment für Gefühle und anschließend mit den Gedanken sofort wieder bei der Arbeit.

„Wir haben einen Unfall mit Fahrerflucht, bei dem fast die gesamte Familie ausgelöscht wurde. Nur die älteste

Tochter saß nicht im Wagen und ist seitdem spurlos verschwunden."

„Drei knifflige Fälle, an denen ihr ermittelt. Konntet ihr die Kinderleichen schon Personen zuordnen?"

„Auch hier warten wir noch auf Untersuchungsergebnisse. Bei der Menge an Material hat Karl ordentlich zu kämpfen."

„Darf ich einen Blick in die Akten werfen?"

„Du solltest deinen Urlaub nutzen, um dich zu erholen", widersprach Linda.

„Das kann ich doch nebenbei. Außerdem sehe ich die Fälle als eine Herausforderung an."

„Wenn du magst, kannst du dich an den kleinen Tisch vor dem Fenster setzen." Linda nahm die Ordner und reichte sie an Alex weiter. „Das sind die Fotos vom Fundort und die Berichte der Kriminaltechniker. Vielleicht kannst du ja etwas damit anfangen."

„Schauen wir mal."

Alex rückte den Stuhl zurecht und setzte sich. Sein Blick flog über die Papiere und Linda wusste, dass er in diesem Zustand kaum noch ansprechbar war. Sie nahm wieder hinter dem Schreibtisch Platz und konzentrierte sich auf ihre Arbeit.

---

Ausgelaugt von einem anstrengenden Arbeitstag betrat Linda die Wohnung. Alex beschäftigte sich noch mit den Akten und wollte später nachkommen.

Elina kam sofort aus ihrem Zimmer gestürmt. „Mami, Mami, ich habe eine Eins in Mathe." Voller Stolz streckte sie den Test in die Höhe.

„Alle Achtung, das ist ja super. Ich wusste, dass du es schaffst", lobte Linda. Sie beugte sich zu ihrer Jüngsten hinunter, umarmte sie und drückte ihr einen Kuss auf die Wange.

„Bekomme ich die Belohnung?", fragte Elina.

„Selbstverständlich. Du wolltest doch das coole Shirt von deiner Lieblingsband, nicht wahr?"

Elina nickte.

„Ich werde es dir nachher bestellen, aber zuerst möchte ich ein Wannenbad nehmen. Es war ein anstrengender Tag." Linda massierte sich seufzend die Schläfen.

„Mama, du bist die Beste", freute sich Elina und fiel ihrer Mutter um den Hals. „Darf ich bis zum Abendessen noch raus?"

„Aber in einer Stunde bist du wieder zurück. Haben wir uns verstanden?"

Elina zwitscherte ein knappes „Ja" und war nur wenige Augenblicke später zur Tür hinaus. Lillemor hatte sich in ihr Zimmer zurückgezogen und hörte Musik.

„Hej Mam."

„Oh, du lebst?", rief Linda ihrer Ältesten zu.

„Echt witzig. Was gibt es zum Abendessen?"

„Ich habe noch keinen Plan, ich will erst einmal in die Wanne."

„Okay."

Die Tür flog wieder ins Schloss und Linda fragte sich, ob Teenager nur deshalb so anstrengend waren, damit man bei deren Auszug leichter loslassen konnte. Nun ja, sie würde es irgendwann erfahren.

Sie warf einen prüfenden Blick in den Kühlschrank und verschwand dann im Badezimmer, um das Wasser einzulassen. Auf dem Wannenrand entdeckte sie feine schwarze Spritzer. Verwundert fuhr sie mit der Hand am Rand entlang und zerrieb die Reste zwischen ihren Fingerspitzen. Wenn sie nicht alles täuschte, dann waren das Reste von einem Haarfärbemittel. Lillemor würde doch wohl nicht …

Linda stellte das Wasser ab, lief über den Flur und klopfte an die Zimmertür ihrer Tochter.

„Ja?"

„Kommst du bitte mal …"

„Was ist denn nun schon wieder?", murrte Lillemor.

Da die Haare ihrer Tochter nicht schwarz gefärbt waren, musste sie etwas anderes damit angestellt haben?

„Überall auf dem Wannenrand sind Reste von einem Haarfärbemittel. Ich warte gespannt auf eine Erklärung."

Lillemor schoss die Röte ins Gesicht.

„Hattest du Besuch?"

„Wie kommst du darauf?"

„Auch der Nudelauflauf im Kühlschrank deutet darauf hin."

„Ich hatte großen Hunger", erwiderte Lillemor trotzig.

„So, so. Und seit wann isst du mindestens fünf Portionen allein?" Linda atmete tief durch und ihr entging nicht, wie Lillemor sich unter ihren Fragen wand. „Du weißt, dass ich nichts dagegen einzuwenden habe, wenn deine Freundinnen dich besuchen. Aber Heimlichkeiten kann ich nicht ausstehen."

„Ich habe Saga geholfen, die Haare zu färben", gestand Lillemor kleinlaut.

„Schwarz?"

Ihre Tochter zuckte mit den Schultern. „Ich war auch entsetzt, aber sie wollte es so."

„Lillemor?" Linda machte einen Schritt auf sie zu. „Wann hast du ihr die Haare gefärbt?"

„Gestern, direkt nach der Schule, damit Elina nichts mitbekommt."

„Aha. Ich habe Saga übrigens auf dem Nachhauseweg gesehen. Mit roten Haaren."

Lillemor sank leise stöhnend auf den Wannenrand.

„Warum lügst du mir frech ins Gesicht, wo du genau

weißt, dass ich das nicht ausstehen kann? Also, was hast du mir zu sagen?"

„Mam, ich ...", stammelte Lillemor errötend. „Ich habe versprochen, nichts zu sagen. Und ja, mir ist bewusst, dass ich in der Klemme stecke."

„Was ist los, Lillemor? Ich will die Wahrheit wissen", drängte Linda verärgert. Eigentlich hatte sie Lillemor noch einmal wegen Inga befragen wollen, aber heut ging scheinbar alles drunter und drüber.

„Mam, aber wenn ich doch versprochen habe, nichts zu sagen", antwortete Lillemor gequält.

„Warum vertraust du mir nicht?", fragte Linda enttäuscht.

„Weil du stinksauer auf mich sein wirst."

Lillemor starrte betreten auf ihre Schuhspitzen. Linda ging in die Hocke, um ihrer Tochter in die Augen zu sehen.

„Nun komm schon. Was ist los?"

„Inga", sagte Lillemor.

„Inga was? Himmel, jetzt lass dich nicht bitten", erwiderte Linda gereizt.

„Ich habe Inga im Schuppen versteckt", flüsterte Lillemor kaum hörbar.

„Mädchen, wir fahnden unter Hochdruck nach Inga und du wusstest die ganze Zeit, wo sie steckt?" Lindas Stimme überschlug sich fast.

„Ich wusste, dass du verärgert sein würdest."

„Lillemor, das ist kein Kinderspiel, verdammt. Bring mich sofort zu ihr!"

Linda schnappte sich das Schlüsselbund, das auf der Garderobe lag und hielt Lillemor die Tür auf. Wenigstens ein Problem weniger, dachte sie erleichtert und folgte ihrer Tochter nach draußen.

„Inga hätte nicht im Schuppen hausen müssen", rügte Linda.

„Wollte sie aber", erwiderte Lillemor patzig.

„Wann ist sie überhaupt von zu Hause weggelaufen?"

„Vor zwei Tagen."

„So viel Arbeit wegen nichts und wieder nichts", schimpfte Linda leise. „Keine Ahnung, wie ich das den Kollegen beibringen soll, dass ausgerechnet meine Tochter …"

„Mam, ist gut jetzt", fiel Lillemor ihr ins Wort. Sie schien den Tränen nahe. „Inga ging es nicht gut. Sie ist völlig verstört durch die Straßen gerannt und mit mir zusammengeprallt. Konnte doch keiner ahnen, dass ihre Eltern einen tödlichen Unfall bauen."

Linda legte einen Arm um Lillemors Schultern. „Im Moment ist leider die Hölle los. Druck von oben, kaum Fortschritte bei den Ermittlungen, das geht auch an mir nicht spurlos vorüber."

Inzwischen hatten sie den Schuppen erreicht und Lillemor machte das vereinbarte Klopfzeichen.

„Inga, bist du da?"

Im Inneren rührte sich jedoch nichts und Lillemor stieß die Tür auf. „Sie ist weg", rief sie beunruhigt und schaute sich suchend um. „Vielleicht hat sie uns gehört und versteckt sich irgendwo."

Linda durchkämmte mit ihrer Tochter das Gelände. Nach einer halben Stunde gaben sie frustriert auf und zupften sich Blätter und Spinnweben aus dem Haar.

„Es hätte so einfach sein können", seufzte Linda. „Ich möchte trotzdem noch einen Blick in den Schuppen werfen."

Leere Wasserflaschen und eine verwaiste Matratze zeugten von Ingas ehemaliger Anwesenheit.

„Tja, jetzt ist guter Rat teuer", sagte Linda. „Was meinst du, wird Inga zurückkommen?"

„Ich glaube nicht. Sie hatte wahrscheinlich schon von Anfang an vorgehabt, wegzugehen und sich deshalb ihre Haare abgeschnitten und gefärbt."

„Was ist Inga für ein Mensch? Kannst du sie näher beschreiben?", fragte Linda auf dem Weg zurück zum Haus.

„Verschlossen, traurig, strebsam", antwortete Lillemor.

„Hat sie dir von ihren Problemen erzählt?"

„Nein, sie wollte nicht darüber sprechen. Sie war schon immer eine Außenseiterin."

„Inwiefern?"

„Wenn ich sie kurz berührt habe, ist sie zusammengezuckt. Aber an ihren sehnsüchtigen Blicken habe ich bemerkt, wie sehr sie die anderen Schüler um deren Freundschaften beneidet hat."

„Gab es Streit?"

„Nein, nie. Inga war oft das Opfer von Hänseleien, aber sie hat sich selten gewehrt. Ich hatte Mitleid mit ihr, weil sie immer so verloren wirkte. Das Gleiche galt auch für ihre Schwester Luisa."

„Schade, ich hätte gern den Grund erfahren, warum sie weggelaufen ist."

„Wenn ich ehrlich sein soll, dann hatte Inga Todesangst, obwohl sie für diese Situation schon recht abgeklärt wirkte. Immer wieder hat sie davon gesprochen, an allem schuld zu sein und dass man sie aufspüren würde. Manchmal habe ich gedacht, dass sie nicht ganz richtig tickt."

Plötzlich stoppte Linda ihre Schritte.

„Ihr habt doch die Haare gefärbt. Hat sie anschließend eine Bürste oder einen Kamm benutzt?"

„Ja, ich habe ihr einen Kamm von mir geborgt."

„Und die Haare?"

„Sind im Müll."

„Gut. Während du die Haare aus dem Müll fischst, laufe ich zurück, um die Flaschen im Schuppen einzusammeln."

„Das ist ja ekelhaft." Lillemor schüttelte sich angewidert. „Inga hat sich doch im Schuppen die Haare abgeschnitten, warum nimmst du nicht eine Strähne von dort? Und wozu brauchst du die Haare überhaupt?"

„Es geht mir einzig und allein um Ingas DNA. Die DNA

kann nur von der Haarwurzel extrahiert werden, das funktioniert nicht bei abgeschnittenem Haar."

„Ach so. Ich bin dann mal oben und durchwühle den Müll."

„Braves Mädchen, Strafe muss sein."

Linda eilte mit schnellen Schritten zum Schuppen zurück und stieß die Tür auf. Aufgeheizte Luft strömte ihr entgegen und feine Staubpartikel tanzten im einfallenden Sonnenlicht. Sie war so kurz davor gewesen, Inga Olsson den Behörden zu überstellen und anschließend zu befragen.

Linda hob die Matratze hoch und durchsuchte jeden Winkel. Sie wuchtete sogar das rostige Gestell zur Seite, um nach Hinweisen zu suchen. Doch das Mädchen hatte so gut wie keine Spuren hinterlassen. Linda lehnte sich an den Türrahmen und ließ ihren Blick noch einmal nachdenklich über das sperrmüllartige Inventar schweifen.

Ingas Familie war bei einem dubiosen Unfall ums Leben gekommen, das hatten auch die DNA-Analysen bestätigt. Einen Tag vor diesem tragischen Unglück war das Mädchen weggelaufen und schien, laut Lillemors Aussagen, große Angst zu haben. Für Linda war klar, dass diese Ereignisse miteinander verknüpft sein mussten. Allerdings fühlte sie sich noch nicht dazu in der Lage, dieses Knäuel an Informationen zu entwirren.

# 15

Alex stand vor den Überresten der Scheune und der Brandgeruch war allgegenwärtig. Er wusste nicht warum, aber es hatte ihn unwillkürlich an diesen Ort zurückgetrieben. Rund um diesen Bereich wehte das Absperrband flatternd im Wind. Die Kriminaltechniker hatten ihre Arbeit bereits beendet und waren abgezogen.

Der Boden rings um die Scheune war durch die Löschfahrzeuge aufgewühlt. Dennoch entdeckte Alex weitere Reifenspuren, die schon älteren Datums sein mussten. Die Scheune war also regelmäßig von mehreren Personen frequentiert worden. Aber warum?

Nachdem Alex sich genauer umgesehen hatte, markierte er den Standort auf der Karte und machte sich anschließend auf den Weg zum Waldrand. Dort angekommen stellte er den Wagen auf einem Feldweg ab und legte die restliche Strecke zu Fuß zurück. Kühle Luft, die den würzigen Duft von Harz und Pilzen verströmte, schlug ihm entgegen, als er in den Wald eintauchte. Über den weichen Boden erstreckte sich ein Spiel aus Licht und Schatten, während Alex nach den Markierungen des Fundortes Ausschau hielt. Es verging eine Weile, bis er die Stelle erreicht hatte.

Ein abgeschiedener Ort, dessen Szenerie etwas Beklemmendes an sich hatte. Alex näherte sich der Öffnung, die einen Blick in den Hohlraum offenbarte, der einer Gruft ähnelte. Er ließ diesen Moment auf sich wirken und ein vager Gedanke schoss ihm durch den Kopf, dem er nachgehen würde.

Er stand auf und klopfte sich den Staub von den Hosen. Dann zog er los, um die nähere Umgebung zu erkunden. Aber er konnte keine markanten Stellen finden, die ihm bei seinen Hypothesen nützlich gewesen wären. Hier gab es nichts, bis auf einem mit Heidekraut und Beerensträuchern bedeckten Waldboden.

Er wollte sich gerade enttäuscht abwenden, als er ein paar Meter weiter eine Lichtung erblickte. Leise fluchend kämpfte er sich durch das Gestrüpp und ärgerte sich, als seine Hose an einem Brombeerstrauch hängen blieb und er Stoff reißen hörte. Kurz darauf hatte er die Lichtung erreicht.

Sie war kreisrund, so als hätte ein unsichtbarer Gärtner nachgeholfen und den Wildwuchs unauffällig in Schach gehalten. Sträucher, deren frische Triebe sich dem Licht entgegenstreckten, waren nicht abgeschnitten, sondern abgebrochen worden und nur ein geschultes Auge konnte diese Art der Regulierung erkennen. Der Boden war mit Moos bedeckt und sehr eben.

Alex schoss ein paar Fotos und zählte mit Schritten die Meter ab. In der Mitte der Lichtung blieb er stehen und zupfte am Moos. Grauer Sandstein kam zum Vorschein, dessen Oberfläche grob behauen war. Alex schabte mit seiner Schuhspitze eine größere Fläche frei, doch er konnte keinerlei Runen oder eingravierte Zeichen entdecken. Dennoch hatte dieser Ort etwas seltsam Bedrückendes an sich, obwohl Alex für derlei Schwingungen nicht besonders empfänglich war.

Sein Spezialgebiet waren Menschen und deren Abgründe. Nicht alle wurden als Monster geboren. Er hatte eine leise Ahnung, wohin die Reise gehen könnte, war sich aber nicht hundertprozentig sicher. Über die Familienverhältnisse der Olssons hätte er gern mehr erfahren, aber selbst die älteste Tochter war wie vom Erdboden verschluckt. Es juckte ihm mächtig in den Fingern, Teil dieser Ermittlungen zu werden, und er schlenderte nachdenklich zum Wagen zurück. Konnte es tatsächlich sein, dass eine gut organisierte Personengruppe seit Jahrzehnten unbemerkt im Hintergrund agierte?

---

„Hej." Alex betrat Lindas Büro. „Gibt's was Neues?"

„Ja, das könnte man so sagen. Setz dich zu mir." Sie deutete auf den Stuhl.

„Schieß los."

„In der Scheune wurde menschliches Blut gefunden."

„Oh, das ist ja interessant. Ich hoffe, ihr könnt die DNA zuordnen."

„Ja, aber das ist noch nicht alles. Das Blut stammt von mindestens zehn verschiedenen Personen. Außerdem haben die Forensiker Reste von einem Brandbeschleuniger entdeckt."

„Das wird ja immer besser", entfuhr es ihm.

„Das Labor ist an der Sache dran, die Untersuchungen haben oberste Priorität."

„Linda, habt ihr Akten von Friedhofs- oder Kirchenschändungen?"

Sie zog fragend die Brauen zusammen. „Natürlich, da gibt es jede Menge. Worauf willst du hinaus?"

„Es ist nur eine vage Vermutung, der ich nachgehen möchte."

„Jetzt sag schon", drängte Linda.

„Ich denke da an ein gut organisiertes pädophiles Netzwerk."

„Missbrauch von Säuglingen und Kleinkindern? Hier in Ludvika?" Linda neigte skeptisch ihren Kopf.

„Warum nicht", erwiderte Alex. „Das Verbrechen ist überall zu Hause."

„Aber warum ausgerechnet Kirchen und Friedhöfe?"

„Darauf kann ich dir noch keine genaue Antwort geben. Könntest du mir die Akten besorgen?"

„Natürlich, kein Problem."

Eine Stunde später brütete Alex über den Akten. Das Kircheninnere war zwar beschmiert und beschädigt, aber nicht verwüstet worden. Beim Thema Friedhof sah die Sache schon wieder ganz anders aus. Jemand hatte die Leichen nicht nur ausgegraben und zerstückelt, sondern auch weggeschleppt. Von den mutwillig umgestoßenen Grabsteinen einmal ganz abzusehen.

Er wusste, dass es sich meist um Mutproben Jugendlicher handelte, aber die Schwere, die hier vorlag, gab ihm zu denken. Umgekippte Grabsteine waren die eine Seite der Medaille, aber die Schändung der Toten eine andere. Doch die Ermittlungsergebnisse gaben noch nicht viel her, um eine schlüssige Bilanz zu ziehen. Meist waren die Verfahren aus Mangel an Beweisen eingestellt worden.

# 16

Inga hockte gerade in den Büschen, um sich zu erleichtern, als sie Stimmen hörte. In Eile zog sie sich wieder die Hosen hoch und bog die Zweige auseinander. Was sie zu sehen bekam, enttäuschte sie zutiefst. Lillemor steuerte mit ihrer Mutter geradewegs auf den Schuppen zu und Inga fühlte sich augenblicklich verraten und verkauft.

So geräuschlos wie möglich bahnte sie sich einen Weg durch das unwegsame Gelände. Das zusätzliche Körpergewicht, das sie mit sich herumschleppte, behinderte sie bei ihrer Flucht. In der Ferne hörte sie Zweige knacken, sie suchten also nach ihr. Warum hatte Lillemor sie verpfiffen? Wo sie doch ihr Wort gegeben hatte.

Bittere Tränen trübten die Sicht und Inga hetzte

keuchend über eine Wiese, deren hüfthohes Gras das Vorwärtskommen erschwerte. Welche Richtung sollte sie jetzt einschlagen?

Das Herz hämmerte hart gegen die Rippenbögen und ihr Atem ging stoßweise, als sie sich hinter hochgewachsenen Sträuchern auf den Boden fallen ließ. Sie fühlte sich hundeelend und konnte nicht einmal mehr nach Hause zurück.

Nachdem Inga sich einen Moment ausgeruht hatte, zog sie weiter. Sie mied die Straße wie der Teufel das Weihwasser und sah sich gezwungen, Ludvika großzügig zu umlaufen, um nach Smedjebacken zu gelangen. Fraglich, ob sie es überhaupt schaffte, diese weite Strecke zu bewältigen.

Schon nach kurzer Zeit spürte sie, wie ihr Kreislauf verrücktspielte. Die sommerlichen Temperaturen zwangen sie in die Knie, immer wieder musste sie eine Pause einlegen. Schließlich erreichte sie die Gegend, in der sie noch vor ein paar Tagen zu Hause gewesen war. Ganz in der Nähe gab es einen Supermarkt. Dort drinnen war es kühl und es gab Essen in Hülle und Fülle. Vielleicht konnte sie unauffällig eine Packung in die Hosentasche schieben, das weite Shirt würde diese verbergen.

Mit gesenktem Kopf bog sie auf die Straße, die zum Discounter führte. Das Blut rauschte in ihren Ohren und sie hatte das Gefühl, dass sämtliche Blicke auf sie gerichtet waren. Der Parkplatz war nur mäßig belegt, ein gutes Omen. Die Glastüren glitten lautlos auf und eine angenehme Kühle begleitet von köstlichen Gerüchen umfing Inga.

Sie hatte Heißhunger auf Schokolade und steuerte die Süßwarenabteilung an. Ihr gehetzter Blick irrte durch den Gang, bis ihre Hand wie fremdgesteuert nach einer Tafel Schokolade griff und sie in die hintere Hosentasche stopfte. Alles in ihr schrie danach, das Geschäft sofort zu verlassen, aber sie konnte nicht.

Vor dem Regal mit dem Gebäck stoppte sie ihre Schritte und das Wasser lief ihr im Munde zusammen. Voller Gier starrte sie auf die bunten Packungen mit den Köstlichkeiten und schluckte. Nur eine klitzekleine Tüte, diese kostete doch nur ein paar Kronen.

Plötzlich tippte ihr jemand auf die Schulter. „Du traust dich noch hierher?"

Diese Stimme hätte sie unter tausend anderen wiedererkannt und sie ließ die Packung, die sie gerade aus dem Regal genommen hatte, auf den Boden fallen. Ihr Mund öffnete sich zu einem lautlosen Schrei und ein heftiger Schmerz durchzuckte ihren Unterleib.

„Du hast etwas, das mir gehört, und wirst mich unauffällig nach draußen begleiten. Haben wir uns verstanden?"

Seine Worte glichen einem hässlichen Zischen wie dem einer gefährlichen Schlange. Sobald er mit Inga sprach, erstarrte sie zur Salzsäule, unfähig, sich zu rühren. Sie hätte niemals hierherkommen und kein Essen stehlen dürfen.

„Ich habe dir immer wieder gesagt, dass wir dich im Auge behalten werden. Oder hast du etwa angenommen, dass du ungeschoren davonkommst? Wie konntest du es wagen, Luisas Weihe zu sabotieren?"

Inga hatte noch immer den Mund geöffnet, brachte aber keinen einzigen Ton heraus. Die Welt um sie herum stand in Flammen und auch sie verglühte in diesem Feuer aus Hass.

„Heb die Packung auf, wir gehen jetzt gemeinsam zur Kasse."

Inga war wie in Trance. Erst als er ihr den Ellenbogen schmerzhaft in die Rippenbögen stieß, erwachte sie aus ihrer Starre. Mit zitternden Knien ging sie in die Hocke und hob die Packung auf.

„Los jetzt."

Mit gesenktem Haupt und schleppenden Schritten trottete sie ihm hinterher und das Aftershave, das er aufgetragen hatte, verursachte Übelkeit. Er war ihr schon so oft zu nahe gekommen, und sie hasste seinen Körpergeruch. Diese widerliche Mischung aus Männerschweiß, Moschus und …

Nein, daran wollte sie jetzt nicht denken. Sie wusste genau, was ihr bevorstand, was Abtrünnige zu erwarten hatten. Gnade gab es nicht, für niemanden von ihnen.

Das Hungergefühl war verflogen, es herrschte nur noch die nackte Angst. Ihre Knie waren weich wie Butter und schon jetzt konnte sie die Schmerzen auf ihrer geschundenen Haut fühlen. Doch dabei würde es diesmal nicht bleiben …

„Was ist? Willst du Wurzeln schlagen?"

Genau in diesem Moment wurde hinter Inga die Tür zum Lager aufgestoßen und ein Mitarbeiter schob einen vollbeladenen Rollwagen zu den Regalen, um sie aufzufüllen. Einem plötzlichen Impuls nachgebend drehte sie sich um und rannte durch die geöffnete Tür ins Lager. Orientierungslos schaute sie sich um und bemerkte ein hochgezogenes Rolltor im hinteren Bereich – ihre Rettung.

Sie stieß einen jungen Mann zur Seite, der gerade dabei war, den Lkw zu entladen.

„Hey, was soll das? Du musst die Ware bezahlen!"

Er griff nach ihrem Shirt, um sie aufzuhalten, doch sie versetzte ihm einen Tritt und sprang von der Rampe. Ein stechender Schmerz schoss durch ihren Knöchel, als sie aufkam, und sie schnappte nach Luft. Der junge Mann war dicht hinter ihr und sie machte einen Satz nach vorn. Ihr war klar, dass sie gegen ihn kaum den Hauch einer Chance hatte, schon gar nicht in ihrer schlechten körperlichen Verfassung.

Eine ältere Dame, die ihren Volvo umständlich aus einer Parklücke manövrierte, kam ihr zu Hilfe. Als sie den Rückwärtsgang einlegte, erfasste das Heck ihres Wagens den jungen Mann, sodass dieser zu Boden fiel. Inga nutzte die unverhoffte Chance und duckte sich hinter einem SUV. Sie hörte den Mann in der Ferne mit der Fahrerin des Volvos lautstark diskutieren. Nichts wie weg.

Vornübergebeugt hetzte sie zwischen den Fahrzeugen entlang und bevor sie in eine Nebenstraße abbog, warf sie einen letzten Blick zurück. Sie entdeckte ihren Häscher, der seinen Audi direkt in ihre Richtung lenkte. Er musste sie aus sicherer Entfernung beobachtet haben, dabei hatte sie gehofft, auch ihn abgehängt zu haben. Wohin sollte sie fliehen?

Sie lief einfach drauflos und spürte schon nach kurzer Zeit, wie ihre Kräfte schwanden. Ein paar Meter vor ihr entfernt befand sich ein verwildertes Grundstück. Nachdem sie es erreicht hatte, zwängte sie sich durch ein Loch im Zaun. Sie dachte darüber nach, ins Haus einzusteigen, verwarf diesen Gedanken aber rasch. Dort konnte er sie in die Enge treiben und sie wäre leichte Beute.

Ihr gehetzter Blick wanderte über das verwilderte Terrain und schließlich entdeckte sie einen mit Efeu überwucherten Unterschlupf – eine verwitterte Hundehütte. Ein Fahrzeug näherte sich dem Grundstück und Inga konnte hören, wie der Motor des Wagens erstarb. Auf allen vieren kroch sie in die Hütte und schob den Efeu wie einen Vorhang wieder vor den Eingang. Im Inneren war es stickig und eng, aber da musste sie jetzt durch.

Mit ihrer zitternden Hand strich sie sich die verschwitzen Haare aus der Stirn. Die Tafel Schokolade, die noch in ihrer Hosentasche steckte, war butterweich geschmolzen. Eine Autotür fiel ins Schloss und kurz drauf vernahm Inga Schritte.

„Komm raus, ich weiß, dass du hier bist."

Ingas biss sich fest auf die Unterlippe und schmeckte das Blut. Erneut nahm sie den aufdringlichen Geruch seines Aftershaves wahr, er musste ganz in der Nähe sein.

„Inga, meine Geduld hat Grenzen. Mach es nicht noch schlimmer und komm endlich her."

Du hast meine Familie auf dem Gewissen, wollte sie ihm hasserfüllt entgegenschleudern, doch sie durfte sich nicht verraten.

Das Gras raschelte unter seinen Füßen, als er sich der

Hundehütte näherte. Jetzt stand er direkt davor. Wenn er sich jetzt bückte, dann wäre sie verloren. Er würde sie an den Haaren zum Wagen schleifen und fortbringen.

Sein Fuß trat gegen das morsche Holz der Hundehütte, die sich leicht zur Seite neigte. Inga wagte kaum zu atmen.

„Findest du Versteckspielen in deinem Alter nicht ein wenig albern?"

Ein weiterer Schlag traf die Hütte, die leise ächzte und kurz davor war, in sich zusammenzufallen.

„He, was machen Sie denn da?", ertönte plötzlich eine brüskierte Männerstimme, die vom Nachbargrundstück zu kommen schien.

„Ich suche meine Tochter, sie hält sich manchmal auf diesem Grundstück auf. Haben Sie sie zufällig gesehen? Eins sechzig groß, schwarze kurze Haare …"

„Nein", fiel der Nachbar ihm schroff ins Wort. „Ich passe schon auf, dass sich hier keiner herumtriebt."

„Aber ich habe doch gesehen, wie sie durch den Zaun gekrochen ist."

„Runter vom Grundstück, sonst rufe ich die Polizei. Ich habe genug von den Vandalen, die sich hier ständig ein Plätzchen zum Austoben suchen."

„Ich suche meine Tochter, haben Sie mich nicht verstanden?"

„Das ist mir egal. Dann erziehen Sie Ihre Göre besser."

Inga verfolgte mit klopfendem Herzen das Wortgefecht und hoffte, dass der Nachbar nicht nachgeben würde. Das Luftholen wurde zur Qual und ein schmerzhafter Krampf in der Wade brachte sie fast um den Verstand. Lange würde sie in dieser unbequemen Position nicht mehr durchhalten. Verschwinde endlich, flehte sie.

„Na los, wird's bald?", schob der Nachbar unerbittlich nach.

Das Gras raschelte unter den sich entfernenden Schritten und kurz darauf schlug die Autotür zu. Als der Motor aufheulte, wischte sich Inga erleichtert den Schweiß von der Stirn. Jetzt musste nur noch der Nachbar wieder verschwinden, damit sie sich ungesehen davonmachen konnte. Vorsichtig lugte sie aus der Hütte heraus und war dankbar, dass einst ein so großer Hund das Haus bewacht hatte.

Diesmal war das Glück auf ihrer Seite, denn die Frau des Nachbarn rief ihren Mann zum Essen. Mit schlurfenden Schritten entschwand er Ingas Blicken. Hastig krabbelte sie aus der Hütte heraus und humpelte zum hinteren Teil des Gartens. Das schmale Törchen stand offen und sie schlüpfte hindurch. Sie wusste ganz genau, dass ihr Widersacher nicht aufgeben würde, denn sie stellte eine potenzielle Gefahr dar.

Sie schleppte sich mit letzter Kraft in ein Waldstück, bis ihre geschwollenen Beine den Dienst versagten. Die Unterleibsschmerzen hatten an Stärke zugenommen, Inga brauchte dringend einen Platz, um sich auszuruhen.

Erschöpft lehnte sie sich mit dem Rücken an den Stamm einer Kiefer und zog die butterweiche Tafel Schokolade aus der Hosentasche. Es wurde eine schmierige Angelegenheit, die Verpackung zu öffnen und die Schokolade zu verzehren, aber danach fühlte sich Inga besser. Die Frage war nur, wie lange. Ihren Plan, bis nach Smedjebacken zu laufen, verwarf sie wieder und überlegte, im Schutz der Dunkelheit nach Hause zurückzukehren.

Dort gab es alles, was sie zum Überleben brauchte – Nahrung, Kleidung, Wasser und Lebensmittel. Sie musste nur stark genug sein, um mit dem Tod ihrer Familie umzugehen, musste lernen, diese Tatsache zu akzeptieren. Es tat ihr so wahnsinnig leid um Krista und Luisa und sie verfluchte ihre Eltern, die sie erst in diese Situation gebracht hatten. Hoffentlich hatten ihre Schwestern den Frieden gefunden, sie hätten ihn mehr als verdient.

Im Gebüsch hinter ihr raschelte es. Inga schaute erschrocken in die Richtung, aus der das Geräusch gekommen war und hätte vor Erleichterung am liebsten laut gelacht. Eine stolze Ricke führte ihre zwei gesprenkelten Kitze durchs Unterholz. Ihre Ohren spielten mit dem Wind und die sanften braunen Augen musterten aufmerksam die Umgebung. Dann machte die Ricke einen Satz nach vorn und verschwand mit ihrem Nachwuchs zwischen den Stämmen.

Nach der süßen Schokolade klebte Ingas Zunge am Gaumen und zu ihrer Erschöpfung hatte sich nun ein quälender Durst gesellt. Die Luft war heute besonders stickig und Inga meinte, ein fernes Donnergrollen zu hören. Na wunderbar, perfektes Timing, denn sie wollte noch bis zum Abend warten, um zu ihrem Elternhaus zurückzukehren.

Durch die ständige Anspannung zitterten ihre Knie, nirgends war sie sicher. Halte durch, du schaffst es, spornte sie sich an, doch jedes noch sie kleine Geräusch versetzte sie in Todesangst. Ein weiteres Mal würde sie nicht entkommen.

Besorgt schaute sie nach oben. Die geballte Wolkenfront zog zusehends näher und der Himmel verdunkelte sich. Zeit für den Aufbruch. Inga musste einen Umweg in Kauf nehmen, denn es war viel zu gefährlich, die Straße entlangzulaufen. Aufmerksam scannte sie die Umgebung, denn er könnte sich hinter jedem Baumstamm verbergen.

Dann ging ein Ruck durch ihren Körper und sie lief los. Die Aussicht auf eine Mahlzeit und ein Dach über dem Kopf verliehen ihr neue Kräfte. Niemand würde sie im Haus vermuten, dessen war sie sich sicher.

Die ersten schweren Tropfen lösten sich vom Himmel und trafen ihr Gesicht. Ein greller Blitz zuckte und tauchte den Wald in ein gespenstisches Licht. Nur einen Atemzug später folgte ein ohrenbetäubender Knall. Das Gewitter war jetzt direkt über ihr. Allmählich wurde es brenzlig und Inga schaute sich nach einem Unterschlupf um. Aber außer Heidekraut und Farnwedeln gab es nichts, das Schutz vor dem einsetzenden Starkregen geboten hätte. Innerhalb von Sekunden war Inga völlig durchnässt. Bis zum Haus würde sie noch eine Weile unterwegs sein.

Sie hastete über den unebenen Waldboden und mehr als einmal verfing sich ihr Fuß in einer Baumwurzel. Sie strich sich eine nasse Haarsträhne aus der Stirn und stolperte weiter. Die Furcht vor dem Gewitter trieb sie voran, nichts wie weg von hier.

Sobald ein Blitz die Szenerie erhellte, musterte sie aufmerksam die Umgebung und vermutete hinter jedem Baumstamm eine Gestalt. Doch sie wollte nicht aufgeben, denn instinktiv hatte sie sich für das Leben entschieden. Irgendwie würde es schon weitergehen, sie brauchte nur einen vernünftigen Plan. Ob sie den Tod ihrer Familie annehmen konnte, stand in den Sternen.

Sie hatte nur gelernt, ihre Gefühle wegzudrücken, sich abzukapseln von Raum und Zeit, wenn es wieder einmal besonders schlimm geworden war. Noch immer trug sie den goldenen Ring am kleinen Finger, das Erkennungszeichen.

Unvermittelt stoppte sie ihre Schritte und zog angewidert den Ring ab, um ihn in den Wald zu schleudern. Frei sein, endlich frei sein und diesen ganzen Schmerz hinter sich lassen. Wie von Sinnen schrie sie einfach los, brüllte gegen das Donnergrollen an, dessen Druckwelle sie deutlich spüren konnte.

Anschließend rannte sie davon, so schnell sie ihre Beine tragen konnten. Die feuchte Kleidung kühlte ihren Körper aus, schon jetzt fror sie wie ein junger Hund. In der Ferne konnte sie bereits die dunklen Silhouetten der Häuser von Ludvika erkennen, das gab ihr neuen Auftrieb.

Der Regen hatte nachgelassen, als Inga die Siedlung erreichte. Immer wieder warf sie einen ängstlichen Blick über die Schulter, sobald ein Blitz die Gegend erhellte. Bei jedem Fahrzeug, das ihr entgegenkam, wechselte sie die Straßenseite oder versteckte sich in einem Hauseingang. Kurz darauf hatte sie ihr Elternhaus erreicht. Sie wusste, dass ihre Mutter einen Zweitschlüssel im Schuppen aufbewahrte und durchsuchte die Töpfe.

Im untersten Tontopf wurde sie schließlich fündig und schlich im Schutz der Hecke zum Eingang. Ein polizeiliches Siegel prangte an der Tür und ließ Inga zögern. Ob die Beamten den geheimen Raum entdeckt hatten?

Vorsichtig durchtrennte sie mit dem Bart des Schlüssels die Versiegelung und trat ein. Im Inneren des Hauses roch es nach verdorbenen Lebensmitteln und Inga schüttelte sich angewidert. Sie eilte die Treppe in den Keller hinunter und öffnete die Tür zum Heizungsraum. Dort betätigte sie einen kleinen Hebel und das Regal, vollgestopft mit unbenutztem Werkzeug, fuhr lautlos zur Seite.

Inga schlüpfte in den Raum, den sie sofort hinter sich verschloss. Wer hätte jemals gedacht, dass dieser Ort des Schreckens ihr einmal Schutz bieten würde?

Sie riss sich die feuchte Kleidung von ihrem fülligen Leib und hängte die flauschige rosafarbene Decke um ihre Schultern. Allmählich ließ das Zittern nach und sie konnte durchatmen. Die Klimaanlage versorgte den fensterlosen Raum mit genügend Sauerstoff, der Rest würde sich finden.

Sie ging zum Waschbecken, öffnete den Wasserhahn und ließ das kühle Nass durch ihre trockene Kehle rinnen. Was für ein Genuss. Obwohl sie Hunger hatte, warf sie eine Bettdecke und Kissen auf den Boden, um sich hinzulegen. Das große Doppelbett war tabu. Allein die Kameras, die auf diese abscheuliche Bühne gerichtet waren, bereiteten ihr Unbehagen. Inga war so erschöpft von den schrecklichen Ereignissen des Tages, dass sie sofort einschlief.

# 17

Linda hatte sich gerade mit einem Becher Kaffee an ihren Schreibtisch gesetzt, als das Telefon klingelte.

„Hej, ich habe Neuigkeiten für dich", meldete sich Karl Lund, der Rechtsmediziner.

„Wunderbar Karl, so könnte jeder Tag beginnen", antwortete Linda erfreut. „Schieß los, ich kann es kaum erwarten."

„Du wirst es nicht glauben, aber ich konnte die DNA von Mette Olsson tatsächlich zwei Kinderleichen zuordnen."

„Das ist nicht dein Ernst", entfuhr es Linda. „Wie lange liegen die Skelette schon dort unten?"

„Schätzungsweise sieben bis zehn Jahre."

„Das ist doch Wahnsinn. Ich meine, die Familie war in Ludvika sehr angesehen."

„Gutes Ansehen schützt nicht vor Straftaten", erwiderte Karl. „Fakt ist, dass Mette Olsson zwei weitere Kinder zur Welt gebracht hat, die dort in diesem Hohlraum ihr Ende gefunden haben."

„Gibt es Auffälligkeiten?"

„Ja. Beide Kinder waren noch nicht völlig ausgereift, als sie geboren wurden."

„Demnach Frühgeburten. Hast du schon eine Ahnung, warum sie zu zeitig auf die Welt gekommen sind?"

„Tja, das ist das große Rätsel, vor dem wir stehen. Keine Anomalien, nichts."

„Haben die Frauen etwas eingenommen, was zu einem verfrühten Einsetzen der Wehen geführt haben könnte?"

„Der Verdacht liegt nahe. Allerdings, wenn diese Kinder unerwünscht waren, und das in dieser großen Anzahl, warum haben die Frauen sie nicht in einem früheren Stadium abgetrieben? Oder gleich anständig verhütet?"

„Gute Frage, Karl. Die Leute müssen sich untereinander gekannt haben, das ist der nächste Punkt. Aber woher? Was verbindet sie außer ihren eigenen Kindern, die sie in dieser, nennen wir es Gruft, abgelegt haben?"

„Linda, ich habe nicht die geringste Ahnung. Das ist der mysteriöseste Fall, in den ich je involviert war."

„Schick mir bitte die Ergebnisse so schnell wie möglich rüber, damit ich einen Durchsuchungsbeschluss für das Haus der Olssons beim zuständigen Richter erwirken kann."

„Viel Glück, Linda."

„Werde ich brauchen."

---

Innerhalb einer Stunde hielt Linda den Beschluss in den Händen und machte sich mit Jörgen und dem Team der Kriminaltechniker auf den Weg. Vor dem Haus der Olssons stiegen sie aus. Linda wollte sich unbedingt einen genaueren

Eindruck vom Leben der Olssons verschaffen und nach einem Schriftstück der besonderen Art Ausschau halten – dem Schwangerschaftspass.

Jörgen deutete auf das durchtrennte Siegelband. „Sieht so aus, als wäre schon jemand im Haus gewesen."

„Hoffentlich wurden keine Beweise entfernt", erwiderte Linda.

Jörgen öffnete mit einem Spezialschlüssel die Eingangstür und sie folgte ihm ins Innere des Hauses.

„Total abgefahren", sagte er und drehte sich im Eingangsbereich um die eigene Achse. „Sogar hier drinnen haben sie jede Menge Kameras angebracht."

„Fragt sich jetzt nur, ob die Kameras zum Schutz der Familie oder zur Überwachung der Töchter dienten", antwortete Linda.

„Irgendetwas liegt bei dieser Familie im Argen. So ein paranoides Verhalten habe ich selten gesehen."

„Ganz deiner Meinung. Teilen wir uns auf? Du den Wohnbereich und ich das Elternschlafzimmer."

„Alles klar."

Jörgen bog kopfschüttelnd um die Ecke, während Linda die Stufen ins Obergeschoß stieg. Die Namen der Kinder standen an den jeweiligen Zimmertüren, mehr Persönliches existierte nicht. Das moderne Haus samt seiner minimalistischen Einrichtung wirkte auf Linda fremd, steril und kalt. Nirgends lag etwas herum, die wenigen Möbelstücke zierte kein Staubkorn. Sie durfte gar nicht an das Chaos in ihren eigenen vier Wänden denken.

Neugierig öffnete sie die Tür zu Ingas Zimmer – lichtdurchflutet, aber genauso nüchtern eingerichtet wie die anderen Räume. Sie zog die Schreibtischschubladen auf und zu und blätterte einige Schulhefte durch. Inga schrieb gestochen scharf, kein Vergleich zu Lillemors schludriger Handschrift. Eselsohren in Büchern und Heften waren hier undenkbar, alles wirkte steif und aufgezwungen.

Linda ging zum Fenster, um es zu öffnen, und sog die frische Luft in ihre Lungen. Sie wusste nicht warum, aber sie hatte das Gefühl, in diesen vier Wänden zu ersticken. War es der offensichtliche Zwang, der hinter all dieser Perfektion zu stecken schien, der ihr das Atmen erschwerte?

Elinas Zimmer zum Beispiel war bis unter die Decke mit Plüschtieren vollgestopft, während Lillemor die Wände in ihrem Reich mit Postern ihrer Lieblingsband zugepflastert hatte. Wie oft hatte sich Linda über die fehlende Ordnungsliebe ihrer Töchter aufgeregt, aber beim Anblick von Ingas Zimmer schwor sie, in Zukunft ein Auge zuzudrücken. Liebe, Halt und Geborgenheit waren alles, was Kinder zum Leben brauchten. Punkt.

In Ingas Kleiderschrank setzte sich der Perfektionismus fort. Was Linda allerdings sofort ins Auge fiel, waren die unterschiedlichen Kleidergrößen. Wahrscheinlich hatte Inga mit Essen die Sehnsucht nach Liebe zu kompensieren versucht. Sie ging in die Hocke, zog einen einzelnen Karton heraus und tastete sich durch die Fächer. Kein Tagebuch, keine Liebesbriefe oder ähnliche Dinge, die man im Schrank eines Teenagers vermutet hätte. Auch unter der Matratze wurde sie nicht fündig bis auf eine leere Schokoladenverpackung. Schade.

Im Elternschlafzimmer dominierte ein riesiger begehbarer Kleiderschrank. Anzüge, Blusen und Kostüme hingen nach Farben sortiert auf den Stangen. Wenn Linda ein Shirt aus ihrem winzigen Kleiderschrank nehmen wollte, rutschte gleich der gesamte Stapel mit nach draußen. So what.

Aufmerksam inspizierte sie die Schubladen der Kommoden, jedoch ohne Erfolg. Keine Dokumente über die Schwangerschaften von Mette Olsson. Unten im Flur rumorte es, die Kriminaltechniker begannen mit ihrer Arbeit. Im selben Augenblick flog die Tür auf.

„Tadaaa“, rief Jörgen und schwenkte die Schwangerschaftspässe in der Luft.

„Wie ich sehe, hattest du mehr Erfolg als ich."

„Ja, mein Gespür ist Gold wert", witzelte Jörgen.

„Nun zeig schon her." Linda riss ihm die Papiere aus der Hand, um sie eingehend zu studieren. „Nur die von Krista, Luisa und Inga", stellte sie ratlos fest. „War Mette Olsson wegen der zwei weiteren Schwangerschaften nicht beim Gynäkologen?"

„Ein Anruf könnte Klärung bringen", erwiderte Jörgen.

„Ich kümmere mich gleich darum, gib mir eine Minute."

„In Ordnung. Ich lasse dich dann mal wieder allein und schaue mich weiter um." Jörgen zog die Tür wieder hinter sich zu.

In Ludvika gab es zwei Gynäkologen, und Linda rief sie nacheinander an. Wie sich herausstellte, war Mette Olsson bei keinem von ihnen gewesen. Also suchte sie kurzerhand weitere Telefonnummern von Ärzten aus der näheren Umgebung heraus. Aber auch hier: Fehlanzeige.

Ratlos stand sie am Fenster und schaute hinunter in den akkurat angelegten Garten. Rasen und Koniferen bestimmten das Bild, Bienen würden um diesen Garten einen großen Bogen fliegen. Als Besitzerin dieses Hauses hätte Linda schon längst Staudenrabatten angelegt, die sich im Sommer mit ihrer bunten Pracht überbieten würden. Aber die Summe für dieses Haus war jenseits ihrer Gehaltsklasse angesiedelt.

Enttäuscht kehrte sie in die untere Etage zurück.

„Schade, es wäre auch zu schön gewesen. Mette war bei keinem einzigen Arzt."

„Schon komisch, nicht?", sagte Jörgen. „Brechen wir an dieser Stelle ab und überlassen den Kriminaltechnikern das Feld?"

„Das wird wohl das Beste sein."

Linda und Jörgen liefen zum Wagen.

„Was ist mit diesen Kindern bloß passiert?", fragte sie und

zurrte den Gurt fest. „Und warum hat Mette Olsson bei ihren letzten Schwangerschaften nie einen Arzt aufgesucht?“

„Sie wollte diese Kinder anscheinend nicht“, erwiderte Jörgen schulterzuckend.

„Die Familie war gut situiert, Mette hätte die Kinder diskret abtreiben können.“ Linda schluckte. Allein diese Vorstellung war so ganz und gar nicht mit ihrem Gewissen vereinbar. Sie sah Elina und Lillemor als Gottes Geschenke an und würde ihr Leben für sie geben.

„Vielleicht hatten die Kinder das falsche Geschlecht und der Hausherr wollte endlich einen Stammhalter“, warf Jörgen ein.

„Ich bitte dich, wir leben doch nicht im Mittelalter“, brüskierte sich Linda. „Außerdem, wie wollen Sie ohne Arzt das Geschlecht feststellen?“

„Auch wieder wahr“, seufzte Jörgen. „Egal wie wir es auch drehen und wenden, keine Erklärung ist schlüssig.“

„Wir werden den Fall knacken, schon deshalb, weil sich die Presse über uns echauffiert. Ich kann nur hoffen, dass nicht an die Öffentlichkeit dringt, dass der Unfall der Olssons gar keiner war.“

Lindas Diensthandy gab einen melodischen Ton von sich.

„Hallo Karl, hast du weitere Neuigkeiten parat?“

„Genauso schaut's aus. Soll ich dir die Unterlagen rüberschicken, damit du die DNA durch das System jagen kannst?“

„Ich bitte darum. Die Olssons scheinen leider ihr Geheimnis mit ins Grab genommen zu haben.“

„Dann wünsche ich euch viel Erfolg.“

„Danke Karl, dir auch.“

„Hoffentlich haben wir diesmal mehr Glück.“ Jörgen warf ihr einen skeptischen Seitenblick zu.

„Irgendwann landen wir einen Volltreffer, das habe ich im Gefühl.“

Die Tür zu Lindas Büro wurde aufgerissen.

„Treffer versenkt", strahlte Jörgen. „Ich konnte die DNA einer Familie zuordnen."

„Wessen Kind ist es?" Linda sah ihn über den Rand ihres Bildschirms fragend an.

„Das einer gewissen Familie Jolms. Aber des Schlimmste kommt noch: Sie haben vor sechs Jahren das Neugeborene verloren."

„Weshalb?"

„Die Mutter hatte das Mädchen in den Kinderwagen gelegt und diesen im gesicherten Garten abgestellt. Nur eine Viertelstunde später war die Kleine spurlos verschwunden."

„Dann ist der Fall bereits aktenkundig?"

„Ja. Am Tatort gab es keinerlei Spuren, die Decke und das Kissen waren wieder so hergerichtet worden, dass es der Mutter nicht auf den ersten Blick aufgefallen ist."

„Stimmt, jetzt erinnere ich mich wieder. Ein Tier konnte damals ausgeschlossen werden." Linda fuhr sich nervös durchs Haar. „Das wird ein herber Schlag für die Eltern."

„Mit Sicherheit. Aber die Ungewissheit hat endlich ein Ende."

„Hast du die Adresse schon rausgesucht?"

Jörgen nickte.

„Gut. Dann brechen wir sofort auf."

---

Nach einer Fahrt quer durch Ludvika stiegen Linda und Jörgen vor einem vernachlässigt aussehenden Grundstück aus. Im Eingangsbereich lag jede Menge Spielzeug und Jörgen stolperte über eine Schaufel. Leise fluchend drückte er auf den Klingelknopf.

„Ja, bitte?"

Ein mollige Frau Anfang vierzig öffnete ihnen die Tür und musterte sie misstrauisch.

„Es geht um den Fall Ihrer verschwundenen Tochter“, sagte Linda mit sanfter Stimme. Diese schrecklichen Botschaften zu überbringen, war nie leicht.

„Ach ja?“

Linda konnte der Frau ansehen, wie es hinter ihrer Stirn arbeitete, wie sie allmählich begriff.

„Kommen Sie doch herein“, murmelte sie mit tonloser Stimme und ging voraus. Im Wohnzimmer wies sie auf eine abgewetzte Couch. „Bitte setzen Sie sich doch.“

Auch hier lag in jeder Ecke Spielzeug und es wirkte unaufgeräumt. Plötzlich kam eine Dreijährige ins Wohnzimmer gestürmt. Die Kleine umklammerte das Bein ihrer Mutter und starrte Jörgen und Linda mit großen Augen an. Tove Jolms bückte sich und hob mit der fließenden Bewegung einer Mutter das kleine Mädchen auf den Arm.

Es schien Ewigkeiten zurückzuliegen, seit Lillemor und Elina in diesem Alter gewesen waren, und Linda vermisste schmerzhaft diese Zeit. Sie bereute nicht zum ersten Mal die unzähligen Überstunden, die sie in all den Jahren geleistet hatte. Diese Zeit war unwiederbringlich verloren.

Tove Jolms nahm Platz und setzte die Dreijährige auf ihren Schoß. „Sie sind von der Polizei?“, fragte sie.

„Ja.“ Linda zeigte ihren Dienstausweis vor.

„Sie haben mein Mädchen gefunden, nicht wahr? Sie lag in diesem Loch.“ Der Blick von Tove Jolms war tränenverhangen.

„Es tut uns aufrichtig leid.“

In Lindas Hals steckte ein dicker Kloß, sie konnte den Schmerz dieser Frau nachempfinden.

„Hat sie leiden müssen?“

„Darüber können wir leider noch keine Aussage machen, die Untersuchungen dauern noch an.“

Die Kleine steckte den Daumen in den Mund und nuckelte voller Hingabe daran.

„Ella, könntest du dich bitte um Madita kümmern?“, rief Tove Jolms.

Eine junge Frau in Lillemors Alter erschien in der Tür und hob die Dreijährige auf ihren Arm. Madita drückte ihr Gesicht in das weiche Shirt ihrer Schwester und schlang die Ärmchen um deren Hals.

„Jetzt fällt mir das Sprechen leichter“, sagte Tove Jolms und lehnte sich zurück. Mit einem Taschentuch tupfte sie sich die Tränen von den Wangen. „Wissen Sie schon, wer das meiner Tochter angetan hat?“

„Nein, wir sind für jeden noch so kleinen Hinweis dankbar“, gestand Linda, die den Gesprächsfaden an sich genommen hatte.

„Was wollen Sie wissen?“

„Alles, was Ihnen dazu einfällt. Vielleicht haben Sie einen Verdacht, den Sie nie auszusprechen gewagt haben.“

Tove Jolms schüttelte bedauernd den Kopf. „Ich weiß, dass sich die Nachbarn manchmal über uns beschweren. Wir sind eine achtköpfige Familie und nicht perfekt, aber wir lieben jedes einzelne unserer sechs, ich meine natürlich fünf Kinder. Ich traue niemandem so eine schreckliche Tat zu, aber man sieht den Menschen nur vor den Kopf und nicht dahinter. Der Fund im Wald spricht schließlich seine eigene Sprache.“

„Würden Sie den Tag noch einmal für uns Revue passieren lassen?“

Tove Jolms atmete tief durch. „Es war ein sonniger Junitag und ich hatte gedacht, dass es der Kleinen ganz guttun würde, im Garten an der frischen Luft zu schlafen.“ Sie kämpfte erneut mit den Tränen. „Ich habe danach den Abwasch erledigt und konnte vom Küchenfenster aus direkt in den Garten sehen. Nur als der Paketbote an der Tür geklingelt hatte, war der Kinderwagen für zwei Minuten unbeaufsichtigt.“ Tove Jolms schnäuzte ins Taschentuch. „Das werde ich mir niemals verzeihen“, murmelte sie.

„Sie vermuten also, dass das der Augenblick gewesen ist, an dem Ihre Tochter entführt wurde?"

„Ich denke schon."

„Dann muss der Täter Ihr Haus die ganze Zeit über beobachtet haben", stellte Linda fest.

„Ja, das habe ich auch vermutet, und bis heute ist dieses mulmige Gefühl geblieben. Am liebsten wären wir weggezogen, aber die Hoffnung, dass unsere Kleine noch am Leben sein könnte, hat uns davon abgehalten, diesen Gedanken in die Tat umzusetzen."

„Ich kann erahnen, wie Sie sich fühlen müssen", sagte Linda.

„So seltsam das auch klingen mag, aber ich bin seitdem furchtbar schreckhaft geworden und lasse meine Kinder keine Sekunde mehr aus den Augen. Mir ist bewusst, dass sie eine schwere Last zu tragen haben, doch es fällt mir schwer, über meinen Schatten zu springen."

Linda sah den tiefen Schmerz in Tove Jolms Augen. Ein Kind zu verlieren, musste das Schlimmste sein, was einer Mutter passieren konnte.

„Ist Ihnen sonst noch etwas aufgefallen? Es können auch Nichtigkeiten sein", hakte Linda noch einmal nach.

„Ich habe mir so oft den Kopf darüber zerbrochen, was ich übersehen haben könnte. Doch da ist nichts. Keine geheimnisvollen Personen, keine Bedrohung, kein Verdacht. Wenn es mir möglich wäre, den Täter zu fassen, der meiner Tochter das angetan hat …"

Ihre Stimme brach und sie verlor die Fassung. Laut schluchzend schlug sie die Hände vors Gesicht. Linda erhob sich und nahm Tove Jolms in den Arm.

„Sie sind eine starke Frau, Sie schaffen das. Wir werden alles daransetzen, um den Täter zu finden", sagte sie voller Mitgefühl. Momente wie dieser setzten ihr zu, denn das Leid der anderen war oft schwer zu ertragen.

Tove Jolms beruhigte sich ein wenig. „Ich möchte jetzt gern allein sein“, sagte sie.

„Selbstverständlich.“ Diskret legte Linda ihre Karte auf den Couchtisch und lief in Richtung Tür. „Wir finden schon allein hinaus.“

Jörgen folgte ihr zum Wagen und setzte sich hinters Steuer.

„Ich hasse Tage wie diesen“, sagte er.

„Damit bist du nicht allein. Ich werde mir noch einmal die Ermittlungsakten von damals ansehen. Wird allmählich Zeit, dass wir mit etwas mehr Rückenwind ermitteln.“

# 18

Grelles Licht blendete Inga, als sie die Augen aufschlug. Sie hatte vergessen, die Deckenleuchte auszuschalten. Stöhnend richtete sie sich auf, sie hatte geschlafen wie ein Murmeltier. Immerhin fühlte sie sich ein wenig besser. Die Tür öffnete sich automatisch, als Inga auf den Schalter drückte.

Draußen war es schon hell und sie lauschte, bevor sie den Kellergang betrat. Im Haus herrschte Totenstille und bei dem Gedanken an ihre Schwestern wurde Inga schwer ums Herz. Es war so viel geschehen, seit sie davongelaufen war. Doch sie hatte Luisa nur beschützen wollen.

Sie dachte an ihre Weihe zurück, den furchtbarsten Tag ihres Lebens. Das viele Blut, das aus einem lebenden pulsierenden Körper tropfen konnte, die Schreie, die unermessliche Qual. Luisa war damals zum ersten Mal dabei und so verstört gewesen, dass sie sich nicht mehr an dieses Ereignis erinnern konnte. Der Selbsterhaltungstrieb hatte einen Riegel vorgeschoben.

Auch Inga fehlte ein Großteil der Erinnerungen, was sie als ein unfassbar großes Geschenk ansah. Ohne eine Abspaltung von Gefühlen und Emotionen war es nicht möglich, dieses Leben zu ertragen. Sie hatte es für normal gehalten, bis sie älter geworden war und sich erste Fragen nach dem Warum häuften.

Lautlos schlich sie die Stufen nach oben und bog in die Küche. Hier war der Geruch von verdorbenen Lebensmitteln unerträglich und Inga musste würgen. Nur mit Mühe schaffte sie es rechtzeitig auf die Toilette, wo sie sich übergab. Hastig beseitigte sie das Malheur, denn sie durfte keine Spuren hinterlassen.

Sie atmete tief durch und kehrte in die Küche zurück. Am liebsten hätte sie den Kühlschrank komplett ausgeräumt und gereinigt, aber sie durfte nichts im Inneren des Hauses verändern.

Aus dem Vorratsschrank nahm sie eine Packung Brötchen, um sie im Ofen aufzubacken, und öffnete eine Dose Fisch. Übelkeit hin oder her, der quälende Hunger wollte besänftigt werden.

Plötzlich fuhren mehrere Autos vor und Inga lief zum Fenster. Mehrere Polizeifahrzeuge hielten direkt vor dem Haus und Ingas Herzschlag setzte für eine Schrecksekunde aus. Oh nein, der warme Ofen würde sie verraten.

Mit einem Satz war sie am Herd, um ihn zu öffnen. Sie fegte die Brötchen in eine Schüssel und verbrannte sich dabei die Fingerspitzen. Dann knallte sie die Ofentür wieder zu, griff sich die Dose Fisch und hastete nach unten. Keine Minute zu früh, denn sie konnte noch hören, wie die Eingangstür geöffnet wurde.

Lillemors Mutter erkannte sie sofort an der Stimme. So geräuschlos wie möglich öffnete sie die Tür zum Heizungskeller, huschte hinein und ließ das Regal zur Seite gleiten. Nachdem sich die Tür hinter ihr geschlossen hatte, stellte sie die Schüssel auf den Boden und lehnte sich mit dem Rücken an die Wand. Ihr Herz klopfte hart gegen ihre Rippenbögen und es fehlte nicht mehr viel, bis ihre Knie nachgeben würden.

Sie lauschte angestrengt, konnte aber durch die eingebaute Schallisolierung nicht allzu viel hören. Was ging dort oben vor sich, dass Lillemors Mutter mit so vielen Personen angerückt war? Jeden Moment rechnete sie damit, dass sich die Tür öffnete und sie der Polizei ausgeliefert sein würde. Es dauert ewig, bis sich ihr Herzschlag wieder beruhigt hatte.

Sie hockte sich auf den Boden, griff nach einem Brötchen und biss hinein, um ihren Hunger zu stillen. Warum waren die Polizisten im Haus? Und vor allen Dingen, was suchten sie hier?

Die Zeit zog sich quälend in die Länge und Inga hasste es, zum Warten verdammt zu sein. Sie musste dringend aufs Klo und traute sich nicht. Irgendwann spürte sie eine leichte Erschütterung, als über ihr die Eingangstür ins Schloss fiel. War Lillemors Mutter mit ihren Leuten endlich fort? Hoffentlich hatte der Gestank der verdorbenen Lebensmittel den Duft nach Brötchen übertüncht.

Als sie das Gefühl hatte, dass ihre Blase gleich platzen würde, drückte sie auf den Schalter und die Tür glitt lautlos auf. Wie angewurzelt stand Inga da und lauschte angestrengt. Ihre Hand lang noch auf dem Schalter, um im Fall der Fälle schnell reagieren zu können. Doch im Haus regte sich nichts.

Bedächtig setzte sie einen Fuß vor den anderen, bis sie die Treppe erreicht hatte. Vor lauter Anspannung kribbelte es in ihren Fingerspitzen und kleine Schweißperlen bildeten sich auf ihrer Stirn. Die Stille im Haus wirkte bedrohlich, obwohl keine Polizisten mehr anwesend waren.

Oder hatten diese sich im Haus versteckt, um sie festzunehmen?

Instinktiv hielt Inga die Luft an und verharrte in ihren Bewegungen. Der Gedanke, dass ihr jemand auflauern könnte, verursachte Übelkeit. Sie hielt sich die Hand vor den Mund, machte kehrt und rannte in die Waschküche im Keller, wo sie sich über das Waschbecken gebeugt erbrach.

„Scheiße …", murmelte sie und spülte sich mit Wasser den Mund aus.

Im Haus herrschte nach wie vor eine düstere Stille, die ihr eine Heidenangst einjagte. Wie sollte es nur weitergehen? Schließlich konnte sie sich nicht ewig im Keller verstecken.

Sie straffte ihre Schultern, atmete noch einmal tief durch und kehrte ins Treppenhaus zurück. Jeder einzelne Schritt fiel ihr schwer und sie musste sich am Treppengeländer festklammern, weil die zitternden Beine ihr den Dienst versagten. Nachdem sie oben angekommen war, verschnaufte sie kurz. So ungefähr musste es sich anfühlen, wenn man den Everest bestieg.

Obwohl sie allein im Haus war, konnte sie die Anwesenheit einer weiteren Person spüren und ihre Nackenhärchen richteten sich auf. Was ging hier vor sich?

Sie steuerte die Küche an und atmete beim Anblick des geschlossenen Backofens auf. Es sah nicht danach aus, als hätten die Polizisten ihre Anwesenheit bemerkt. Der Geruch der verdorbenen Lebensmittel überdeckte wirklich alles.

Inga durchsuchte die gesamten Räume im Erdgeschoss, ohne einen Hinweis zu entdecken, was die Polizisten hier gesucht haben könnten. Als sie die ersten Stufen zur Treppe ins Obergeschoss erklomm, spürte sie einen leichten Luftzug und erstarrte. Das konnte nicht sein, oder doch?

Panik stieg auf, während sie die Stufen wieder in den Keller hinunterhastete, um in das sichere Versteck zu gelangen. Hier unten spürte sie erneut einen Luftzug, diesmal stärker. Sie war hin- und hergerissen, der Sache auf den

Grund zu gehen oder sich zu verbergen. Letztlich sah sie ein, dass sie ihre kostbare Zeit nicht wieder mit stundenlangem Warten vertrödeln konnte.

Mit unsicheren Schritten bewegte sie sich in Richtung Hintertür, und tatsächlich, die Tür stand einen Spaltbreit offen. Hatten die Polizisten vergessen, diese zu schließen?

Mit verschwitzten Händen drückte Inga die Tür wieder ins Schloss. Jetzt würde sie mit ihrer Suche wieder von vorn beginnen müssen, dabei fühlte sie sich so unendlich schwach. Auch die Schmerzen im Unterbauch waren zurückgekehrt und sorgten für ein gewisses Unwohlsein.

Zitternd drückte Inga Klinke für Klinke herunter und inspizierte jeden Raum. Weder im Keller noch im Erdgeschoss hielt sich jemand auf, auch wenn wiederholt das Gefühl überhandnahm, nicht allein im Haus zu sein.

Im Obergeschoss betrat sie zuerst das Elternschlafzimmer und zog die Schubladen auf. Jemand von den Leuten hatte die Kommoden durchsucht. Inga kontrollierte sofort das Fach, in dem ihre Mutter immer ein paar Kronen für den Notfall aufbewahrt hatte. Alles noch da, was für ein Glück.

Inga nahm einige Scheine an sich und stopfte sie in die Hosentasche. Dann zog sie in den nächsten Raum weiter, Kristas Zimmer. Beim Anblick des leeren Bettes schlug sie die Hände vors Gesicht und schluchzte leise.

„Es tut mir so leid, Krista, es tut mir so leid …“, stammelte sie und wandte sich ab.

Sie warf nur einen raschen Blick in das Zimmer von Luisa, um nicht wieder in Tränen auszubrechen. Würde sie je mit allem abschließen können? Sie hatte große Angst vor der Hölle, bei all der Schuld, die sie auf sich geladen hatte.

Ihre eigene Zimmertür war nur angelehnt und Inga trat ein. Auch an ihren Schränken hatte sich jemand zu schaffen gemacht und sie ballte zornig die Hände zu Fäusten. In ihrem bisherigen Leben hatte niemand ihre Privatsphäre respektiert. Zu Hause die ständigen Kontrollen ihrer Mutter, die jeden Winkel ihres Zimmer durchsucht hatte, und in der Schule das niederträchtige Verhalten ihrer Klassenkameraden, die nicht nur einmal den Inhalt ihrer Tasche auf dem Boden ausgeschüttet hatten.

Mit einem lauten Knall schlug sie die Tür hinter sich zu, ungeachtet dessen, dass sie ein Nachbar hören konnte. Sie war dieses Leben so leid mit all seinen Schikanen und den Höllenqualen. Wenn sie doch nur den Mut dazu hätte, diesen einen, letzten Schritt zu gehen …

# 19

Grüß dich, Linda.“

Karl Lund, der Rechtsmediziner, nickte ihr freundlich zu. Er hatte sie ins Institut gebeten, um sie von den Neuigkeiten persönlich zu unterrichten. Auf dem Seziertisch lag das fast vollständige Skelett eines Säuglings, dessen einzelne Knochen Karl sorgsam zusammengefügt hatte.

„Ein Puzzle hätte nicht schlimmer sein können“, stöhnte er, „aber wir kommen gut voran.“

„Jetzt lass dich nicht bitten, Karl. Was willst du mir zeigen?“, drängte Linda, der es schwerfiel, ihre Ungeduld im Zaum zu halten.

Karl richtete die Lampe direkt auf das Skelett und das

grelle Licht spiegelte sich auf dem kalten Stahl wider. Fröstelnd schlang Linda die Arme um ihren Oberkörper und sah Karl fragend an.

„Siehst du das hier?“

Sie nickte. „Was ist das?“

„Das Knochengewebe von Neugeborenen ist noch sehr weich, deshalb …“

„Karl“, unterbrach sie ihn unbeherrscht. „Ich weiß darüber Bescheid, ich habe schließlich zwei Kinder zur Welt gebracht.“

Er schnalzte pikiert mit der Zunge.

„Kannst du die feinen Rillen erkennen? Sie sind mit bloßem Auge kaum sichtbar.“ Karl reichte ihr ein Vergrößerungsglas.

„Was hat es damit auf sich“, fragte Linda, die ratlos die Vertiefungen betrachtete.

„Hier wurde ziemlich ungeschickt, wenn nicht gar stümperhaft, der Brustkorb des Kindes mit einem scharfen Gegenstand geöffnet“, erläuterte er.

„Oh Gott, mir wird übel.“ Sie hatte schon jede Menge Leichen gesehen und war in dieser Hinsicht schon recht abgeklärt. Aber Kinder waren dann doch eine ganz andere Hausnummer. „Wie kann man so einem kleinen Würmchen das nur antun? Und vor allen Dingen, warum?“

„Die sternalen Rippen sind durch ihre knorpeligen Verlängerungen mit dem Brustbein verwachsen. Derjenige muss eine Weile an dem Säugling herumgesäbelt haben, um den Brustkorb zu öffnen.“

„Karl, ich bitte dich inständig, deine Wortwahl zu ändern. Diese Bilder will ich nicht in meinem Kopf haben.“

„Ich sage doch nur, wie es ist“, erwiderte er abgeklärt.

„Ob das Kleine noch gelebt hat?“, fragte Linda bang.

„Das kann ich so nicht sagen, es ist zu wenig Gewebe vorhanden.“

„Hast du vielleicht eine Ahnung, was passiert sein

könnte? Wer ist so pervers und schneidet den Brustkorb eines Neugeborenen auf? Ich kann mir einfach keinen Reim darauf machen, und die einzige Zeugin, die uns eine Antwort geben könnte, ist bei einem fingierten Autounfall ums Leben gekommen."

„Könnte sein, dass die Kinder absichtlich in diesem Stadium abgetrieben und anschließend aufgeschnitten wurden. Ob das medizinische oder andere Gründe hatte, kann ich zu diesem Zeitpunkt noch nicht beurteilen."

„Du gehst von kruden Experimenten aus?"

„Ich habe bisher nichts Vergleichbares gesehen und auch das Internet hält keine parallelen Fälle bereit."

„Je mehr Erkenntnisse wir haben, desto verworrener wird das Ganze. Wie viele Kinder wurden auf diese Weise aufgeschnitten? Alle?"

„Nein. Ich konnte nur bei vier Skeletten diese Rillen nachweisen."

„Du machst es uns nicht leichter." Linda rieb sich müde über die Augen.

„Na, vielen Dank auch. Meine Mitarbeiter und ich werden drei Kreuze machen, wenn wir die Überreste katalogisiert und zugeordnet haben."

„Das glaube ich dir aufs Wort. Dann gutes Gelingen, ich warte auf deine Rückmeldung."

Linda wandte Karl den Rücken zu und verschwand mit schnellen Schritten aus dem Institut. Bevor sie zurückfuhr, besorgte sie noch zwei Becher Kaffee. Ein hochprozentiger Schnaps wäre ihr jedoch lieber gewesen bei all diesen eher unverdaulichen Neuigkeiten.

„Bitteschön, dein Kaffee." Linda stellte Jörgen den Becher auf den Schreibtisch.

„Danke, Koffein kann ich gerade gut gebrauchen."

„Wie seid ihr vorangekommen?“, fragte Linda, doch Jörgen winkte ab.

„Frag besser nicht …“

„Als deine Chefin bin ich aber dazu verpflichtet.“

„Der Unfallverursacher ist weiterhin auf der Flucht, weil sich die einzigen verwertbaren Reifenspuren förmlich in Rauch aufgelöst haben. Bei einem Zusammenprall hätte man wenigstens mit dem Lack und den Splittern arbeiten können. Aber so …“

„Sind weitere Hinweise aus der Bevölkerung eingegangen?“

„Nein, nichts. Das ist ziemlich ungewöhnlich, wenn man bedenkt, was für Wellen der Pressetermin anfangs geschlagen hatte.“

Linda unterrichtete Jörgen über die Untersuchungsergebnisse des Rechtsmediziners.

„Wie abartig“, kommentierte er knapp.

„Ich habe Alex um seine Meinung gebeten und er hat mir geraten, ältere Fälle noch einmal anzuschauen, in denen Kinder misshandelt wurden.“

„Na dann, viel Spaß im Archiv“, sagte Jörgen und lenkte seinen Blick wieder auf den Bildschirm.

Er hat wohl schlechte Laune, stellte Linda fest und zog die Tür hinter sich zu. Sie schob Jörgens miese Stimmung auf die Ermittlungen, die teilweise im Sande verliefen. Vielleicht hatten sie ja etwas Wichtiges übersehen.

„Ich verstehe das nicht“, rief Linda aufgebracht, als sie in Jörgens Büro stürmte. „Wir hatten vor einigen Jahren drei schwere Fälle von Kindesmisshandlung und Kindesmissbrauch, aber ich kann die Akten nirgends finden.“

„Wahrscheinlich wurden sie falsch abgelegt“, erwiderte Jörgen.

„Das kann nicht sein, ich habe mit drei weiteren Kollegen das Archiv durchforstet. Auch in den mobilen Daten erscheint keiner dieser Fälle mehr."

„Die tauchen sicher wieder auf, wahrscheinlich nur ein Fehler in der Matrix. Ich bin nach wie vor davon überzeugt, dass Alex falsch liegt."

„Aber er war der festen Überzeugung, dass es Parallelen gibt."

„Was sollen diese Fälle mit unserem gemeinsam haben?"

„Keine Ahnung, aber Alex meinte …"

„Seit wann leitet Alex die Ermittlungen?", brummte Jörgen gereizt.

„Ich bin jedenfalls froh, dass er da ist. Wir können jede Hilfe gebrauchen."

„Schon klar, aber bis jetzt haben uns seine Vorschläge keinen Schritt vorangebracht."

„Sag mal, was ist eigentlich in dich gefahren?", fragte Linda harsch.

„Alex hier, Alex da, ich hasse dieses Kompetenzgerangel."

Linda ersparte sich eine Antwort und knallte die Tür hinter sich zu. Sollte Jörgen tatsächlich verärgert darüber sein, weil sie Alex unerlaubterweise in die Ermittlungen mit einbezog?

Sie betrat ihr Büro, hängte Jacke und Tasche an den Hacken und schaute die Unterlagen durch, die ihr die Kollegen auf dem Schreibtisch hinterlassen hatten. Augenblicklich erhellte sich ihre Miene. Der Boss hatte für den DNA-Test der Helmerssons endlich grünes Licht gegeben.

Alba und Björn Helmersson saßen im Verhörraum und die Anspannung stand ihnen ins Gesicht geschrieben. Linda sah sich noch einmal in aller Seelenruhe die Unterlagen durch, um das Paar, das mit ihrem Anwalt erschienen waren, absichtlich warten zu lassen.

Die Auswertung des DNA-Testes hatte bestätigt, was Linda schon längst geahnt hatte – Matti war nicht der leibliche Sohn von Alba und Björn. Insgeheim war sie davon ausgegangen, dass die Eltern nun freiwillig Rede und Antwort stehen würden, doch sie schwiegen weiterhin hartnäckig und verweigerten die Aussage. So war die Vorladung nur eine Frage der Zeit gewesen. Dass es bisher so gut wie keine relevanten Rückmeldungen gegeben hatte, frustrierte sie umso mehr.

Linda hob ihre Stimme.

„Ich hoffe, dass Sie heute bereit sind, mit uns zu kooperieren", sagte sie. „Die Testergebnisse liegen vor und Sie sind nicht die leiblichen Eltern von Matti. Möchten Sie sich dazu äußern?" Ihr Blick wanderte von Alba zu Björn und beide hüllten sich erneut in Schweigen.

„Tut mir leid, aber wir möchten die Aussage verweigern", murmelte Alba und schaute hilfesuchend zu ihrem Mann.

„Wir wollen nur ungern die Jugendhilfe einschalten", meldete sich Jörgen zu Wort. „Aber unter diesen Umständen können wir Matti keinesfalls in Ihrer Obhut lassen."

„Bitte, das dürfen Sie nicht tun", flehte Alba. „Für unseren Sohn würde eine Welt zusammenbrechen."

„Dann reden Sie mit uns, brechen Sie Ihr Schweigen", forderte Linda die Helmerssons auf.

„Ich kann nicht." Alba fühlte sich schon nach kürzester Zeit in die Enge getrieben und in ihren Augen schimmerten Tränen.

Björn Helmersson holte tief Luft. „Wenn wir auch nur ein Sterbenswörtchen von uns geben, werden wir unseren Sohn verlieren. Das war der Deal."

„Stammt Matti aus Ludvika oder aus dem Ausland?", änderte Linda nun ihre Taktik, um überhaupt an ein paar Informationen zu gelangen.

Alba schluckte schwer, sagte aber nichts.

„War die Mutter von Matti mit der Adoption einverstanden?“

Es war so still im Raum, dass man eine Stecknadel hätte herunterfallen hören können. Der Anwalt der Helmerssons starrte gelangweilt an die gegenüberliegende Wand und schien sich sichtlich unwohl zu fühlen. Linda hingegen wäre am liebsten aufgesprungen, um ihrem Ärger lautstark Luft zu machen. Sie wusste nicht, ob der Fall der Helmerssons mit den aufgefundenen Kinderskeletten zusammenhing, und konnte nicht länger ertragen, dass die Ermittlungen im Sande verliefen.

„Die Mutter von Matti“, startete sie einen erneuten Versuch, um Licht ins Dunkel zu bringen. „War sie minderjährig?“

Linda glaubte, bei Alba ein leichtes Nicken zu erkennen.

„Bitte, antworten Sie mir“, sagte sie mit sanfter Stimme.

„Könnten wir eine Pause einlegen, um uns kurz zu beraten?“, fragte der Anwalt.

„Selbstverständlich“, erwiderte Linda, die es satthatte, dass das mehr oder weniger einseitige Gespräch in eine völlig falsche Richtung abdriftete. Nachdem die Helmerssons mit ihrem Rechtsbeistand den Raum verlassen hatten, stand sie auf und lief unruhig auf und ab.

„Wenn es sich um eine illegale Adoption handelt, müssen wir wohl oder übel die Jugendhilfe einschalten“, sagte Jörgen.

„Für den Jungen tut es mir leid. Er hat eine sehr enge Bindung zu seinen Adoptiveltern und sie lieben ihn abgöttisch“, erwiderte Linda mit Bedauern.

„Aber solange Mattis Herkunft nicht zweifelsfrei geklärt wurde, muss sich der Staat dazwischenschalten.“

„Hoffentlich kann der Anwalt die Eltern umstimmen. Wenn wir jetzt auch noch die vermissten Kinder im Säuglingsalter abgleichen müssen, die vor zehn Jahren verschwunden sind …“ Jörgen winkte ab.

„Darauf habe ich nicht die geringste Lust. Ein Wort der Eltern, und die Angelegenheit könnte aus der Welt geschafft werden. Mattis Wohl liegt mir am Herzen und wenn es nach mir ginge, dürfte er bei Alba und Björn bleiben. Nur leider habe ich das nicht zu entscheiden. Die Vormundschaft wird ihnen mit Sicherheit aberkannt."

Die Tür öffnete sich und die Helmerssons und ihr Anwalt traten wieder ein.

„Meine Mandaten möchten nach wie vor die Aussage verweigern", sagte er nüchtern.

Linda schlug mit der flachen Hand auf den Tisch. „Warum machen Sie es uns so schwer? Matti wird nicht bei Ihnen bleiben können, das wissen Sie doch."

Alba und Björn wechselten einen kurzen Blick.

„Dessen sind wir uns bewusst", erklärte Björn mit rauer Stimme. „Wenn Matti in der Obhut der Jugendhilfe ist, dann wissen wir wenigstens, dass er sich in Sicherheit befindet."

„Entschuldigen Sie, aber was hat dieser Satz bitteschön zu bedeuten?" Linda war fassungslos.

„Sie haben unseren Anwalt doch gehört, wir verweigern die Aussage", entgegnete Björn. „Dürften wir jetzt gehen?"

„Nun gut, wir werden uns weitere rechtliche Schritte gegen Sie vorbehalten", erwiderte Jörgen verstimmt.

Die Helmerssons nickten Linda und Jörgen kurz zu, erhoben sich und verschwanden im Flur. Der Anwalt verabschiedete sich höflich und schloss als Letzter die Tür.

„Dann kann ich nur hoffen, dass der Boss zusätzliche Leute bereitstellt, die uns helfen, dass Internet nach vermissten Babys zu durchforsten", fluchte Jörgen.

„Tja, warum einfach, wenn es auch kompliziert geht. Aber bevor wir uns an die Arbeit machen, erst einen Kaffee. Einverstanden?"

„Einverstanden", brummte Jörgen und schloss sich Linda an.

Linda hatte sich vier Stunden lang um den Fall Matti gekümmert, unzählige Telefonate geführt und sich maßlos über die Helmerssons aufgeregt. Das Team steckte fest, es gab keinerlei Fortschritte. Der Unfall der Olssons war ungeklärt, ebenso fehlte von deren Tochter Inga weiterhin jede Spur. Und die DNA der toten Kinder konnte keinen Personen zugeordnet werden.

Erneut schrillte das Telefon und Linda griff gereizt zum Hörer.

„Bitte, Sie müssen uns helfen!" Alba Helmerssons aufgeregte Stimme war kaum zu verstehen.

„Was ist passiert?"

„Matti ... er ist von der Schule nicht nach Hause gekommen", schluchzte sie am anderen Ende der Leitung.

„Was sagt seine Lehrerin?"

„Das ist ja gerade das Schlimme daran, Matti hat nicht am Unterricht teilgenommen."

„Wir brauchen ein aktuelles Foto von ihm und eine genaue Beschreibung seiner Kleidung, die er heute getragen hat."

Linda notierte sich die Angaben und beruhigte Alba, die mit der Zeit immer hysterischer wurde.

„Ich habe große Angst, dass die ihm etwas antun. Bitte, Sie müssen ihn finden", flehte sie.

„Frau Helmersson, wer sind *die*?"

„Ich weiß es doch selbst nicht."

„Die Fahndung nach Matti geht sofort raus und danach werde ich mit einem Kollegen sofort zu Ihnen fahren. Besitzt Matti ein eigenes Smartphone?"

„Ja, aber ausgerechnet heut hat er es vergessen", erwiderte Alba gequält.

„Computer?"

„Steht in seinem Zimmer."

„Die Kollegen von der Kriminaltechnik werden sich darum kümmern. Bitte händigen Sie ihnen das Gerät aus."

„Selbstverständlich", antwortete Alba und legte auf.

Linda leitete die Fahndung nach Matti ein und wählte anschließend Jörgens Nummer.

„Der kleine Matti ist verschwunden."

„Was?"

„Ich denke, du sitzt vor dem Rechner", sagte sie vorwurfsvoll. „Ich habe die Fahndung sofort in die Wege geleitet."

„Entschuldige, ich war gerade bei einem Kollegen …"

„Schnapp dir die Autoschlüssel", unterbrach sie ihn, „wir fahren zu den Helmerssons."

Innerhalb kürzester Zeit hatten sie die Strecke zurückgelegt und Alba stand schon wartend in der Tür.

„Kommen Sie bitte herein."

Ihre Worte waren kaum mehr als ein leises Flüstern, ihre Schultern bebten. Linda und Jörgen folgten ihr ins Wohnzimmer und nahmen Platz.

„Sie müssen die Fakten endlich auf den Tisch legen, damit wir Ihnen helfen können", sagte Linda mit fester Stimme. Dieses Mal würde sie sich nicht abspeisen lassen. „Wer sind Mattis leibliche Eltern?"

„Das wissen wir nicht."

„Ich bitte Sie!", brauste Linda auf. „Wenn der Junge in Lebensgefahr schwebt, dann müssen Sie endlich Ihr Schweigen brechen."

„Aber wenn es doch die Wahrheit ist", rief Alba verzweifelt.

„Dann erzählen Sie uns Mattis Geschichte, er wird ja wohl kaum vom Himmel gefallen sein. Jede Sekunde zählt, begreifen Sie das endlich."

Björn Helmersson reichte seiner Frau ein Taschentuch, mit dem sie sich die Tränen von den Wangen tupfte.

„Leider kann ich keine Kinder bekommen. Ich habe bereits mehrere Hormontherapien hinter mir, aber es wollte einfach nicht klappen. Eine Bekannte hat mich in der Praxis meines Gynäkologen gesehen und nach dem Grund gefragt."

„Und weiter?"

„Ich habe mich ihr anvertraut und sie meinte, dass Sie mir helfen könne."

„Inwiefern?", wollte Linda wissen.

„Sie hat mich gefragt, ob ich schon einmal über eine Adoption nachgedacht hätte."

„Und, haben Sie?"

Alba nickte. „Sie würde eine junge Frau kennen, die ungewollt schwanger geworden war."

Erneut schossen Alba die Tränen in die Augen. „Die einen wünschen sich sehnlichst ein Kind, und die anderen wollen es loswerden – was für eine Ungerechtigkeit. Jedenfalls waren Björn und ich uns sofort darüber einig, dieses Kind zu adoptieren. Allerdings war die ganze Sache an gewisse Bedingungen geknüpft."

„Die da wären?", hakte Linda ungeduldig nach.

„Ich würde eine Schwangerschaft vortäuschen und fünfzigtausend Kronen zahlen müssen. Das war der Deal."

„Woher hatten Sie das Geld?"

„Wir haben eine Hypothek auf das Haus aufgenommen", antwortete Björn Helmersson.

„Wer ist die leibliche Mutter von Matti?"

„Die wurde uns nicht vorgestellt. Zu deren Schutz, wie die Bekannte behauptet hatte."

„Dürfte ich vielleicht den Namen dieser ominösen Bekannten erfahren?"

„Agnes Eklöv."

„Adresse und Anschrift bitte, damit wir die Angaben überprüfen können", bat Linda.

„Agnes ist vor einem Jahr bei einem Autounfall ums Leben gekommen", antwortete Alba.

Linda und Jörgen wechselten einen überraschten Blick.

„War sonst noch jemand in diese illegale Adoption verwickelt?“

Alba starrte auf den mit einem modernen Muster geknüpften Teppich zu ihren Füßen.

„Ich würde gern einen Blick auf die Geburtsurkunde werfen“, bat Jörgen geistesgegenwärtig.

Alba erhob sich wie fremdgesteuert und holte das Stammbuch aus einer Schublade, um es Jörgen zu reichen. Er überflog die Angaben mit gerunzelter Stirn.

„Warum sind Sie als Eltern eingetragen?“

„Damit niemandem auffällt, dass wir Matti adoptiert haben.“

„Ist die Urkunde gefälscht?“

„Nein, sie ist echt.“

„Wie kann das sein?“, fragte Linda irritiert.

„Agnes Eklöv hat uns ein Dokument gegeben, mit dem wir zur Behörde gegangen sind, um die Geburtsurkunde für Matti zu beantragen.“

„Und das war so einfach möglich?“ Linda musterte Alba erstaunt.

„Ja. Das Originaldokument stammt aus dem Krankenhaus.“

„Ich fotografiere die Geburtsurkunde ab. Haben Sie vielleicht eine Kopie des Dokumentes behalten?“

„Nein. Es gab keinen Grund dafür, weil die Anmeldung reibungslos geklappt hat.“

„Gut, eine Frage hätte ich noch. Ist Matti schon einmal weggeblieben?“

„Nein, nie, er ist immer pünktlich nach Hause gekommen. Es gab keine Probleme, wir waren eine ganz normale, glückliche Familie.“

Alba brach abermals in Tränen aus und Björn nahm sie tröstend in seinen Arm.

„Haben Sie einen Verdacht, wer Matti entführt haben könnte?“

„Vielleicht seine eigene Mutter? Wir hätten gern mehr über sie erfahren, aber es hieß nur, dass sie aus gutem Haus stammt und wir uns keine Gedanken darüber machen müssten."

„Ich danke Ihnen für Ihre Offenheit", sagte Linda. „Wir werden jetzt die Ermittlungen aufnehmen und bleiben mit Ihnen in Verbindung. Falls Ihnen noch weitere Details einfallen, dann melden Sie sich umgehend bei uns."

„Ja, das werden wir", erwiderte Björn Helmersson und begleitete die Kommissare zur Tür.

„Das verstehe, wer will", sagte Linda, als sie auf dem Beifahrersitz Platz genommen hatte. „Du gehst mit einem Dokument zur Behörde und dort überprüft kein einziger Mitarbeiter, wo und wann dieses Kind geboren wurde."

„Warum sollten Sie? Das war mit Sicherheit nur ein Ausnahmefall", antwortete Jörgen.

Linda zurrte nachdenklich den Gurt fest. Ganz so einfach, wie Jörgen es darstellte, war es nun auch wieder nicht. Sie erinnerte sich daran, was Alex über Helene gesagt hatte. Er war ein kinderloser Eigenbrötler, der nicht richtig hingeschaut hatte, dachte sie anfangs. Jetzt allerdings würde sie bis zum Entbindungstermin ein wachsames Auge auf Helene haben.

„Linda?"

„Entschuldige, ich war mit meinen Gedanken gerade woanders."

„Willst du mir davon erzählen?"

„Eine Freundin von mir ist schwanger und hat sich ein wenig seltsam verhalten."

„Davon hast du mir nie erzählt", brummte Jörgen vorwurfsvoll.

„Weil ich angenommen habe, dass sich Alex getäuscht hat."

„Ach, mein bester Freund Alex", scherzte er.

„Du bist echt unmöglich, weißt du das? Jedenfalls

behauptet er steif und fest, dass er gesehen hätte, dass Helene gar nicht schwanger gewesen ist."

„Wie das?"

„Auf der Suche nach der Toilette hat er die Türen verwechselt und ist versehentlich im Schlafzimmer gelandet, wo Helene sich gerade umgezogen hat."

„So, so", erwiderte Jörgen. „Und nun?"

„Wenn wir keine Personalknappheit hätten, würde ich Helene rund um die Uhr beobachten lassen, ob sie ein Krankenhaus aufsucht."

„Das ist gar keine so schlechte Idee. Und was planst du stattdessen?"

„Ich werde mir anschließend die Dokumente vorknöpfen und sie auf Echtheit überprüfen. Sollten diese ihre Richtigkeit haben, werde ich Helene mit meinem Verdacht nicht vor den Kopf stoßen."

„Gute Idee", bestärkte Jörgen Lindas Vorhaben.

Inzwischen hatten sie das Krankenhaus erreicht und steuerten mit schnellen Schritten den Eingang an. Die Glastüren glitten auf und der Geruch von Desinfektionsmitteln strömte ihnen entgegen.

An der Rezeption fragte Jörgen nach einem Ansprechpartner und nur wenige Augenblicke später kam ihnen der Chefarzt mit wehendem Kittel entgegen.

„Was kann ich für Sie tun?", fragte er und machte mit seiner Gestik deutlich, dass er unter Zeitdruck stand.

„Wir würden gern einen Blick in die Geburtsstatistik von vor zehn Jahren werfen."

„Worum geht es denn genau?"

„Um die Entbindung eines Jungen, bei dem die Dokumente gefälscht wurden."

„Ein Ding der Unmöglichkeit. Unser Personal geht ausgesprochen achtsam mit den Patientendaten um", widersprach er mit ernster Miene.

„Mag sein, aber davon würden wir uns gern selbst überzeugen“, entgegnete Linda.

„Bitte folgen Sie mir.“

Zu dritt fuhren sie mit dem Fahrstuhl in die Entbindungsstation, wo eine Mitarbeiterin sie freundlich in Empfang nahm. Der Chefarzt verabschiedete sich hastig, warf der Schwester einen mahnenden Blick zu und eilte davon.

„Dann werde ich mal schauen, was ich für Sie tun kann“, sagte sie mit einem Kopfnicken und setzte sich an den Rechner. Die Tastatur klackerte leise, als sie die Dokumente aufrief. „Das verstehe ich nicht …“, murmelte sie nach einigen Minuten.

„Probleme?“, fragte Linda.

„An diesem Tag sind drei Mädchen und ein Junge geboren worden. Allerdings sind die Einträge zur Geburt des Jungen merkwürdig.“

„Warum?“

„Nun ja, ich arbeite jetzt schon seit achtzehn Jahren in der Klinik, aber ich kenne weder den behandelnden Arzt noch die Hebamme, die den Jungen entbunden haben wollen.“

„Eine Verwechslung ist da ausgeschlossen?“, fragte Linda.

„Einen Moment bitte. Ich werde mich mit einer Kollegin in Verbindung setzen, die ebenfalls zu diesem Zeitpunkt auf der Station gearbeitet hat“, sagte sie und griff zum Telefon.

Kurz darauf erschien eine rundliche Fünfzigjährige.

„Alma, kennst du diesen Arzt?“

„Nein, noch nie von ihm gehört, auch der Name der Hebamme sagt mir nichts. Spinnt unser System wieder?“

„Könnte es vielleicht sein, dass die Daten fälschlicherweise eingetragen wurden? Könnte doch sein, dass eine der damals neu eingestellten Schwestern die Namen verwechselt hat.“

„Im Prinzip sieht es ganz danach aus.“

„Existieren noch Schichtpläne von diesem Tag?“, fragte Linda.

„Nein, tut mir leid. Entweder hat sich jemand in das System gehackt oder eine Kollegin die Daten fälschlicherweise eingegeben. Zehn Jahre sind eine ziemlich lange Zeit, an diesen Tag wird sich vom Personal kaum noch jemand erinnern.“

„Schade, das hatte ich mir schon gedacht. Trotzdem vielen Dank für Ihre Hilfe.“ Linda legte ihre Visitenkarte auf den Tresen. „Falls Ihnen doch noch etwas dazu einfällt, rufen Sie mich bitte umgehend an.“

„Ja, das werde ich machen“, versprach die Schwester. „Um auf Nummer sicher zu gehen, werden Alma und ich uns trotzdem noch einmal unter den Kollegen umhören.“

„Vielen Dank“, sagte Linda und verabschiedete sich. Dann marschierte sie mit Jörgen zu den Fahrstühlen. Auf dem Weg nach unten beschäftigte sich Jörgen mit seinem Smartphone.

„Was machst du da?“

„Ich suche im Internet nach dem Arzt und der Hebamme“, antwortete er.

„Erfolg?“

„Natürlich nicht, war ja auch vorauszusehen.“

„Auch den Unfall von Agnes Eklöv sollten wir genauer unter die Lupe nehmen. Ich glaube nicht an Zufälle“, sagte Linda.

„Wir sind ja gleich zurück im Büro. Sobald wir die Akten anfordert haben, wissen wir mehr.“

Während Jörgen den Dienstwagen durch die Stadt steuerte, telefonierte Linda aufgeregt mit den Kollegen.

„Stimmt etwas nicht?“, fragte Jörgen und stellte das Fahrzeug auf dem Stellplatz ab.

„Die Unfallakte von Agnes Eklöv ist ebenfalls nicht mehr auffindbar.“

„Wie das?“

Jörgen hielt Linda die Tür auf.

„Woher soll ich das wissen?“ Sie zuckte ratlos mit den Schultern. „Die Akte ist weder im Archiv noch auf dem Server.“

Jörgen blieb unvermittelt stehen. „Ein Maulwurf in den eigenen Reihen?“

„Jedenfalls eine Person mit Einfluss. Wie sonst hätte jemand die Dokumente über Mattis Geburt fälschen können?“

„Wer hat damals den Fall bearbeitet?“

„Sten Hjälm.“

„Dann werden wir ihn befragen.“

„Er ist seit einem Jahr im Ruhestand.“

„Na und? Fahren wir zu ihm, der Motor ist noch warm.“

---

Linda hatte ihr Kommen angekündigt und Sten öffnete ihnen die Tür. Der Duft von frisch gebrühtem Kaffee empfing sie im Flur.

„Da habt ihr aber Glück, ich wollte gerade zum Angeln aufbrechen“, sagte Sten und führte Linda und Jörgen in eine gemütlich eingerichtete Küche. „Ihr könnt bestimmt einen starken Kaffee vertragen, stimmt’s?“ Er griff zur Glaskanne und schenkte den Kaffee in die Tassen.

„Danke, Sten“, erwiderte Linda.

„Ich habe noch Zimtschnecken.“

„Nein, lass mal. Kannst du dich noch an den Unfall von Agnes Eklöv erinnern?“

„Lass mich mal überlegen…“ Sten tippte sich mit dem Zeigefinger nachdenklich an die Nasenspitze. „Ah, jetzt weiß ich’s wieder“, rief er aus. „Die Frau, deren Wagen auf schnurgerader Strecke von der Straße abgekommen ist.“

„Was ist passiert? Sind bei den Ermittlungen Ungereimtheiten aufgetaucht?“, hakte Linda nach.

„Nein, keinerlei Spuren von Fremdeinwirkung. Allerdings konnte nie richtig geklärt werden, warum sie das Steuer verrissen hat. Wir haben Wildwechsel vermutet."

„Wie sah es mit Bremsspuren auf der Gegenfahrbahn aus?", erkundigte sich Jörgen.

„Wir sind doch keine Anfänger", entrüstete sich Sten. „Da war nichts. Auch wenn wir nicht wissen, warum sie von der Fahrbahn abgekommen und gegen einen Baum geprallt ist. Dieses Geheimnis hat Agnes Eklöv mit ins Grab genommen."

„Danke für deine Auskunft, Sten. Wir müssen auch schon wieder ins Büro zurück, ein kleiner Junge wird vermisst", sagte Linda.

„Ich hab's in den Nachrichten gehört. Ist ja ordentlich was los in letzter Zeit."

„Du sagst es, und das direkt vor der Urlaubssaison."

„Ihr schafft das schon, ihr seid ein gutes Team", lobte Sten mit einem aufrichtigen Lächeln. „Ihr glaubt gar nicht, wie sehr ich meinen Ruhestand genieße."

„Und ob wir das glauben", erwiderte Jörgen und verabschiedete sich von Sten mit einem Handschlag. „Ich wünsch dir einen guten Fang."

Sten grinste breit. „Danke, die Angel liegt schon bereit."

„Na dann, viel Erfolg."

Sten begleitete sie nach draußen. „Meldet euch, wenn ihr den Täter dingfest gemacht habt. Wie ihr euch denken könnt, interessiert mich dieser mysteriöse Fall."

„Alles klar, Sten. Du erfährst es als Erster."

Leise surrend fuhr das Seitenfenster hoch und Jörgen startete den Wagen.

„Neuigkeiten?", fragte er, als Linda die Nachrichten auf dem Smartphone checkte.

„Nein, noch keine Spur von Matti. Ich frage mich, warum der Junge ausgerechnet jetzt entführt wurde?"

„Weil wir die illegale Adoption aufgedeckt haben?"

„Wahrscheinlich. Aber dank seiner DNA werden wir früher oder später die leiblichen Eltern ermitteln können."

„Fraglich, ob sie von hier stammen“, warf Jörgen ein.

„Warten wir die Ergebnisse ab. Mit etwas Glück ist ein Elternteil bereits in der Datenbank vermerkt.“

„Schön wär’s“, erwiderte Jörgen, setzte den Blinker und bog auf die Hauptstraße ab.

# 20

Ein heftiger Schmerz durchfuhr Inga. Es ist noch viel zu früh, dachte sie entsetzt und krümmte sich. Keuchend rang sie nach Luft und hielt sich den Bauch. Warum? Warum ausgerechnet jetzt?

Sie hatte noch immer keinen Plan, wie es weitergehen würde. Außerdem war es viel zu gefährlich, im Haus zu bleiben. Was, wenn etwas schief ging? Sie hatte doch keine Ahnung davon.

Zitternd legte sie sich auf das Bett und wartete darauf, dass der Schmerz endlich verebbte. Es war eine Wohltat und Inga hoffte, dass es nun vorüber wäre. In den letzten Tagen hatte sie immer wieder einmal unter den starken Unterleibsschmerzen gelitten, die heute jedoch ganz besonders heftig waren. Lag es vielleicht am Stress, der sie nicht zur Ruhe kommen ließ?

Nur wenige Minuten später schoss erneut eine brennende Welle durch ihren Unterleib und Inga hatte das Gefühl, in zwei Hälften geteilt zu werden. Sie war Schmerz von klein auf gewohnt, war darauf trainiert worden, diesen zu ertragen. Aber dieser Wahnsinn toppte alles. Allein der Gedanke, sich vor allen Anwesenden unter dieser Pein zu winden, verursachte ihr Übelkeit. Ihre Mutter hatte mit keinem Wort erwähnt, wie schlimm es für sie werden würde.

Während sich ihr Körper erneut verkrampfte, glaubte sie, qualvoll zu ersticken. Nein, das war kein Fehlalarm, es schien tatsächlich loszugehen. Nebenan im Kellerraum mussten noch Sachen von Krista liegen. Verdammt, warum hatte sie sich nicht vorher darum gekümmert?

Mühsam versuchte sich Inga aufzurichten und stehen zu bleiben, doch die nächste Feuerwelle fegte sie von den Füßen. Stöhnend sank sie zurück aufs Bett, als ihre Beine wie Streichhölzer einknickten.

„Oh nein, bitte nicht“, stammelte sie und presste ihre Hände auf den Bauch. „Ich weiß doch gar nicht, was ich machen soll …“

Sie hatte schon so viel erlebt, so viel durchgestanden, die Narben an ihrem Körper sprachen Bände. Aber mit der jetzigen Situation war sie komplett überfordert. Hass, Wut und blankes Entsetzen standen im unmittelbaren Wechsel.

„Helft mir bitte, doch so helft mir doch“, schrie sie in ihrer Verzweiflung. Doch der Raum war schalldicht isoliert, kein einziges Wort würde nach draußen dringen.

Inga leckte sich über die spröden Lippen. Sie musste es wenigstens bis zum Waschbecken schaffen, um etwas zu trinken.

In einer kurzen Schmerzpause raffte sie sich auf und schleppte sich zur Zimmerecke. Sie hatte gerade den Wasserhahn aufgedreht, als sich wiederholt ihr Bauch verhärtete.

Sie hörte ein leises Knacken aus ihrer Körpermitte, dann tröpfelte eine warme klare Flüssigkeit an ihren Oberschenkeln entlang.

Komisch, dachte Inga, kein Blut wie in den letzten Tagen.

Dann zog sie sich am Waschbecken hoch und schöpfte mit ihrer hohlen Hand das Wasser, um den Durst zu löschen. Bevor die nächste Wehe sie überrollte, kroch sie zurück auf die Matratze und krümmte sich erneut. Schon jetzt hatte sie das Gefühl, am Ende ihrer Kräfte angekommen zu sein. Der Schmerz gewann an Stärke und Inga biss in ihre Faust, um den Schrei zu unterdrücken.

Das Schlimmste jedoch war, dass sie in diesem Zustand der Hilflosigkeit nicht fliehen konnte. Wenn *er* sie hier aufspürte, dann war alles umsonst gewesen. Sie litt unter fürchterlichen Schuldgefühlen, die ihr Herz zu zersprengen drohten. Vielleicht wäre es doch besser gewesen, wenn sie sich Lillemor und ihrer Mutter anvertraut hätte.

Wiederum war auch die Polizei infiltriert. Ein Netzwerk aus undurchschaubaren Strukturen, die miteinander verwoben waren. In Ludvika konnte sie nicht bleiben. Aber wahrscheinlich gab es keinen einzigen Ort in Schweden, an dem sie sicher wäre.

Wiederholt schrie sie auf, als ihr Bauch sich verhärtete. Die Wehen folgten in immer kürzeren Abständen und Inga zerrte sich kraftlos den Slip herunter. Wie lange würde eine Geburt andauern? Sie hatte dieses Ding in ihrem Bauch, das man ihr ohne zu fragen eingepflanzt hatte. Wie auch, wenn sie nicht einmal wusste, wer der Vater war. Sechs Männern war Inga an diesem Abend zu Diensten gewesen.

Keuchend wischte sie sich den Schweiß von der Stirn und tastete behutsam die Körperregion ab, die das Kind gebären sollte. Alles fühlte sich weich und warm an und sie meinte, schon das Köpfchen des Kindes zu spüren. Wo soeben noch grenzenloser Hass auf dieses Geschöpf loderte, flammte plötzlich Mitgefühl auf.

Was konnte dieses Würmchen dafür, dass es gezeugt worden war? Es hatte sich dieses Schicksal nicht ausgesucht und war von Anfang an dem Tod geweiht gewesen. Zum ersten Mal überhaupt wurde sich Inga ihrer Verantwortung bewusst. Sie hatte ihre Eltern verabscheut, und jetzt war sie selbst in der Situation, sich um jemanden kümmern zu müssen. Falls das Kind die Geburt überlebte, dann hatte sie Sorge dafür zu tragen, dass es ihm gut ging, es ihm an nichts mangelte.

Ihr Leben hatte nur aus Maßregelungen, Missbrauch und Gehorsam bestanden, etwas anderes kannte sie nicht. Keine Umarmungen, keine Nestwärme, keinen Halt. Sie hatte zwar Krista und Luisa zur Seite gestanden, sie aber nicht beschützen können. Und nun hatte sich das Blatt gewendet. Das Kind, das jetzt auf diese Welt drängte, war ebenfalls ein Teil ihrer Familie. Der Moment des Begreifens ließ Inga die qualvollen Geburtsschmerzen leichter ertragen.

Ihre Finger krallten sich in das Kissen und sie versuchte, die Wehen wegzuatmen. Hoffentlich tat sie das Richtige. Sobald sie das Kind auf die Welt gebracht hätte, würde sie sich mit Lillemor in Verbindung setzen. Sie war auf fremde Hilfe angewiesen, wenn dieses Kind in ihrem Bauch eine Zukunft haben sollte.

Plötzlich hörte sie ein Geräusch. Ein dumpfer Schlag, so als ob eine Tür zugeschlagen wäre. Inga befürchtete, dass sie nicht mehr allein im Haus war. Wer wusste alles, wo sich dieser Raum befand? Er?

Seit sie in die Gemeinschaft aufgenommen worden war, hatte sie sich geweigert, seinen Namen auch nur zu denken. Er hatte das Sagen, er bestimmte die Vorgehensweise, wenn es darum ging, sich mit seinen Mitgliedern zu vergnügen, egal in welcher Form. Nur bereiteten Folter und Missbrauch den Wehrlosen unter ihnen keine Freude, nur *er* und seine Helfershelfer ergötzten sich an der Qual.

Inga biss die Zähne fest zusammen, damit sich kein

verdächtiger Schrei von ihren Lippen löste. Wie lange würde die Geburt dauern? Inga hatte jegliches Zeitgefühl verloren. Sie schien sich schon seit Stunden im immer stärker werdenden Wehenschmerz zu winden, ohne dass es nennenswert vorangegangen wäre.

Durch die isolierten Wände war sie von der Außenwelt abgeschnitten. Am liebsten hätte sie die geheime Tür einen Spaltbreit aufgleiten lassen, um zu lauschen. Aber dafür fehlte ihr die Kraft.

Das Bettzeug war mittlerweile durchnässt. Die Wehen waren kaum noch zu ertragen und Inga glaubte, von innen heraus zu zerreißen. Außerdem rechnete sie jeden Moment damit, dass sich die Tür öffnen würde und sie ihrem Peiniger hilflos ausgeliefert wäre. Ein dumpfes Poltern ließ sie abermals aufhorchen.

„Bitte nicht jetzt", hauchte sie und presste ihr Gesicht ins Kissen, um dem animalischen Schrei, der folgte, seine Stärke zu nehmen.

Es tat so weh, so schrecklich weh und sie spürte, wie das Kind nach unten drückte. Jetzt war der Zeitpunkt gekommen, wo sich das Köpfchen durch das Becken schob und die Schultern des Kindes für einen kurzen Moment schmerzhaft verhakten. Nur Sekunden später presste die nächste Wehe das Kind aus ihr heraus und Ingas Schreie verstummten.

Die plötzliche Stille war erschreckend und Inga setzte sich mühsam auf. Das Kind war bläulich verfärbt und lag leblos auf dem Laken. Was sollte sie jetzt tun?

Zaghaft stupste sie das blutverschmierte fremde Wesen an, doch es rührte sich nicht. Müsste es nicht einen Atemzug machen?

Vorsichtig drehte sie das Neugeborene auf den Rücken. Das kleine Menschlein war so winzig und eine Welle des Mitleids durchflutete sie. Schade, dass ihr Kind nicht lebend zur Welt gekommen war. Sie hob es behutsam hoch und bemerkte, dass sich Nabelschnur um seinen Hals geschlungen hatte. Es war gar nicht so einfach, die feste Schnur zu lösen, aber kurz darauf hatte sie es geschafft. So nackt und feucht wie das Kind war, presste sie es an ihre Brust.

„Schade, ich hätte dich so gern kennengelernt", hauchte sie unter Tränen.

Inga spürte eine große Trauer, und während sie sich dem seelischen Schmerz hingab, blitzte wie aus dem Nichts ein Gedanke auf. Vorsichtig robbte sie zum Fußende des Bettes und versuchte, aufzustehen. Die wenigen Schritte bis zum Waschbecken verlangten ihr alles ab und sie öffnete den Wasserhahn. Dann ließ sie das kalte Wasser über den Rücken des Neugeborenen fließen.

Inga konnte ihr Glück kaum fassen, als das winzige Körperchen zu zucken begann. Nur Sekunden später folgte ein leises Greinen. Das Kind lebte!

Sie hatte vor ein paar Wochen das Gespräch einer Klassenkameradin belauscht, die von der Geburt der Hundewelpen berichtet hatte. Einer der Kleinen wollte nicht atmen, bis ein Spritzer kaltes Wasser ihn ins Leben zurückbeordert hatte.

Inga legte das Kind zurück aufs Bett, entfernte den Bezug vom Kissen und riss ihn in einzelne Streifen. Vorsichtig säuberte sie das kleine Mädchen und wickelte es anschließend in eine pinke Decke, die zu Dekorationszwecken gedient hatte.

Anschließend robbte sie zurück aufs Bett und legte sich zu ihrem Kind. Das Kleine wimmerte noch immer leise und Inga war völlig ratlos. Sie spürte erneut leichte Wehen und drehte sich erschöpft auf den Rücken, um den Abgang der Nachgeburt abzuwarten. Sobald sie sich von den Strapazen der Geburt etwas erholt hätte, würde sie den Geräuschen im Haus auf den Grund gehen und sich um das Kind kümmern. Es musste Nahrung erhalten und gewickelt werden, das hatte oberste Priorität. Ein Einkauf im Supermarkt war unerlässlich, aber auch gleichzeitig brandgefährlich.

Während sie über all diese Dinge nachdachte, schlief sie erschöpft ein.

Inga erwachte vom Weinen des Kindes. Sie hatte jegliches Zeitgefühl verloren und fühlte sich völlig entkräftet. Der Winzling neben ihr hatte sich freigestrampelt und seine Haut war eiskalt. Behutsam deckte sie das Neugeborene wieder zu. Die Nabelschnur war noch mit dem Mutterkuchen verbunden, die würde sie jetzt durchtrennen müssen.

Mit einem leisen Stöhnen rollte sich Inga auf die Seite. Ihre Brüste waren heiß und schwer von der Milch, die eingeschossen war. Sie musste nach oben, daran führte kein Weg vorbei, und schleppte sich zur Tür. Im Haus war kein Geräusch mehr zu hören. Aber die Furcht, dass *er* sie packen und fortschleppen könnte, schnürte ihr die Kehle zu.

Die Tür glitt geräuschlos auf und Inga betrat den Kellergang. Es war niemand zu sehen und sie hastete so schnell sie ihre Beine tragen konnten, nach oben. Immer wieder blieb sie stehen, um zu lauschen, doch es war mucksmäuschenstill. Sie öffnete die Tür zum Badezimmer und schlüpfte hinein. Nachdem sie sich erleichtert hatte, schälte sie sich aus ihrer blutbefleckten Kleidung und stellte sich unter die Dusche. Was für eine Wohltat.

Sie trocknete sich hastig ab und stopfte die verschmutzte Kleidung in eine Plastiktüte. Diese versteckte sie im Schrank, um sie später in der Mülltonne zu entsorgen. Dann nahm sie die Nagelschere an sich und huschte in ihr Zimmer, wo sie sich frische Sachen überzog. Anschließend kehrte sie ins Erdgeschoss zurück.

Der üble Geruch in der Küche hatte sich verstärkt und sie ekelte sich, als sie die Lebensmittel und Getränke in eine

Tüte packte. Sie schleppte die Sachen nach unten und durchsuchte die Kartons nebenan im Kellerraum nach Kristas Babykleidung. Nachdem sie diese gefunden hatte, raffte sie das Bettzeug aus ihrem Zimmer zusammen und trug es nach unten.

Sofia, diesen Namen hatte sie ihrem Kind gegeben, jammerte mittlerweile lautstark und Inga war mit der Situation überfordert. Was sollte sie nur tun, um das Weinen abzustellen?

Sie schloss die Tür und legte sich wieder zu ihrer Tochter. Ihre Tochter. Diese Worte waren schwer zu fassen. Sie hatte einen genaueren Blick vermieden, weil sie sich davor fürchtete, wem das Mädchen ähneln könnte.

Sofia machte ein saugendes Geräusch, indem sie an ihren Fäusten nuckelte.

„Ich weiß doch gar nicht, wie das geht", flüsterte Inga und entblößte ihre Brust. Und siehe da, es klappte ganz von allein. Sofias Mund formte sich zu einem o und kurz darauf vernahm Inga ein leises, aber zufriedenes Schmatzen.

Zärtlich strich Inga über das kleine Köpfchen mit dem weichen Flaum. Erst jetzt wagte sie einen Blick und erforschte die Gesichtszüge des kleinen Mädchens. Sie sieht ein wenig wie Krista aus, waren Ingas erste Gedanken, und das beruhigte sie ungemein. Sie wollte gar nicht wissen, wer der Vater war, denn sie hasste alle Männer, die sich an ihr vergangen hatten.

Sofia hatte sich mittlerweile satt getrunken und ihre winzigen Fäuste zuckten im Schlaf. Inga schob die Decke ein Stück zur Seite und zerschnitt mit einer Nagelschere das zähe Gewebe der Nabelschnur. Anschließend säuberte sie Sofia mit Feuchttüchern und kleidete sie ein. Die Sachen von Krista waren einige Nummern zu groß, außerdem musste Inga das Windelproblem lösen.

Alles in ihr sträubte sich, vor die Tür zu gehen und Sofia allein zurückzulassen. Aber anders war es nicht möglich. Mit einem schreienden Kind auf dem Arm würde sie viel zu viel Aufmerksamkeit erregen und hätte nur eine Hand zum Tragen der Einkäufe frei.

Wie ein rohes Ei hob sie Sofia hoch und legte sie auf die Bettdecke. Danach gönnte sie sich die erste Mahlzeit seit Stunden und feilte gedanklich an ihrer Flucht. Sie könnte die große Reisetasche ihres Vaters nehmen und mit einer Decke auspolstern. Natürlich wäre das nicht das perfekte Transportmittel, aber so käme sie ungesehen aus dem Haus. Wer achtete schon groß auf eine Reisetasche? Noch immer haderte sie mit dem Gedanken, Lillemor um Hilfe zu bitten.

Nachdem sie sich gestärkt hatte, ging sie wieder nach oben. Es wurde Zeit, ihre Überlegungen in die Tat umzusetzen. Sie nahm das gesamte Bargeld ihrer Eltern an sich, dass sie in einer kleinen Kassette im Wäscheschrank verwahrt hatten. Dann ging sie in ihr Zimmer, um den Schulrucksack zu leeren und mit Kleidungsstücken zum Wechseln vollzustopfen.

Diesmal durfte sie nichts dem Zufall überlassen. Sie würde noch eine kurze Zeit im Haus bleiben, bis sie sich von den Strapazen der Geburt erholt haben würde, und dann eine Entscheidung treffen, ob sie Lillemor mit einbezog. Aber jetzt musste sie in den Keller zurückkehren.

Sofia schlief noch immer, allerdings war ihre Kleidung durchnässt. Ein großes Problem, denn Mette, ihre Mutter, hatte nur wenige Kleidungsstücke von Krista aufgehoben. Allein der Gedanke, Einkaufen gehen zu müssen, löste in Inga eine Panikattacke aus. Aber sie hatte keine Wahl, sie brauchte dringend Windeln.

Sie löste den Blick von ihrer Tochter. Wie gern hätte sie sich jetzt neben sie gelegt und einen Moment Kraft geschöpft. Doch stattdessen lief sie zur Tür.

„Ich bin gleich wieder zurück", flüsterte sie und verließ den Raum.

Das Geld steckte in ihrer Hosentasche und Inga zog die

Kapuze des Shirts tief in die Stirn. Sie benutzte den Hinterausgang und huschte zur Hecke. Hoffentlich hatte kein Nachbar ihre Anwesenheit bemerkt. Kaum auszudenken, wenn einer von ihnen die Polizei verständigen und bei ihrer Rückkehr die Handschellen klicken würden.

Immer wieder drehte sie sich besorgt um, weil sie glaubte, beobachtet zu werden. Doch jedes Mal war der Gehweg menschenleer. Am liebsten wäre sie davongestürmt, doch ihr fehlte die Kraft. Nach nur wenigen Minuten hatte sie den Discounter erreicht. Sie schnappte sich einen Einkaufswagen und irrte suchend durch die Gänge, bis sie die entsprechende Abteilung gefunden hatte.

Achtlos warf sie zwei Windelpakete der kleinsten Größe in den Einkaufswagen und suchte anschließend nach Milchpulver und einem Fläschchen. Die Auswahl dafür erschlug sie regelrecht und es vergingen kostbare Minuten, bis sie das passende Produkt gefunden hatte. Auf dem Weg zur Kasse packte sie noch ein paar Lebensmittel dazu und beim Anblick des vollen Wagens fragte sie sich, wie sie den Rückweg überhaupt bewältigen sollte.

Zum Glück stand nur ein älterer Herr vor ihr an der Kasse. Nachdem sie gezahlt hatte, verstaute sie hastig die Einkäufe in zwei Tragetaschen und strebte dem Ausgang entgegen. Die Henkel der Taschen schnitten in ihre Handflächen und sie stöhnte leise auf, als sie an die Entfernung dachte, die sie zurücklegen musste.

„Inga? Bist du das?"

Vor Schreck ließ sie eine der Einkaufstaschen fallen.

„Mädchen, du wirst von der Polizei gesucht." Die Stimme ihrer Nachbarin klang vorwurfsvoll.

Inga vermied es, sich zu ihr umzudrehen und griff nach der Tasche, um die Lebensmittel wieder einzusammeln.

„Du hast Windeln und Babynahrung gekauft?" Hilda Stolt berührte Inga sanft an der Schulter. „Brauchst du Hilfe?"

„Nein“, entgegnete Inga schroff und machte einen Schritt nach vorn.

„Du kommst mir irgendwie schlanker vor. Oh mein Gott, hast du etwa ein Kind bekommen? In deinem Alter?“

Inga schoss glühend heiße Lava durch die Adern. Das hier war ein nicht endender Albtraum, sie war aufgeflogen. Mit einem Ruck hob sie die Taschen hoch und stürzte davon. Weg, bloß weg von hier.

„Inga, so bleib doch stehen!“, rief die Nachbarin ihr hinterher. „Wir müssen doch darüber reden.“

Die Worte stießen bei Inga auf taube Ohren. Jetzt musste sie mit Sofia sofort das Haus verlassen, denn Hilda würde sich umgehend mit den Behörden in Verbindung setzen. Bloß gut, dass sie schon alles für eine eventuelle Flucht vorbereitet hatte.

So schnell sie ihre Beine tragen konnten, eilte sie davon, und Hildas Stimme wurde leiser und leiser. Die Taschen wogen schwer wie Blei und Inga rang keuchend nach Luft, als sie endlich das elterliche Grundstück erreicht hatte. Notdürftig verbarg sie die Einkaufstaschen in der Hecke. Ihre Gedanken drehten sich ausschließlich um Sofia, die sie allein zurückgelassen hatte.

Sie schlüpfte ins Haus und durchquerte mit schnellen Schritten den Kellergang. Die Tür glitt lautlos auf und Inga erstarrte. Kein Greinen, kein Geschrei, nur Stille.

Genau in diesem Moment setzte bei ihr das Begreifen ein. Es war ruhig, viel zu ruhig.

Mit einem gequälten Schrei stürzte sie in den Raum. Sie durchwühlte das Bett, kroch auf dem Boden herum und schrie sich dabei die Seele aus ihrem Leib.

„Nein, nein, nicht Sofia …“

Dieser Teufel hatte sie die gesamte Zeit über im Blick gehabt und nur auf den passenden Moment gewartet, um zuzuschlagen. Wie ein gehetztes Tier jagte sie die Treppe nach oben zum Telefon und wählte Lillemors Nummer.

Doch es meldete sich niemand. Lillemor war sicher noch in der Schule.

Inga stützte sich einen Moment lang am Treppengeländer ab, um Kraft zu sammeln. Gut, dann musste sie es eben allein versuchen. Er konnte noch nicht weit sein, das war ihre einzige Chance. Im Badezimmer kühlte sie ihr erhitztes Gesicht, bevor sie sich auf den Weg machte.

Sie schwitzte stark unter ihrem Shirt, doch ohne die schützende Kapuze fühlte sie sich verletzlich und nackt. Ihre Brüste waren heiß und schwer, Sofia hätte schon längst wieder gestillt werden müssen. Inga fühlte sich wie eine Wölfin, die einsam durch die Straße strich auf der Suche nach ihrem Rudel. Es erstaunte sie, wie stark sie sich mit ihrer Tochter verbunden fühlte, obwohl Sofia doch erst ein paar Stunden alt war.

In Gedanken spielte sie sämtliche Optionen durch. Sein Haus war ebenfalls mit Kameras gesichert und Inga kannte deren Reichweite nicht. Sie würde also aus der Ferne den Eingang beobachten müssen.

Nach einer halben Stunde strammen Fußmarsches war sie endlich am Ziel, aber auch am Ende ihrer Kräfte angelangt. Sie verbarg sich in den Büschen, die ein Trafohäuschen umsäumten. Sein Wagen stand nicht in der Einfahrt, das beunruhigte sie. Dennoch würde sie ihr Leben darauf verwetten, das er es gewesen war, der Sofia an sich genommen hatte, um sie zu töten.

Sobald sie sich davon überzeugt hatte, dass er sich mit Sofia im Haus befand, wollte sie agieren. Vielleicht ergab sich eine günstige Gelegenheit, bei der sie ihre Tochter befreien konnte. Oder aber sie verständigte Lillemor, um deren Mutter um Hilfe zu bitten. Alles war besser, als Sofia diesem Schicksal zu überlassen.

Inga setzte sich auf den Boden, lehnte sich mit dem Rücken an die Mauer des Trafohäuschens und hatte das Haus fest im Blick …

Inga schreckte aus dem Schlaf und rieb sich die Augen. Verdammt, sie war tatsächlich eingenickt, das hätte nicht passieren dürfen. Ein Blick zum Haus generierte ihr, dass sich nicht viel verändert hatte. Er war noch immer nicht zurück – kein gutes Zeichen.

Sie wartete und wartete und spürte eine lodernde Wut in sich. Wo war Sofia? Hatte er sie aus Ludvika fortgebracht? Die innere Unruhe wuchs, aber Inga würde nicht von der Stelle weichen, solange sie nichts über den Verbleib ihrer Tochter in Erfahrung gebracht hatte.

Nur wenige Minuten später bog sein Wagen um die Ecke. Eine Flutwelle von Emotionen durchfuhr Inga und ihr Herz klopfte bis zum Hals. Würde er Sofia bei sich haben? Sie war bereit, sich auf ihn zu stürzen und so laut um Hilfe zu schreien, bis es jemand hören würde.

Doch sie wurde bitter enttäuscht. Er stieg aus und legte mit einem zufriedenen Gesichtsausdruck die wenigen Schritte bis zum Haus zurück.

Inga ballte die Hände zu Fäusten. Sie musste Sofia finden, bevor sie geopfert werden sollte.

# 21

Alex stand mit einem bunten Strauß Sommerblumen vor der Haustür und stieg zu Linda in den Wagen, als sie anhielt.

„Muss ich wirklich mitkommen?“, brummte er zerknirscht.

„Ich brauche jemanden mit wachem Sachverstand an meiner Seite. Helene hat das Kind zu Hause zur Welt gebracht, wenn du verstehst, was ich meine.“

Linda wollte es sich nicht nehmen lassen, ihrer Freundin persönlich zu gratulieren. Sie war voller Argwohn Helene gegenüber, Mattis Schicksal hatte sie aufgewühlt.

„Hätte Jörgen nicht mitfahren können?“, fragte Alex.

„Wäre Helene dann nicht erst recht misstrauisch geworden, wenn das halbe Team der Kriminalpolizei bei ihr aufschlägt?“

„Ich meine ja nur …“

„Du sollst einen kritischen Blick auf das Kind und das Verhalten von ihr werfen. Du bist nicht umsonst Profiler.“

„Fallanalytiker, wenn's recht ist.“

„Ach Alex, das kommt doch aufs Gleiche hinaus“, seufzte sie und suchte nach einer Parklücke. „Möchtest du ihr die Blumen überreichen?“

„Gott bewahre, das ist dein Part“, erwiderte er und drückte Linda den Strauß in die Hand, nachdem sie ausgestiegen waren.

Sie drückte auf den Klingelknopf und Helenes Mann öffnete ihnen.

„Kommt rein“, sagte er. „Aber habt bitte Verständnis, dass es nur ein kurzer Besuch wird. Helene ist sehr erschöpft von der anstrengenden Geburt.“

„Aber sicher. Wir wollen nur rasch die neue Erdenbürgerin begrüßen.“

Frederik führte Linda und Alex ins Kinderzimmer. Helene saß im Sessel vor dem Fenster und sprach mit sanfter Stimme auf das Neugeborene ein. Es war krebsrot vom Weinen und schwang wie unter Protest seine kleinen Fäustchen.

„Herzlichen Glückwunsch, Helene“, flüsterte Linda.

„Lieben Dank. Emma hat noch nicht ihren Rhythmus gefunden, aber wir arbeiten dran“, erwiderte Helene. „So eine Geburt ist wahnsinnig anstrengend, nicht wahr, meine Kleine?“ Sie schaute zu ihrem Mann auf. „Würdest du mir bitte das Fläschchen bringen?“

„Natürlich, einen Moment.“ Er verschwand in der Küche und kehrte nur Sekunden später wieder zurück. „Ich hoffe, dass es diesmal klappt“, sagte er besorgt.

„Das spielt sich schon noch ein, hat die Hebamme gesagt“, erklärte Helene optimistisch.

„Wer betreut euch denn?“

Helene zog fragend die Brauen zusammen. „Warum willst du das wissen?“

„Vielleicht ist es die gleiche Hebamme, die damals auch meine Kinder entbunden hat. Man schwelgt gern in Erinnerungen, da kommst du auch noch hin“, lächelte Linda.

Ohne auf ihre Frage näher einzugehen, wechselte Helene das Thema. „Schau sie dir an, Linda. Ist sie ihrem Papa nicht wie aus dem Gesicht geschnitten?“

Linda beugte sich nach vorn, doch das Mützchen des Neugeborenen war so tief in die Stirn gezogen, dass sie kaum etwas erkennen konnte. Dennoch bestätigte sie Helenes Worte.

„Stimmt, sie hat große Ähnlichkeit mit ihm. Aber das ändert sich meistens noch, bis sie erwachsen sind.“

„Ach, du kannst dir gar nicht vorstellen, wie glücklich wir sind“, sagte Helene mit einem strahlenden Lächeln und setzte immer wieder das Fläschchen in der Hoffnung an, Emma zum Trinken bewegen zu können. Doch das Neugeborene verweigerte sich und drehte das Köpfchen vehement zur Seite.

„Versuche es doch mal mit Stillen“, riet Linda.

„Ich habe nicht genug Milch“, erwiderte Helene bedauernd. „Wir brauchen noch ein paar Tage, um uns an die neue Situation zu gewöhnen. Aber ich bin zuversichtlich, dass alles klappt.“

Emma hatte ihre Gegenwehr eingestellt und die Augen geschlossen. Selbst im Schlaf wirkte sie erschöpft und unzufrieden.

„Ich glaube, ich brauche auch eine Pause“, flüsterte Helene und legte ihre Tochter behutsam in das Kinderbett. „Seid nicht böse, wenn ich euch zur Tür begleite.“

Widerstandslos kamen Linda und Alex Helenes Aufforderung nach und verabschiedeten sich.

„Ich schaue die Tage noch einmal vorbei, wenn du nichts dagegen hast", sagte Linda.

„Ja, ja, natürlich", erwiderte Helene knapp und schloss hinter ihnen die Tür.

Linda startete den Motor und scherte aus der Parklücke. „Jetzt sag schon, was denkst du?"

„Was soll ich schon groß dazu sagen. Deine Freundin hat angeblich ein Kind bekommen."

„Alex, raus mit der Sprache. Was ist dir aufgefallen?"

„Helene und ihr Mann wirkten überaus nervös, aber das könnte vielerlei Gründe haben. Vielleicht haben sie das Kind auch offiziell adoptiert, alles ist möglich."

„Und warum dann dieses ganze Theater?"

„Um es geheim zu halten."

„Okay. Ich wende auf der Stelle und fahre zurück, um Helene zur Rede zu stellen."

„Linda, ich glaube nicht, dass sie sich dir gegenüber öffnen wird."

„Dann werde ich sie und ihren Mann vorladen."

„Was willst du ihnen zur Last legen?"

„Ach verdammt …" Linda zuckte ratlos mit den Schultern. „Du hast ja recht. Alles, was Helene gesagt hat, klang vernünftig und ist nachvollziehbar. Nur weil ich mit Elina und Lillemor einen reibungslosen Start hatte, muss das nicht bedeuten, dass es bei anderen Frauen genauso ist."

„Du kannst sie weiterhin im Auge behalten und beim nächsten Besuch gezielt Fragen stellen. Ich unterstütze dich, das weißt du doch."

Sie nickte und warf Alex einen dankbaren Blick zu. Genau in diesem Moment klingelte ihr Diensthandy und sie nahm das Gespräch über die Freisprechanlage an.

„Jörgen, was gibt's?"

„Tut mir leid, dich wieder einmal im Feierabendmodus zu stören, aber ein Spaziergänger mit Hund hat die Leiche eines Säuglings gefunden."

„Gut, dann weiß ich Bescheid. Ich setze Alex bei mir zu Hause ab und mache mich auf den Weg. Wo muss ich hin?"

Jörgen nannte ihr die Koordinaten und legte auf.

„Das geht ja Schlag auf Schlag", sagte Alex. „Wenn du nichts dagegen hast, würde ich dich gern begleiten. Ich halte mich auch zurück."

„Okay, einverstanden. Ist vielleicht gar nicht so schlecht, wenn du dir einen ersten Überblick verschaffen kannst."

Linda durchquerte Ludvika und bog am Ortsende auf einen holprigen Schotterweg ab. Vor einem kleinen Waldstück kam der Wagen zum Stehen. Die Kriminaltechniker waren bereits auf der Suche nach Spuren ausgeschwärmt. Ein junger Mann, dessen Spaniel ungeduldig an der Leine zehrte, stand Jörgen Rede und Antwort. Linda ging zu ihnen.

„Wie sind Sie überhaupt auf den Gedanken gekommen, das Loch auszuheben?", fragte Jörgen sein Gegenüber.

„Ich habe durch die Medien von den Kinderskeletten erfahren und wollte auf Nummer sicher gehen."

„Warum haben Sie nicht der Polizei diese Arbeit überlassen? Durch Ihr verantwortungsloses Handeln könnten mögliche Spuren vernichtet worden sein. Das ist Ihnen schon klar?", rügte Jörgen.

„Jetzt mal halblang. Sie sollten froh sein, dass meine Freya diesen Fund überhaupt gemacht hat. Ohne mich wüssten Sie nicht einmal von der Existenz des toten Kindes."

„Warum haben Sie überhaupt einen Spaten im Fahrzeug mitgeführt?", hakte Jörgen nach.

„Wollen Sie mich jetzt etwa verdächtigen?" Die Stimme des jungen Mannes überschlug sich.

„Nein, aber mein Kollege muss Ihnen diese Fragen stellen", schaltete sich Linda dazwischen. „Das gehört zur Routine."

„Meine Hündin hat an dieser Stelle wie eine Wahnsinnige gebuddelt. Ich dachte, wenn ich die Polizei nur wegen eines toten Tieres verständige, werden die mich für verrückt erklären. Trotzdem wollte ich der Sache auf den Grund gehen, es hat mir keine Ruhe gelassen. Den Spaten habe ich immer für den Notfall im Kofferraum. Ich hatte mich im vorletzten Winter in einer Schneewehe festgefahren, das ist alles."

„Schon gut. Ihre Daten wurden bereits aufgenommen?"

Der junge Mann nickte.

„Dann können Sie jetzt nach Hause fahren. Wir werden Sie aber zu einer offiziellen Zeugenaussage vorladen müssen", erklärte Linda.

„Kein Problem."

Sie schaute dem jungen Mann hinterher, der es plötzlich sehr eilig hatte, von hier wegzukommen.

„Jörgen, könntest du mich bitte auf den neuesten Stand bringen", bat sie.

„Die Leiche war sehr tief im Waldboden vergraben, geschätzte einen Meter fünfzig. Das Neugeborene wurde vor ungefähr drei bis vier Tagen getötet."

Einer der Männer trug das tote Kind zum Fahrzeug, um es ins Institut zu fahren.

„Darf ich einen Blick auf das Kleine werfen?", bat Linda.

„Selbstverständlich, kein Problem."

Behutsam öffnete sie den Leichensack und wich erschrocken zurück.

„Warum hat mich niemand vorgewarnt, dass das Kind regelrecht ausgeweidet wurde?" Im Oberkörper des Säuglings klaffte ein hässliches Loch. „Ich werde mich sofort mit Karl in Verbindung setzen, ob er den Leichnam noch heute obduzieren kann."

Sie wählte seine Nummer und es dauerte eine Weile, bis er das Gespräch annahm. Immerhin erklärte er sich bereit, noch heut mit der Arbeit zu beginnen. Dann wandte sich Linda an den Beamten, der für die kriminaltechnische Untersuchung zuständig war.

„Wie sieht es aus? Erste Spuren?"

Der Mann schüttelte bedauernd den Kopf. „Leider nein, der Typ hat ganze Arbeit beim Vernichten von Hinweisen geleistet. Wir werden jetzt das Erdreich durchsieben in der Hoffnung, etwas zu finden. Vielleicht hat Karl in dieser Hinsicht mehr Glück."

„Danke." Linda drehte sich wieder zu Jörgen. „Fahren wir ins Büro?"

„Haben wir eine Wahl?"

„Nein, nicht wirklich. Alex, willst du mitkommen?"

Er verneinte. „Ich werde noch ein Stück spazieren gehen und dabei versuchen, das Knäuel zu entwirren. Die Kollegen können mich später sicher mitnehmen."

„Gut, wir sehen uns dann im Büro", sagte Linda und stieg in den Wagen. Während der Fahrt dachte sie über mögliche Verbindungen nach. Teilte dieses Neugeborene das traurige Schicksal der anderen toten Kinder? Und wer verfügte über so viel Grausamkeit, ein so zartes Wesen auszuweiden und im Wald zu entsorgen wie Müll?

Nachdenklich stellte sie den Wagen auf dem Parkplatz ab und nachdem auch Jörgen aus dem Dienstfahrzeug gestiegen war, liefen sie gemeinsam zum Gebäude.

„Wir haben noch keine Vermisstenmeldung reinbekommen", sagte Jörgen. „Ich habe die Kollegen bereits informiert."

„Dann sollten wir den Suchradius erweitern."

„Das war auch mein Gedanke. Wird wieder eine lange Nacht werden", stöhnte er.

„Du sagst es", stimmte Linda ihm zu. „Wie gut, dass ich mich, wenn es hart auf hart kommt, auf Lillemor verlassen kann."

---

Völlig übermüdet stand Linda am nächsten Morgen neben Karl, dem Rechtsmediziner, und hörte sich an, was er zu sagen hatte.

„Wie du schon angedeutet hattest, wurde auch diesem Neugeborenen der Brustkorb aufgeschnitten. Es handelt sich diesmal um einen geübten Schnitt, derjenige hat das nicht zum ersten Mal gemacht."

„Mir jagen deine Worte einen Schauer über den Rücken. Alex ist ja nach wie vor von Ritualmorden überzeugt. Kannst du seiner These etwas abgewinnen?"

„Du wirst lachen, das Einzige, was ich an der Leiche gefunden habe, waren Katzenhaare."

„Du willst mich auf den Arm nehmen?" Linda warf ihm einen ungläubigen Blick zu.

„Nein, nein, keineswegs. Es waren zwar keine schwarzen Haare, wie man vermuten könnte, sondern weiße."

„Wie können die an die Leiche gekommen sein?"

„Entweder ist das Kind in einem Haushalt mit Tierhaltung zur Welt gekommen oder die Katze wurde zeitgleich mit ihm getötet. Der Fötus ist übrigens noch nicht vollständig ausgereift."

„Wieder eine Frühgeburt?"

„Ja", bestätigte Karl.

„Hm, könnte die Geburt vielleicht auch absichtlich eingeleitet worden sein?"

„Wäre möglich."

„Was kannst du mir noch sagen?"

„Das Herz wurde dem Kind regelrecht herausgerissen."

„Das ist ja widerwärtig." Linda schluckte. „Hat das Kleine zu diesem Zeitpunkt noch gelebt?"

„Definitiv, das zeigen die Einblutungen."

„Fehlen noch andere Organe?"

„Nein, aber Teile des Bauchfettes und einzelne Muskelstränge."

„Oh Karl, mir wird übel", klagte Linda.

„Tja, unser Job ist nichts für Zartbesaitete. Mehr kann ich noch nicht sagen, aber ich halte dich auf dem Laufenden."

„Danke. Ich gehe mal wieder nach draußen, um mich zu

akklimatisieren und meine Gedanken zu sortieren. Wir hören voneinander."

Sollte Alex am Ende recht behalten? Könnte es sich tatsächlich um Ritualmorde handeln? Eine einzelne Person wäre dazu nicht in der Lage, so gewissenhaft konnte nur ein Netzwerk arbeiten. Es steckte ein gewisses Know-how dahinter, allein schon, was die Urkundenfälschung betraf.

Im Dienstwagen angelte sie das Smartphone aus ihrer Tasche und wählte die Nummer von Alex.

„Hej", sagte sie.

„Was gibt es?"

„Wir müssen uns noch einmal mit deinem Verdacht auseinandersetzen, was die Ritualmorde betrifft."

Alex pfiff leise durch die Zähne.

„Jetzt hör schon auf. Das Kind wurde teilweise wie ein Stück Vieh ausgeweidet, außerdem hat Karl Katzenhaare gefunden."

„Dann lag ich mit meiner Vermutung also gar nicht so verkehrt."

„Ja, du hattest den richtigen Riecher. Aber allein die Vorstellung, dass Katzen und Neugeborene bei Vollmond geopfert werden, war für mich geradezu absurd. Apropos Vollmond, wann war der letzte eigentlich?"

„Einen Moment bitte …" Sie hörte nur das leise Rascheln von Kleidung. „Vor vier Tagen."

„Das gibt es doch nicht", rief Linda überrascht. „Das ist genau der Tag, an dem Inga Olsson verschwunden ist, und seitdem reihen sich die Geschehnisse aneinander wie Perlen einer Kette."

„Ich habe da eine Idee, der ich unbedingt nachgehen möchte", sagte Alex. „Kann ich zu dir kommen und du gewährst mir Eintritt ins Archiv?"

„Natürlich, warum nicht. Hauptsache, wir setzen so schnell wie möglich die fehlenden Puzzleteile zusammen."

# 22

Alex hatte innerhalb kürzester Zeit die Polizeibehörde erreicht. Linda saß hinter ihrem Schreibtisch und wälzte die Akten. Als er eintrat, schaute sie auf.

„Ich habe einen Rechner für dich organisiert, aber du müsstest dir das Büro mit Jonas Nyström teilen. Was immer du auch suchst, ich hoffe, dass du damit erfolgreich bist.“ Sie erhob sich und küsste ihn flüchtig auf die Wange. „Schade, dass wir so wenig Zeit füreinander haben.“

„Es dauert ja nicht mehr lang, bis dein Urlaub beginnt und du mich in Stockholm besuchen wirst“, antwortete er und strich ihr zärtlich eine Strähne aus der Stirn. „Ihr seid doch schon so gut wie am Ziel, und der entscheidende Hinweis wird nicht mehr lange auf sich warten lassen.“

„Ich liebe deine Zuversicht", sagte sie.

„Nur meine Zuversicht?" Er lupfte fragend eine Braue.

„Jetzt komm schon, die Zeit läuft."

Alex folgte Linda in ein winziges Büro am Ende des Flures.

„So, da wären wir. Falls du einen Kaffee willst, dann melde dich."

Linda nickte ihm noch einmal zu und verschwand zur Tür hinaus.

„Hej", sagte Alex und setzte sich hinter einen Schreibtisch, der diesen Namen eigentlich nicht verdiente. Nicht einmal seine Beine konnte er ausstrecken.

Er loggte sich mit Lindas Passwort ein und rief die für ihn relevanten Fälle auf. In Ludvika gab es eine Gruppierung von Neonazis, die hauptsächlich für Kirchen- und Friedhofsschändungen verantwortlich war. Drei Tatverdächtige waren für ihr Treiben zu Bewährungsstrafen verurteilt worden. Die unaufgeklärten Fälle überwogen jedoch.

Nach einer Stunde stand er auf und klopfte an Lindas Tür.

„Ja bitte."

„Könntest du mir die Fotos von Krista, Luisa und Inga Olsson zukommen lassen?"

„Warum?"

„Ich will einen Blick ins Darknet werfen."

„Hast du einen konkreten Verdacht?", wollte Linda wissen.

„Nein, ich möchte nur auf Nummer sicher gehen. Der Unfall der Olssons deutet darauf hin, dass etwas vertuscht werden soll."

„Denkst du dabei an Missbrauch?"

„Ja, das Blut in der Scheune, das von Menschen und Tieren stammt, die Todesangst von Inga Olsson. Da steckt mehr dahinter, als wir erahnen."

„Und was gedenkst du zu tun?"

„Du müsstest eine Ermächtigung besorgen", sagte er.

„Wozu?"

„Ich würde gern die Vermögensverhältnisse der Olssons klären. Wer erbt im Todesfall das Haus und so weiter."

„Das kannst du unmöglich allein durchziehen."

„Wenn du mich begleitest, wird das kein Problem sein. Hast du Zeit?"

Linda schaute auf die Uhr. „In einer Stunde?"

„Wunderbar. Könntest du vorher noch einen Kollegen damit beauftragen, sich bei den ansässigen Notaren zu erkundigen, ob die Olssons ein Testament hinterlegt haben?"

„Ach Alex, du bringst meinen gesamten Tagesplan durcheinander. Aber wenn es der Aufklärung dient, werde ich alles Weitere in die Wege leiten."

„Wunderbar, ich danke dir."

Alex lief nach draußen, um in Ruhe zu telefonieren. Er bat einen IT-Kollegen aus Stockholm darum, nach Krista, Luisa und Inga zu suchen. Anschließend kehrte er an seinen provisorischen Arbeitsplatz zurück und leitete die Mail, die Linda ihm mit den Fotos der Mädchen geschickt hatte, an den IT-Spezialisten weiter.

Pünktlich auf die Minute holte Linda ihn ab, denn er sollte sie zu einem Notar begleiten.

„Alle Befugnisse erhalten?", fragte er.

Linda nickte zufrieden. „Ich hoffe, dass sich die Fahrt lohnt."

Sie parkte den Wagen vor einem historisch anmutenden Gebäude, das aufwändig restauriert worden war. Das Büro des Notars befand sich im Erdgeschoss und die Räume waren mit ausgewählten antiken Möbeln bestückt worden. Der gute Mann schien nicht schlecht zu verdienen. Linda reichte ihm zur Begrüßung die Hand.

„Ich habe die Unterlagen schon für Sie bereitgelegt. Bitte nehmen Sie doch Platz", sagte der Notar mit einem höflichen Lächeln. „Möchten Sie einen Kaffee?"

„Ja, gern", erwiderte Linda, die erschöpft aussah.

Auch Alex konnte etwas Koffein vertragen.

Ulv Stål orderte zwei Tassen Kaffee, die seine Sekretärin kurz darauf servierte.

„Hier haben wir das Vermächtnis der Familie Olsson", sagte Stål und schob die Papiere über den Tisch in Lindas Richtung. „Bedauerlich, dass fast die gesamte Familie durch einen Unfall ausgelöscht wurde."

Stirnrunzelnd überflog Linda die Zeilen und schaute wieder auf.

„Das ist wirklich sehr ungewöhnlich, dass die Töchter in der Erbfolge übergangen wurden."

„Wenn ich aus meiner langjährigen Praxis sprechen darf, dann kommt es durchaus öfter vor, dass leibliche Kinder leer ausgehen."

„Dürfte ich einen Blick darauf werfen?" Alex nahm die Papiere an sich. „Wer ist dieser Ingmar Häggkvist?"

„Ein guter Bekannter der Familie, nehme ich an", antwortete Stål. „Ich hinterfrage selten die Beweggründe meiner Mandanten."

„Dieser Ingmar Häggkvist, wurde er schon des Öfteren als Alleinerbe eingesetzt?"

Stål räusperte sich. „Ja, das wurde er."

„Mit welcher Begründung?", erkundigte sich Alex.

„Ich setzte nur das Schreiben auf", erklärte Stål.

„Wäre es möglich, auch die anderen Testamente zu sichten?"

„Ich weiß nicht so recht …", wehrte Stål ab.

„Kein Problem", meldete sich Linda wieder zu Wort. „Ich werde gleich einen Kollegen darum bitten, die notwendigen Befugnisse einzuholen."

„Sparen Sie sich die Mühe", gab Stål klein bei und stand auf, um zum Aktenschrank zu gehen. Er zog die Schubladen geräuschvoll auf und zu und entnahm die Unterlagen. Es waren nicht wenige, wie Alex erstaunt feststellte.

„Bitte." Mit einem mürrischen Gesichtsausdruck breitete er die Akten auf dem Tisch aus.

Alex und Linda nahmen die einzelnen Akten an sich und begannen damit, die Testamente durchzusehen. Es war eine Auswahl verschiedenster Personen, die ihr Hab und Gut Ingmar Häggkvist überschrieben hatten.

„Ich möchte Ihnen ja nur ungern widersprechen", sagte Alex, „aber ungewöhnlich ist das schon."

„Das kann ich nicht beurteilen", entgegnete Stål kühl.

„Was stellt Häggkvist mit dem Erbe an? Bei ihm muss es sich mittlerweile um einen sehr vermögenden Mann handeln."

„Das müssen Sie ihn schon selbst fragen. Es ist ja auch nicht so, dass alle Personen bereits verstorben sind. Nur im Falle ihres Ablebens geht das Vermögen an ihn."

„Wir werden auf jeden Fall der Sache nachgehen." Linda notierte sich die Adresse von Häggkvist und die Namen aller Personen, die ihn in ihren Testamenten begünstigt hatten. „Vielen Dank für Ihre Kooperation", sagte sie und stand auf.

„Schön, dass ich helfen konnte", antwortete Stål, doch sein Blick strafte Lügen.

Sie verabschiedeten sich und draußen vor der Tür atmete Linda tief durch.

„Also wenn das nicht merkwürdig ist, dann weiß ich es auch nicht", sagte sie.

„Mir hat noch nie jemand sein Grundstück samt Haus überschrieben. Es scheint so, als ob dieser Häggkvist großen Einfluss auf diesen Personenkreis hat."

„Stimmt, einige von ihnen sind mir sogar bekannt. Da wären Bäcklund zum Beispiel, der Polizist, und Granskog, der Arzt."

„Dann sollten wir Häggkvist mal einen Besuch abstatten."

„Nein Alex, ich werde dich zurückfahren und stattdessen Jörgen mitnehmen. Ich darf mich nicht über den dienstlichen

Weg hinwegsetzen und dich in alles einbinden. Da ist Ärger vorprogrammiert und ich komme in Teufels Küche."

„Schon klar", brummte Alex enttäuscht. „Ich hätte nur gern ein Profil von ihm erstellt."

„Das wäre auch hilfreich, aber du bist offiziell nicht an den Ermittlungen beteiligt. Falls wir ihn in die Behörde zitieren, könnte ich dir anbieten, das Gespräch im Hintergrund mitzuverfolgen."

„Damit kann ich leben. Bleibt nur zu hoffen, dass Häggkvist dir einen entscheidenden Hinweis liefert."

„Das wäre in der Tat für die Ermittlungen ein großer Fortschritt."

# 23

Inga hockte noch immer zwischen den Sträuchern und ließ das Haus keine Sekunde aus den Augen. Er saß in seinem Arbeitszimmer am Schreibtisch, während die Nacht allmählich das Zepter übernahm. Die Grillen zirpten und eine sanfte Brise, die den Duft von frisch gemähtem Gras mit sich trug, strich Inga sanft durchs Haar.

Doch davon nahm sie keine Notiz, denn ihr gesamter Fokus war auf Sofia gerichtet. Sie wollte ihr Kind aus seinen Fängen befreien, doch er hatte es nicht bei sich. In Gedanken ging sie sämtliche Optionen durch, wohin er Sofia gebracht haben könnte, aber es fiel ihr niemand ein. Die Gemeinschaft würde ihre Tochter noch eine Weile am Leben lassen, und diese Zeit musste sie nutzen, um sie zu finden. Nur leider hatte sie keine Ahnung, wie sie das bewerkstelligen könnte.

Sollte sie Lillemor aufsuchen und ihr Hilfsangebot annehmen? Letztlich war es Inga egal, welches Schicksal ihr drohte. Aber dieses kleine unschuldige Mädchen, das durch Missbrauch gezeugt worden war, sollte ein Leben in Geborgenheit führen.

Inga beschloss, falls sich bis zum Morgengrauen nichts an der Situation änderte, Lillemor mit einzubeziehen. Sie fühlte sich so einsam auf dieser Welt.

„Ich werde dich retten, Sofia, das verspreche ich dir", murmelte sie und ließ das hell erleuchtete Zimmer keine Sekunde aus den Augen.

---

Die kühlen Temperaturen der vergangenen Nacht ließen Inga frösteln, obwohl die Sonne ihre wärmenden Strahlen bereits nach der Morgenröte zur Erde geschickt hatte. Inga hatte die Arme fest um ihren Oberkörper geschlungen, fühlte sich kraftlos und krank. Letztlich musste sie sich eingestehen, dass sie ohne Unterstützung rettungslos verloren war. Es wurde Zeit, Lillemors Hilfsangebot anzunehmen, und so brach Inga in Richtung Schule auf. Er war gerade mit dem Wagen fortgefahren, sie konnte also guten Gewissens ihren Beobachtungsposten verlassen.

Für die Strecke brauchte Inga länger als gedacht und atmete erleichtert auf, als sie in der Ferne das Geschrei der Kinder hören konnte, die sich auf dem Schulhof tummelten. Hoffentlich konnte sie sich Lillemor gegenüber bemerkbar machen, ohne dass sie gleich von anderen Schülern erkannt wurde. Sofia hatte ein Recht auf ein selbstbestimmtes Leben, dafür würde Inga bis zum letzten Atemzug kämpfen.

Sie schlich im Schutz der Sträucher am Zaun entlang, doch sie konnte Lillemor nirgends entdecken.

„Hey, was machst du da?"

Ein achtjähriger Knirps musterte sie misstrauisch.

„Ich suche Lillemor Sventon, kennst du sie?"

„Na klar, ihre Mutter ist doch ein Bulle." Er grinste breit und seine Zahnlücke im Oberkiefer wurde sichtbar.

„Das ist gut. Würdest du sie bitte holen? Ich muss wirklich dringend mit ihr sprechen."

„Das mache ich aber nicht umsonst." Er streckte fordernd seine Hand aus.

Inga nestelte einen Schein aus der Hosentasche und reichte ihn über den Zaun. „Los jetzt, mach schon, die Pause ist gleich vorüber", drängte sie.

Der Knips machte auf dem Absatz kehrt und rannte davon. Ob er wohl Wort halten würde?, dachte Inga besorgt.

Die ersten Kinder verschwanden bereits wieder im Schulgebäude, als der Junge endlich mit Lillemor im Schlepptau auftauchte.

„Inga?" Lillemor taxierte sie mit offenem Mund. „Wie siehst du denn aus?"

„Bitte, du musst mir helfen", flehte Inga und packte Lillemor am Arm. „Sie werden mein Kind töten, hörst du, das kann ich nicht zulassen."

„Du … du hast ein Kind? Bist du deshalb so dünn?" Lillemor sah sich hilfesuchend um. „Ich verstehe das alles nicht, ich muss auch in den Unterricht zurück."

Inga sah ihr an, wie verwirrt Lillemor war.

„Ruf deine Mutter an, bitte. Sie haben mein Kind weggenommen, das kann ich nicht zulassen."

Lillemor zögerte, war hin- und hergerissen. „Scheiße, was soll ich denn jetzt machen? Meine Sachen sind noch im Klassenzimmer." Nervös strich sie sich eine Strähne aus der Stirn. „Pass auf: Ich flitze jetzt wieder rein und tische der Lehrerin eine Notlüge auf. Bitte warte hier auf mich, ich bin gleich zurück."

„Danke", hauchte Inga.

Die Minuten zogen sich quälend in die Länge. Auf ihrem Shirt hatten sich mittlerweile zwei große kreisrunde Flecken gebildet und beschämt verschränkte Inga die Arme vor ihrer Brust. Sie hatte es vermieden, während der Schwangerschaft eine Beziehung zu diesem Kind aufzubauen, hatte ihre Gefühle komplett verdrängt, und doch war da plötzlich eine Bindung, die alles infrage stellte.

Lillemor hatte den Schulrucksack lässig über die Schulter geworfen, als sie aus dem Schulgebäude trat.

„Entschuldige bitte, aber ich bin immer noch total konfus. Du hast echt ein Kind gekriegt?"

„Das siehst du doch." Inga deutete auf das durchnässte Shirt. „Ich will Sofia zurück, ich brauche die Hilfe deiner Mutter."

„Okay. Ich werde sie jetzt gleich anrufen und dann sehen wir weiter. Ist das für dich in Ordnung?"

Inga nickte, während Lillemor ihr Smartphone aus der Hosentasche zog.

„Hej Mam, ich muss dringend mit dir sprechen … nein, das kann nicht warten, es ist wirklich dringend … jetzt hör mir doch endlich einmal zu, Inga steht neben mir." Lillemor lauschte den Worten ihrer Mutter. „Sie sagt, dass sie ein Kind bekommen hat und es ihr nach der Geburt weggenommen wurde. Nein, ich weiß nicht genau, was passiert ist. Könntest du bitte kommen? Wir gehen sofort nach Hause. Alles klar, bis gleich."

Lillemor schob das Smartphone zurück in die Hosentasche. „So, und jetzt erzählst du mir bitte, was los ist."

Inga versuchte, mit Lillemor Schritt zu halten, während sie stockend die Geschehnisse der letzten Tage wiedergab. Dann stoppte sie unvermittelt ihre Schritte und klammerte sich an einem Laternenpfahl fest, weil der Boden unter ihren Füßen nachzugeben schien.

„Alles in Ordnung?" Lillemor legte ihre Hand auf Ingas Wange. „Hey, du glühst ja regelrecht, wir müssen sofort zu einem Arzt. Ich rufe meine Mutter an, damit sie uns abholt."

Lillemor nannte ihrer Mutter die Straße und nur wenige Minuten später fuhr Linda vor. Beim Anblick von Inga verschlug es ihr für eine Schrecksekunde die Sprache.

„Wir fahren auf der Stelle ins Krankenhaus", sagte sie und half Inga auf den Beifahrersitz. Mit durchdrehenden Reifen jagte sie davon. Von unterwegs aus setzte sie einen Notruf ab und bat darum, dass Inga nach ihrer Ankunft sofort untersucht werden sollte.

Inga bekam nur noch am Rande mit, was um sie herum geschah, wie sie aus dem Fahrzeug gezerrt und auf eine Trage gehievt wurde. Zuerst wurde ihr ein Venenzugang gelegt und ein kreislaufstabilisierendes Medikament verabreicht, dann erfolgte die gynäkologische Untersuchung, bei der Lillemors Mutter anwesend war.

Die Ärztin ging äußerst behutsam vor und erklärte jeden Schritt genau. Für Inga war das alles fremd und neu, denn sie war so gut wie nie bei einem Arzt gewesen. Die leise und sanfte Stimme der Ärztin drang nicht zu ihr vor.

„Inga, woher stammen die Narben auf Ihrem Oberkörper?"

Erst jetzt realisierte sie, dass die Frage an sie gerichtet worden war.

„Ich … ich kann darüber nicht sprechen."

„Wäre es für Sie in Ordnung, wenn ich die Stellen fotografiere und in die Dokumentation mit aufnehme? Nur so ist es später möglich, Anzeige zu erstatten."

Inga nickte schwach. „Ich will mein Kind zurück", flüsterte sie unter Tränen.

„Wann haben Sie es auf die Welt gebracht?"

„Vor zwei Tagen."

„Wo?"

„Bei mir zu Hause."

Die Ärztin wechselte mit Lillemors Mutter einen Blick.

„Ich bin kurz vor der Tür, um zu telefonieren", sagte sie daraufhin.

„Es gibt einen geheimen Raum im Haus ...", hauchte Inga mit schwacher Stimme.

Linda drehte sich wieder zu ihr um. „Wie gelangen wir hinein?"

Inga erklärte ihr den Zugang. „Werden Sie Sofia finden?"

„Wir tun alles in unserer Macht Stehende, das verspreche ich dir." Sacht drückte sie Ingas Hand. „Könntest du mir beschreiben, wie dein kleines Mädchen ausgesehen hat? Haarfarbe und Größe vielleicht?"

„Sofia ist nach meinen Berechnungen drei Wochen zu früh auf die Welt gekommen. Sie ist sehr klein, hat blaue Augen und einen rötlichen Flaum auf ihrem Köpfchen." Inga schloss für einen Moment die Augen, bevor sie fortfuhr. „Mein Kind ist für den Tod bestimmt, sie werden sie nicht am Leben lassen."

Sie bemerkte abermals die Blicke, die Lindas Mutter und die Ärztin tauschten. Aber diesmal waren sie nicht wissend, sondern eher ratlos.

„Hier bist du in guten Händen. Du wirst psychologische Hilfe erhalten und ich stelle einen Kollegen ab, der vor deiner Zimmertür für Sicherheit sorgen wird."

Inga hätte gern erwidert, dass es keine Sicherheit gab, niemals geben würde, doch sie blieb stumm. Lillemors Mutter nickte ihr noch einmal aufmunternd zu.

„Wir werden sofort die Suche nach deiner Tochter einleiten. Versuche trotzdem, dich ein wenig von den Strapazen zu erholen."

Sie strich Inga flüchtig übers Haar und ging zur Tür.

Nach der erfolgten Untersuchung durfte sich Inga wieder anziehen und beschämt bedeckte sie ihre Blöße. Ihre Gedanken kreisten ununterbrochen um Sofia.

„Ich werde Ihnen ein fiebersenkendes und schmerzstillendes Medikament verordnen", sagte die Ärztin. „Es ist wichtig, dass Sie zur Ruhe kommen und sich von der Geburt erholen."

„Mhm."

„Eine Schwester wird Sie gleich auf Ihr Zimmer bringen. Sie haben mit Sicherheit Hunger und Durst."

Genau in diesem Moment öffnete sich die Tür und eine burschikose Krankenschwester in den Fünfzigern schob einen Rollstuhl ins Untersuchungszimmer.

„Schwester Karina, Ihr Taxi", sagte sie lächelnd und die zarte Stimme passte ganz und gar nicht zu ihrem korpulenten Körperbau.

Inga ließ sich hineinfallen und von Schwester Karina in den Fahrstuhl bugsieren. Ihre innere Unruhe legte sich ein wenig, denn sie wusste, dass sie Unterstützung erhielt. Ob sie selbst mit dem Leben davonkommen würde, stand allerdings in den Sternen.

Schwester Karina brachte sie in ein kleines Einzelzimmer im obersten Stockwerk. Die Sonne strahlte um die Mittagszeit direkt ins Zimmer, das sich aufgeheizt hatte. Bevor Schwester Karina Inga ins Bett half, zog sie die Vorhänge zu.

„Himmel, ist ja schlimmer als in einer Sauna", schnaufte sie und schlug die Bettdecke zurück. Sie wartete geduldig, bis Inga in das Bett gekrabbelt war und deckte sie trotz der brütenden Hitze sorgsam zu. Ingas Mutter hatte sie nie zu Bett gebracht, geschweige denn, liebevoll zugedeckt.

„So Kleines, ich werde dir gleich noch eine Suppe und etwas Tee vorbeibringen und danach den Tropf anschließen. Bitte nicht weglaufen." Sie zwinkerte Inga verschwörerisch zu und schob den Rollstuhl hinaus in den Flur.

Dann war Inga mit ihren Sorgen wieder allein. Die Gedanken kreisten ausschließlich um Sofia und sie hoffte so sehr, dass es Lillemors Mutter gelingen würde, ihr kleines Mädchen zu retten.

# 24

Linda blieb im Krankenhausflur einen Moment lang stehen und lehnte sich mit dem Rücken an die Wand, um durchzuatmen. Der malträtierte Körper des Mädchens war kaum zu ertragen gewesen. Striemen, Narben, es gab kaum eine Stelle, die verschont geblieben war. Sollten tatsächlich die Eltern von Inga für diesen Wahnsinn verantwortlich sein? Hatten sie ihre Töchter auf diese Weise gezüchtigt?

Ein Ruck ging durch Lindas Körper und sie verließ mit schnellen Schritten das Gebäude. Als sie hinter das Steuer des Dienstwagens glitt, wurde ihr bewusst, dass dem Team ein großer Fehler unterlaufen war. Sie hatten die Leichen der Olssons nicht obduzieren lassen. Der Amtsarzt hatte zwar einen Totenschein ausgestellt, aber auf diesem waren nur die Verletzungen, die zum Tod geführt hatten, dokumentiert worden.

Durch die Einäscherung der Familie war eine Obduktion nicht mehr möglich. Dabei hätte Linda nur zu gerne gewusst, ob die Körper von Krista und Luisa Olsson ebenfalls so entstellt waren.

Obwohl sie sich wenig Hoffnung machte, wählte sie die Nummer des Arztes, der die Totenscheine ausgestellt hatte.

„Hallo Hannes", meldete sie sich. „Es geht um den Unfall der Olssons."

„Schieß los, was möchtest du wissen", antwortete er.

„Du hast doch die Olssons untersucht. Sind dir an den Körpern der Mädchen seltsame Verletzungen aufgefallen?"

„Wie meinst du das?"

„Älteres Narbengewebe oder Striemen, die schon verheilt waren."

„Der Aufprall war so hart und schwer gewesen, dass unzählige Quetschungen und Schnitte die Körper verunstaltet haben. Da hätte ein Gerichtsmediziner schon genauer draufschauen müssen. Aber das wurde nicht veranlasst, weil es keinen Grund dafür gab."

„Gibt es Fotos?", fragte Linda.

„Bedauerlicherweise nein", erwiderte er.

„Danke Hannes."

Enttäuscht beendete Linda das Gespräch. Wenn sie doch nur vorher den Zusammenhang geahnt hätte, jetzt war es zu spät. Sie überlegte kurz, welcher Schritt der Beste wäre, und beschloss, Helene umgehend aufzusuchen. Dass ihre Freundin ausgerechnet jetzt ein Kind in den Armen hielt, erschien ihr mehr als verdächtig. Linda hatte es auf die Unerfahrenheit von Alex geschoben, dabei hatte er von Anfang an richtiggelegen. Ein weiterer Fehler, der allerdings noch gutzumachen war.

Entschlossen startete Linda den Motor, scherte aus der

Parklücke und legte die Strecke in Rekordzeit zurück. Helene trat gerade mit ihrer Tochter auf dem Arm aus dem Haus. Das Neugeborene hatte ein pinkes Mützchen auf dem Kopf, welches die wenigen Haare vollkommen bedeckte.

„Hej, was machst du denn hier?", rief Helene erstaunt.

„Dir einen Besuch abstatten. Ich wollte nachfragen, ob du eventuell Hilfe brauchst."

„Danke Linda, das ist wirklich lieb von dir. Aber ich bin gerade auf dem Weg zum Kinderarzt. Impfung und Vorsorgeuntersuchung, das kennst du ja."

„Ich habe diese Zeit noch gut in Erinnerung", sagte Linda. „Ist das Mützchen bei der Witterung nicht ein wenig warm?"

„Ich glaube nicht, sie ist ja noch so klein." Helene ging zu ihrem Volvo und schnallte ihre Tochter auf dem Vordersitz fest. „Könnest du kurz auf meinen Schatz aufpassen? Ich müsste noch den Kinderwagen im Kofferraum verstauen."

„Kein Problem, ich habe ja Zeit."

Besser hätte es gar nicht laufen können. Hastig zog Linda ihr Smartphone aus der Tasche und schoss ein Foto von Helenes Tochter. Dann schob sie die Mütze sanft zur Seite und strich mit ihren Fingerspitzen über den rötlichen Flaum.

„Linda, was machst du da?" Helenes Stimme klang ungewöhnlich schrill.

„Siehst du nicht, dass dein kleiner Engel schwitzt?", rechtfertigte sich Linda.

„Ich muss jetzt wirklich los", erklärte Helene kühl und schlug die Autotür zu. Wortlos umrundete sie den Wagen, stieg ein und startete den Motor.

Linda war dankbar für diesen einen Moment und fuhr auf dem schnellsten Weg ins Krankenhaus zurück. Hektisch drückte sie auf den Knopf, um den Fahrstuhl anzufordern. Jetzt konnte es ihr nicht schnell genug gehen.

Inga lag im Bett und hatte wohl tief und fest geschlafen, als sie das Krankenzimmer betrat.

„Geht es dir gut?", fragte Linda. „Darf ich mich setzen?" Sie deutete auf die Bettkante.

„Ja, natürlich." Inga richtete sich auf.

„Ich habe hier das Bild eines Babys und du müsstest mir sagen, ob es sich um deine Tochter Sofia handelt."

Inga begann zu zittern und schluckte schwer. „Ich bin bereit", hauchte sie.

„So, jetzt noch einmal tief durchatmen und dann einen Blick auf das Display werfen", sagte Linda.

„Sofia ...", stammelte Inga mit einem entrückten Gesichtsausdruck und fuhr mit dem Zeigefinger die Konturen ihrer Tochter nach.

„Das ist deine Tochter?"

Obwohl es keinen Zweifel gab, fragte Linda noch einmal sicherheitshalber nach. Inga nickte stumm.

„Wo ist Sofia? Ich will sie sofort zurück."

„Deine Tochter ist in guten Händen und wir werden alles daransetzen, damit ihr so schnell wie möglich wieder vereint seid", versprach Linda und konnte ihr Glück nicht fassen, wie leicht es gewesen war, Ingas Tochter zu finden.

„Danke. Wie lange werde ich warten müssen?"

„Das kann ich dir nicht genau sagen, da wir die rechtlichen Schritte einhalten müssen."

Enttäuschung machte sich auf Ingas Gesicht breit.

„Ich fahre jetzt sofort zurück, um alles Weitere in die Wege zu leiten. Wenn du möchtest, schicke ich Lillemor vorbei."

„Danke, das wäre nett."

Linda erhob sich und lief zur Tür, wo sie sich noch einmal umdrehte. „Alles wird gut", sagte sie und trat hinaus in den Flur. Sie eilte zum Fahrstuhl, dessen Türen gerade dabei waren zuzugleiten, und fuhr in die untere Etage. Noch auf dem Weg zum Wagen beantragte sie telefonisch einen DNA-Test von Inga und ihrer Tochter. Der Stein kam endlich ins Rollen.

Mit gemischten Gefühlen betrat Linda das Haus der Olssons. Die Kriminaltechniker standen in den Startlöchern und warteten auf ein „Go“ von ihr.

Helene und ihr Mann standen unter polizeilicher Beobachtung, damit sie sich nicht heimlich mit dem Kind absetzten. Helene hatte nur unter größtem Protest den Beamten gestattet, eine Speichelprobe ihrer angeblichen Tochter zu nehmen. Sie kämpfte mit allen Mitteln um ihr fragiles Glück. Aber Linda ahnte, dass es nicht von Dauer sein würde.

Sie lief ins Untergeschoss und suchte nach dem Schalter im Heizungskeller, der die Tür zu dem geheimen Raum öffnen sollte. Nach fünf Minuten wurde Linda nervös, weil sie ihn noch immer nicht gefunden hatte.

„Wie wäre es mit diesem hier?“ Jörgen deutete auf eine unscheinbare Schaltfläche.

„Danke, du bist die Rettung.“

Die Tür glitt lautlos auf und Linda verschlug es beim Anblick des Raumes die Sprache.

„Was zum Teufel …?“

Sie entdeckte die Kamerastative, die in einer Ecke lagen, und blickte dann auf das breite Doppelbett.

„Denkst du auch, was ich denke?“ Jörgen musterte sie fragend.

„Kinderpornographie?“ Linda wagte das Wort kaum auszusprechen.

„Sieht ganz danach aus. Die Eltern werden wohl keine Filme von sich ins Netz gestellt haben.“

„Inga Olsson hatte nicht darüber sprechen wollen, auch nicht über den Vater des Kindes.“

„Dann ist das Kind demnach durch Missbrauch entstanden“, stellte er nüchtern fest.

„Mit hoher Wahrscheinlichkeit. Immerhin, wir haben die

DNA des Kindes und können sie mit dem möglichen Täter abgleichen. Vorausgesetzt, wir finden ihn", erwiderte Linda.

„Ich muss gerade an Matti Helmersson denken. Ob er auch auf diese Weise entstanden ist?"

„Dann werden wir eine regelrechte Schlangengrube ausheben müssen. Trotzdem ist immer noch nicht geklärt, was den Kindern im Wald zugestoßen ist. Alex versteift sich auf Ritualmord, aber ich komme auf keinen gemeinsamen Nenner."

„Überlassen wir den Kriminaltechnikern das Feld. Die haben hier jede Menge zu tun", sagte Jörgen.

Linda wandte sich ab. „Ich bin mir ziemlich sicher, dass sie nicht nur die DNA von Inga und ihrem Kind finden werden." Hinter ihrer Stirn geisterte Ingmar Häggkvist herum, und es lag mit Sicherheit nicht nur daran, dass er ihr von Grund auf unsympathisch war.

# 25

Inga erwachte aus einem leichten Dämmerschlaf. Das Zimmer war in ein schummriges Licht getaucht, und nur die Nachtbeleuchtung sorgte dafür, dass es nicht in völliger Dunkelheit versank. Der unangenehme Druck in Ingas rechter Armbeuge hatte sich verstärkt. Dort steckte die Nadel vom Tropf und ihr Blick wanderte den Ständer hinauf.

Ein erstickter Schrei löste sich von ihren Lippen, als sie die schemenhafte Gestalt neben ihrem Bett entdeckte. Sie wischte sich mit dem Handrücken über die Augen und fühlte sich seltsam benebelt.

Die dunkel gekleidete Person verharrte noch immer bewegungslos und schaute stumm auf sie herab. Panik machte sich in Inga breit. Instinktiv riss sie sich die Nadel samt Schlauch aus ihrer Armbeuge und sprang aus dem Bett. Der Boden unter ihren Füßen schwankte einen Moment, dann hatte sie sich wieder gefangen. Mit einem Satz war sie am Fenster, riss es auf und kletterte auf das Fensterbrett. Der Blick nach unten ließ sie entsetzt zurückweichen. Sie hatte die Höhe völlig unterschätzt.

Doch wer auch immer neben ihrem Bett gestanden hatte, war jetzt hinter ihr. Sie wusste, dass sie nichts mehr zu verlieren hatte, und betrat den schmalen Sims, der einmal rund um das Gebäude führte. Irgendetwas stimmte nicht mit ihr, sie konnte ihre Bewegungen nicht mehr richtig koordinieren.

Mit dem Rücken an die raue Wand gepresst arbeitete sie sich seitwärts Stück für Stück voran. Ihr Atem ging stoßweise und sie wagte nicht, nach unten zu schauen. Vielleicht stand eines der Fenster offen und sie konnte dort einsteigen und um Hilfe rufen.

Doch ihre Hoffnungen wurden zunichtegemacht. Die zwei anschließenden Zimmer waren nicht belegt und die Fenster fest verschlossen. Also tastete sie sich weiter voran. Ihre Knie waren weich wie Butter, als sie die Eckseite des Gebäudes erreicht hatte, und sie traute sich nicht, um die Kante herumzulaufen.

Der Schweiß brach ihr aus allen Poren und sie warf einen ängstlichen Blick zurück. Von der Statur her musste es ein Mann sein, daran gab es nicht den geringsten Zweifel. Er hatte seinen Oberkörper aus dem Fenster gebeugt und verfolgte jede ihrer Bewegungen. Die dunkle Sturmhaube verhinderte einen Blick in das Gesicht, aber Inga ahnte, dass es jemand aus der Gemeinschaft war, der sie töten sollte. Ein Zurück gab es nicht.

Ihr Herz schlug einen Trommelwirbel, als sie die Augen zusammenkniff, sich noch enger an die Wand presste und mit ihren nackten Fußsohlen den Sims abtastete, um den ersten Schritt zu machen. Sie merkte, wie ihre Kräfte schwanden, und sie dem Drang, sich einfach fallen zu lassen, nachgeben wollte.

Denke an Sofia und reiß dich zusammen, ermahnte sie sich und spürte die harte Gebäudekante in ihrem Rücken.

Sie wagte einen unsicheren Schritt und noch einen, dann hatte sie es geschafft. Als ihre Schulter plötzlich Metall berührte, geriet sie vor Schreck ins Wanken und schaute mit aufgerissen Augen nach unten. Ihre Handflächen lösten sich von der Wand und ihre Knie gaben nach. Geistesgegenwärtig ergriff sie eine Strebe der Feuerleiter, die auf der Rückseite des Gebäudes angebracht worden war, während ihre Beine hilflos in der Luft baumelten.

Sie versuchte mit der freien Hand nach einer weiteren Strebe zu greifen, aber das wollte ihr nicht gelingen. Die Finger rutschten an der glatten Oberfläche ab und wenn sich nicht bald etwas an der Situation änderte, würde sie fallen …

Ein letztes Mal bündelte sie ihre Kräfte und griff nach oben. Ihre Finger umschlossen das kühle Metall und gleichzeitig fand ihr linker Fuß endlich Halt. Jetzt musste sie noch einmal alles geben und aufs Dach zu klettern. Sie fühlte sich so entsetzlich schwach, als sie sich nach oben kämpfte. Was hatte sie so außer Gefecht gesetzt? Vor einer Stunde, als sie die Toilette aufgesucht hatte, war es ihr noch gut gegangen.

Keuchend überwand sie die Brüstung und ließ sich auf den harten Beton des Flachdaches fallen. Der Himmel drohte über ihr einzustürzen und ihr war speiübel. Sie drehte den Kopf zur Seite, um sich zu erbrechen. Dann wurde es schwarz.

„Hey, bist du wach?“

Jemand stupste Inga mit dem Zeigefinger in die Seite und sie stöhnte leise.

„Bist du jetzt endlich wach?"

Eine fürchterliche Übelkeit hatte sich in ihren Eingeweiden festgesetzt und Inga schmeckte die bittere Galle. Blinzelnd öffnete sie die Augen und blicke in das fragende Gesicht eines schätzungsweise zehnjährigen Jungen.

„Wer bist du?", nuschelte sie.

„Matti. Und du?"

„Inga." Sie atmete schneller und hoffte, damit die Übelkeit zu vertreiben. „Wo sind wir überhaupt?"

Matti zuckte ratlos mit den Schultern. „Keine Ahnung. So ein speckiger Typ hat mich in einen Lieferwagen gezerrt, als ich von der Schule nach Hause wollte." Sein Gesicht verzog sich zu einer Grimasse.

„Seit wann bist du hier?"

„Schon ein paar Tage, ich habe nicht gezählt."

Inga stemmte ihren Oberkörper hoch und schaute sich orientierungslos um.

„Ist das ein altes Büro?"

„Ja. Hier sind noch alte Ordner mit den Daten der Angestellten. Irgendwie musste ich ja die Zeit herumkriegen."

Matti schien ein aufgeweckter Junge zu sein, mit wachem Verstand, blitzenden braunen Augen und einem frechen Wirbel im Haar.

„Ich vermute mal", fuhr er fort, „dass wir uns in einem stillgelegten Betrieb befinden."

„So viele gibt es ja nicht in Ludvika. Mir fällt spontan die alte Molkerei ein."

Ihr Blick schweifte durch den spärlich möblierten Raum. Die vergilbte Tapete wellte sich und verschmutzte Gardinen behinderten die Sicht nach draußen. An einigen Stellen hatte sich der Putz von der Decke gelöst und bedeckte den abgenutzten Parkettboden. Inga lag auf einem Sofa, dessen Stoff total zerschlissen war.

„Würdest du mir einen Ordner holen?", bat sie Matti.

„Klar."

Matti stellte sich auf Zehenspitzen und zog einen dicken Ordner aus dem Regal. Dann setzte er sich wieder neben Inga und klappte den Deckel auf.

„Hm, das sind die eingegangenen Zahlungsbelege. Ich glaube, das ist der falsche Ordner."

Buchstaben und Zahlen hopsten vor Ingas Augen auf und nieder und sie lehnte sich erschöpft zurück, während Matti einen weiteren Ordner aus dem schwer beladenen Regal entnahm.

„Bitte."

Er war ein gut erzogener, hilfsbereiter Junge. Warum ausgerechnet er an diesen Ort gebracht worden war, erschloss sich ihr nicht. Bei ihr hingegen sah die Sache schon ganz anders aus.

„Matti, würdest du mal auf dem Briefkopf nachsehen, was da steht?"

„Was ist ein Briefkopf?", fragte er.

„Ganz oben steht meistens die Firma, so haben wir das in der Schule gelernt."

Der Junge fuhr mit dem Zeigefinger über das Blatt Papier und las laut die Adresse vor.

„Wir befinden uns tatsächlich in der Molkerei", sagte sie und es fiel ihr schwer, einen klaren Gedanken zu fassen. Warum hatte man sie gemeinsam mit diesem hübschen Jungen an diesen Ort gebracht? Dass sie nicht lebend davonkommen würde, war klar. Aber Matti? Bei dem Gedanken an Sofia schnürte es ihr die Kehle zu und sie rang verzweifelt nach Luft.

„Inga? Geht es dir gut?" Mattis Stimme klang besorgt.

„Warum fragst du?"

„Weil du weinst."

Sie hatte gar nicht bemerkt, dass die Tränen über ihre Wangen strömten, und sie wischte sie mit den Handrücken fort.

„Was machen wir denn jetzt?“

„Keine Ahnung, Matti. Weißt du vielleicht, warum du hier bist?“

„Ich habe keinen blassen Schimmer. Meine Mutter wird sich ganz schöne Sorgen machen. Sie ist immer so überängstlich, wenn es um mich geht.“

„Wenn ich dich richtig verstanden habe, bist du einfach so entführt worden.“

„Ja, und ich kenne nicht den Grund.“

„Du warst aber nicht in unserer Gemeinschaft. Ich meine, ich habe dich noch nie dort gesehen“, sagte Inga.

„Von was für einer Gemeinschaft sprichst du?“

Inga zögerte. Er schien nichts davon zu wissen.

„Du kennst doch die alte Scheune, die abgebrannt ist. Bist du jemals dort gewesen?“

„Nein, wir sind nur manchmal daran vorbeigefahren“, antwortete Matti.

„Tja, dann weiß ich's auch nicht.“

„Bist du denn wegen dieser *Gemeinschaft* hier?“

„Ja, ich denke schon“, erwiderte sie.

„Was seid ihr für Leute?“, wollte Matti wissen, doch sie konnte ihm unmöglich die Hintergründe erklären.

Vieles war hinter einem dichten Nebel verschwunden. Ein Selbstschutz, damit ihre Seele nicht daran zerbrach. Mit neun Jahren hatte alles angefangen, bis dahin war sie nur stille Zuschauerin gewesen. Sie hatte Spritzen im Intimbereich erhalten, die den Schmerz lindern sollten, aber es war dennoch die Hölle gewesen. Die drei ranghöchsten Männer hatten ihr die Unschuld geraubt.

Sie hatte einen dumpfen Druck in der Körpermitte wahrgenommen, so als wolle man sie entzweien. Die harten Stöße, die darauf folgten, waren kaum zu ertragen. Sie hatte eine warme Flüssigkeit gespürt, die an den Oberschenkeln herabgelaufen war – ihr eigenes Blut.

„Inga?“ Matti berührte zaghaft ihre Schulter. „Du bist irgendwie komisch“, sagte er.

„Ja, das kommt wohl von dem Betäubungsmittel, das sie mir verabreicht haben. Ich bin noch nicht ganz bei mir und habe schrecklichen Durst.“

Matti reichte ihr eine Wasserflasche. „Bitte.“

Er war wirklich ein ausgesprochen lieber Junge, nicht so eine kaputte Seele wie sie selbst. Mit gierigen Zügen löschte sie ihren Durst und setzte die Flasche ab.

„Willst du mir vielleicht ein wenig von dir erzählen“, bat sie Matti. Die bleierne Müdigkeit wollte einfach nicht weichen und Inga gierte danach, die Augen wieder zu schließen. Sie lehnte sich zurück, um ihrer körperlichen Schwäche nachzugeben.

„Ja, warum nicht“, hob er seine Stimme. „Wir wohnen in einem schönen Haus am Stadtrand mit einem großen Garten. Im Sommer zelte ich draußen mit meinen Freunden, wir haben einen Pool und ein Baumhaus, das Papa extra für mich gezimmert hat. Mit ihm fahre ich auch immer zum Angeln. Mama bringt mich jeden Abend ins Bett und erzählt mir Gute-Nacht-Geschichten. Eigentlich bin ich ja schon zu groß dafür, aber es ist trotzdem schön.“

„Das ist doch toll. Ich wünschte, ich wäre genauso behütet aufgewachsen“, seufzte Inga.

„Ihr habt kein Haus?“, fragte Matti.

„Oh doch, aber es gleicht mehr einem modernen Hochsicherheitstrakt.“

„Wow, cool“, entfuhr es ihm.

„Na ja, so cool war es dann doch nicht“, erzählte sie mit geschlossenen Augen. „Ich hätte lieber deine Eltern gehabt, mit Gute-Nacht-Geschichte und so.“

„Waren sie nicht lieb zu dir?“

Matti ist noch so unbedarft, dachte Inga und ihre Gedanken wanderten erneut zu Sofia. Ob Lillemors Mutter sie schon gerettet hatte?

„Nein. Sie hatten viel um die Ohren, waren nie da, so was eben."

Inga konnte ihm unmöglich die Wahrheit erzählen. Nicht nur sie, sondern auch ihre Schwestern waren vor laufender Kamera missbraucht worden und der goldene Ring am kleinen Finger hatte als Erkennungszeichen gedient. Verhütet wurde nicht, im Gegenteil, man legte es sogar darauf an.

Sie stöhnte leise auf.

„War es so schlimm?", fragte Matti mitfühlend.

Inga öffnete die Augen und strich ihm übers Haar. Sie hatte den Jungen sofort ins Herz geschlossen. Seine ehrliche und neugierige Art, alles zu hinterfragen, imponierte ihr. Aus ihm würde ein guter Mensch werden, mit Sicherheit. Doch die Chancen dafür standen mehr als schlecht.

„Weißt du vielleicht etwas, was ich nicht weiß?" Seine großen rehbraunen Kulleraugen musterten sie ernst.

„Matti, ich glaube nicht, dass wir hier lebend herauskommen."

„Was sagst du da?" Seine Augen waren schreckgeweitet. „Ich dachte, die schicken eine Lösegeldforderung an meine Eltern."

„Das werden sie nicht."

„Dann brauchen wir einen Plan, um abzuhauen", schlug er vor.

„Glaubst du wirklich, dass uns das gelingen könnte?" Sie neigte skeptisch ihren Kopf.

„Ich habe schon versucht, aus dem Fenster zu steigen, aber wir sind im zweiten Stock. Und Bettlaken gibt es keine."

Obwohl es Inga schwerfiel, sich zu konzentrieren, kreisten ihre Gedanken um Matti. Wenn es ihr gelingen würde, Matti zur Flucht zu verhelfen, dann hätte ihr beschissenes Leben wenigstens einen Sinn gehabt. Sie wünschte sich sehnlichst für Matti, dass seine Mutter ihm noch unzählige Gute-Nacht-Geschichten vorlesen würde.

„Werden wir bewacht?“, erkundigte sie sich.

„Keine Ahnung.“ Er zuckte mit den Schultern. „Mittags kommt jemand und stellt Essen hin, meisten Burger und so. Ob der Mann den ganzen Tag draußen vor der Tür sitzt, kann ich nicht sagen.“

„Hörst du Geräusche?“ Ihr fiel es immer schwerer, sich auf das Gespräch zu konzentrieren, sie nickte immer wieder für einige Sekunden ein.

„Nein, tagsüber und in der Nacht ist es meistens still. Nur manchmal höre ich Schritte, das ist richtig unheimlich. Na ja, ich mache mir dann fast in die Hosen, so allein.“

„Jetzt bin ich ja bei dir, wir werden eine Lösung finden“, sagte sie tröstend. „Ich muss mich noch ein wenig ausruhen, damit ich mich bald besser fühle.“

„Okay.“ Matti reichte ihr eine verschlissene Decke. „Hier, damit du nicht frierst.“

Dieser kleine Junge berührte ihr Herz zutiefst. In der Schule war sie eine Außenseiterin und oft Opfer von Spott und Häme gewesen. Aber Matti kümmerte sich so rührend um sie, dass es ihr beinahe die Tränen in die Augen trieb. Er hatte ein großes Herz und wirkte bei weitem reifer als so mancher Mitschüler in ihrem Alter.

„Danke Matti. Sobald ich wieder einigermaßen klar denken kann, feilen wir an einem Plan.“

„Ich will einfach nur wieder nach Hause zurück“, flüsterte er und in seinen Augen schimmerten Tränen.

Sie strich ihm abermals durchs Haar und rollte sich dann auf dem zerschlissenen Sofa zusammen. Solange sie den Narkoserausch nicht ausgeschlafen hatte, war sie zu nichts zu gebrauchen.

Als Inga erwachte, war es finstere Nacht. Matti hatte sich an sie gekuschelt und seine gleichmäßigen Atemzüge verrieten, dass er schlief. Seine Kleidung roch ein wenig streng, aber er hielt sich auch schon seit Tagen an diesem unwirtlichen Ort auf. Sie fror in dem dünnen Nachthemd und ihre nackten Füße waren eiskalt. Gähnend wickelte sie die Decke fester um ihre schmalen Schultern. Der Schlaf hatte ihr gutgetan, zumindest für den Moment.

Irgendwo im Gebäude polterte es und sie zuckte zusammen. Nur wenig später vernahm sie scharrende Schritte, die sich der Tür näherten. Sie drückte sich mit dem Rücken ängstlich in das Polster und legte schützend ihre Hand auf Mattis Schulter. Kurz darauf knarrte eine Tür, dann schien der Spuk ein Ende zu haben. Wahrscheinlich war immer jemand im Haus, um ein wachsames Auge auf Matti und sie zu werfen.

Vorsichtig beugte sie sich nach vorn und griff zur Wasserflasche, um den pelzigen Geschmack von der Zunge herunterzuspülen. Matti räkelte sich und rieb sich schlaftrunken über die Augen.

„Was ist denn los?“, murmelt er.

„Ich habe Schritte gehört und kann verstehen, dass du Angst gehabt hast“, wisperte sie. „Ist mir gerade auch so ergangen.“

„Tagsüber hört man fast keinen Mucks, nur nachts scheinen sich die Typen hier aufzuhalten.“

„Dumme Frage, hast du hier vielleicht irgendwelche Kleidungsstücke herumliegen sehen?“, fragte Inga.

„Ja, eine alte Strickjacke. Hat bestimmt eine Oma getragen.“

„Wo liegt sie?“

„Du willst jetzt aufstehen?“

„Ja, mir ist kalt in diesem blöden Nachthemd.“

„Die Jacke hängt nebenan im Bad hinter der Tür“, antwortete er.

„Danke, ich muss sowieso mal aufs Klo.“

Sie schälte sich aus der Decke und legte sie Matti über die

Schultern. Der bröcklige Putz, der von der Decke gefallen war, bohrte sich bei jedem Schritt schmerzhaft in ihre nackten Fußsohlen. Die Tür zum Badezimmer schabte über den gewellten Parkettboden.

„Vorsicht, da sind überall …"

„Autsch!"

„… Scherben."

Inga zog den Glassplitter aus dem großen Zeh und tastete sich behutsam voran. Die Strickjacke roch nach Moder und Schimmel, als sie sich diese überstreifte. Aber besser als nichts. Nachdem sich Inga erleichtert und notdürftig gewaschen hatte, kehrte sie ins Büro zurück. Matti war mittlerweile hellwach.

„Ich bin froh, dass du da bist", sagte er. „Es war ganz furchtbar, so allein."

Inga setzte sich neben ihn und nahm ihn genauso fest in den Arm, wie sie es früher bei Luisa und Krista immer getan hatte.

„Sobald es hell wird, werden wir uns noch einmal genauer umschauen", versprach sie. „Aber jetzt sollten wir uns wieder hinlegen und unsere Kräfte schonen."

Matti stöhnte leise im Schlaf, als Inga blinzelnd die Augen aufschlug. Er warf den Kopf unruhig hin und her und rief nach seiner Mama.

„Schhhh, alles ist gut", flüsterte sie und strich ihm sacht durchs Haar. Matti schnaufte leise und murmelte etwas Unverständliches. Behutsam stand sie auf und schlich ins Badezimmer. Sie löschte ihren Durst mit Wasser aus dem Hahn und wusch sich das Gesicht. Ihre Brüste waren wieder heiß und schwer und wenn sie Pech hatte, würde das Fieber zurückkehren und sie schwächen.

Gedankenverloren betrachtete sie ihr Spiegelbild. Struppiges Haar, dunkle Augenringe und ein bitterer Zug um ihren Mund. Sie musste um Jahre gealtert sein, so verhärmt wie sie aussah. Es war nicht das erste Mal, dass sie sich ausgestoßen fühlte, nicht lebens- und nicht liebenswert. Nicht mehr wert als ein Stück Dreck, das man nach Belieben gebrauchen und benutzen konnte. Bittere Tränen brannten in ihren Augen, weil dieses Leben keinen Sinn machte.

„Inga?“, rief Matti leise.

„Ich bin hier, im Badezimmer.“

„Gut. Ich hatte schon Angst, dass du weg bist.“

Sein zerzauster Schopf erschien in der Tür.

„Guten Morgen, Matti. Neuer Tag, neues Glück.“ Sie versuchte ein Lächeln zustande zu bringen, was ihr nicht so recht gelingen wollte.

„Ich habe Hunger“, stöhnte er leise und rieb sich über seinen Bauch, der glucksende Geräusche von sich gab. „Keine Ahnung, wie ich das bis zum Mittag durchhalten soll.“

„Es hilft, wenn du viel Wasser trinkst“, riet sie ihm. „Dann hat der Magen etwas zu tun und es bildet sich nicht so viel Luft.“

„Okay, ich kann's ja mal versuchen“, erwiderte Matti wenig enthusiastisch.

Inga erinnerte sich schmerzvoll daran, wie sie hatte hungern müssen, damit man ihr nicht die Schwangerschaft ansah. Diese Heimlichtuerei, der strenge Blick ihrer Mutter, wenn sie den Teller wieder üppig gefüllt hatte.

Mit einer imaginären Handbewegung verscheuchte sie die hässlichen Gedanken aus ihrem Kopf und schaute sich im Zimmer suchend um. Welche Optionen blieben ihnen für eine Flucht? Auch der Blick aus dem Fenster half ihr nicht weiter. Kein Sims, wie im Krankenhaus, keine Bettlaken zum Abseilen, ja nicht einmal ein Vordach, das einen Sprung möglich gemacht hätte.

Die Tür samt Rahmen war von stabiler Qualität und hätte

den Tritten sehr lange standgehalten, vom entstandenen Lärm einmal ganz abgesehen.

„Das Wasser schmeckt ekelhaft aus den alten Leitungen“, sagte Matti, als er in das Büro zurückkehrte und sich mit dem Ärmel angewidert über den Mund wischte. „Ich will einfach nur nach Hause …“, jammerte er.

„Das kann ich gut verstehen“, sagte sie tröstend, obwohl sie sich selbst nach einer liebevollen Umarmung sehnte.

Plötzlich näherten sich polternde Schritte der Tür, die nur Sekunden später aufgerissen wurde. Ein breitschultriger Mann, den Inga nicht kannte, schob sich in den Raum. Er machte einen Schritt auf Matti zu und packte ihn am Arm.

„Mitkommen!“, befahl er barsch.

Matti sah ihn mit schreckgeweiteten Augen an, unfähig, sich zu rühren.

„Na, wird’s bald?“ Er zerrte Matti in seine Richtung.

Inga erwachte aus ihrer Starre und schrie: „Matti, Matti, nein, nein, nein …“

Sie ergriff den anderen Arm des Jungen, um ihn zurückzuhalten. Mit den nackten Füßen stemmte sie sich auf den Boden, um an Kraft zu gewinnen. Der Schutt bohrte sich schmerzhaft in ihre nackten Sohlen, doch Inga achtete nicht darauf. Mattis herzzerreißende Schreie hallten in ihren Ohren wider.

„Inga, bitte hilf mir! Ich will nicht mit“, schluchzte er.

„Lass ihn sofort los“, fauchte Inga. „Nimm mich stattdessen.“

Doch der bullige Typ versetzte Inga mit seiner freien Hand einen derben Stoß, sodass sie ins Straucheln geriet. Nachdem sie sich gefangen hatte, umfasste sie wieder Mattis Arm.

„Inga, bitte, er tut mir weh!“, schrie der Junge erneut.

Inga umklammerte Mattis Arm, denn sie wusste nicht, was sie sonst hätte tun können.

„Loslassen!“, brüllte sie erneut.

Der Stoff von Mattis Shirt hielt dem Gerangel nicht lange stand und riss. Inga stolperte rückwärts und ging zu Boden.

„Inga, Inga …"

Der Kerl hatte bereits die Tür erreicht, obwohl Matti wild um sich schlug und in die Hand des Mannes biss.

„Au, du verdammte Kröte." Er schlug Matti hart ins Gesicht, der daraufhin schlagartig verstummte.

„Du abartiges Monster", kreischte Inga und stürzte sich auf ihn. Der Fausthieb am Kinn traf sie überraschend und sie schnappte nach Luft, während der rasende Schmerz ihr die Tränen in die Augen trieb. Nur Sekunden später schlug die Tür zu und der Schlüssel wurde im Schloss herumgedreht.

Inga hörte noch eine Weile Mattis Hilferufe, die dann abrupt verstummten. Das Herz schlug ihr bis zum Hals. Es hatte genug Opfer gegeben, sie musste diese Sache stoppen. Mit schmerzverzerrtem Gesicht ging sie zum Fenster und schaute auf den Hof. Matti wurde gerade auf die Rückbank eines Wagens gestoßen, obwohl er sich weiterhin verzweifelt wehrte. Inga prägte sich geistesgegenwärtig das Kennzeichen ein und sagte es ständig auf, um es nicht zu vergessen.

Dann humpelte sie zur Tür und rüttelte an der Klinke. Verschlossen, was auch sonst. Erst jetzt bemerkte sie die blutigen Fußspuren, die sie auf dem Boden hinterlassen hatte. Plötzlich blieb ihr Blick an dem schwarz glänzenden Smartphone hängen, das zwischen bröckeligem Mörtel und vergilbtem Papier hervorlugte. Der Mann musste es bei dem Gerangel um Matti verloren haben.

Mit dem Zeigefinger strich Inga über das Display, um das Smartphone zum Leben zu erwecken. Ihre Eltern hatten strikte Regeln erlassen und ein Handy durften Inga und ihre Schwestern nicht besitzen. Zu groß wäre die Gefahr gewesen, die Töchter nicht kontrollieren zu können.

Inga biss sich bei diesem Gedanken so fest auf die Unterlippe, dass sie nur Sekunden später das eigene Blut schmeckte. Das Smartphone war durch einen PIN-Code geschützt und sie wusste nicht, wie sie diese Sperrung umgehen könnte.

In ihrer Verzweiflung humpelte sie zum Fenster zurück und schaute hinunter auf den leeren Hof. Wenn ihr nicht bald eine Lösung einfiel, wäre Matti verloren.

# 26

Linda stand fassungslos im Krankenzimmer und starrte wütend auf das weit geöffnete Fenster.

„Wie konnten Sie nur so nachlässig sein?“, fauchte sie den jungen Beamten an, der vor Ingas Zimmertür hatte Wache halten sollen.

„Ich war nur kurz einen Kaffee am Automaten ziehen“, rechtfertigte er sich.

„Warum haben Sie nicht dem Personal Bescheid gegeben?“, schoss sie aufgebracht zurück.

„Selbst wenn ich vor der Tür gehockt hätte, wäre sie aus dem Fenster geklettert.“

„Jetzt werden Sie nicht auch noch dreist.“

Lindas Stimme überschlug sich beinahe. Der DNA-Test

war positiv ausgefallen, Inga und Sofia sollten am Nachmittag zusammengeführt und an einen sicheren Ort gebracht werden. Doch jetzt war die junge Frau verschwunden, wohin auch immer. Linda wollte einfach nicht in den Kopf, warum Inga aus dem Krankenzimmer getürmt war und das hohe Risiko einer Flucht auf sich genommen hatte. Was könnte der Grund für dieses ungewöhnliche und unberechenbare Verhalten gewesen sein?

Eine schlanke Krankenschwester mit müdem Gang war gerade dabei, den Tropfständer aus dem Zimmer zu schieben.

„Einen Moment, bitte …“, rief Linda hastig und machte einen Schritt auf sie zu. Sie nahm das Ende des Schlauches in die Hand, an dem Kanüle samt Pflaster baumelten. Es sah so aus, als hätte sich Inga in einem Moment der Hast die Nadel ohne Rücksicht auf Verluste aus dem Arm gerissen. „Der Inhalt des Tropfes muss sofort untersucht werden“, ordnete sie mit strenger Stimme an.

„Du bist ziemlich auf hundertachtzig“, stellte Jörgen nüchtern fest.

„Verdammt, wir haben Sofia gefunden und jetzt ist ihre Mutter spurlos verschwunden. Helene schweigt beharrlich zu den Vorwürfen, und ich habe das Gefühl, dass alles den Bach runtergeht.“ So elend hatte sich Linda selten gefühlt. „Ich möchte Sofia nur ungern einer Pflegefamilie anvertrauen, Mutter und Kind gehören zusammen.“

„Lass dich nicht nur von deinen Emotionen leiten, du musst deinen kühlen Kopf bewahren“, sagte Jörgen mit einem tröstenden Unterton. „Ich werde jetzt die Männer auf den Stationen verteilen, damit sie das Personal befragen. Weit kann Inga in ihrem Zustand ja nicht gekommen sein.“

„Aber wo sollen wir mit der Suche beginnen? Und wer könnte die Chance genutzt haben, als Kristian zum Kaffeeautomaten getigert ist?“

„Jetzt warte doch erst einmal die Befragungen ab, Linda.“

„Als ob wir eine andere Wahl hätten …", erwiderte sie zerknirscht.

Linda und Jörgen saßen im Kontrollraum des Krankenhauses und sichteten die Videoaufzeichnungen der letzten Nacht.

„Da!"

Jörgen deutete mit dem Zeigefinger auf einen dunkel gekleideten Mann, der eine im Rollstuhl sitzende Person in Eile nach draußen schob – Inga.

Der Täter hatte die Kapuze tief in die Stirn gezogen und den Blick auf den Boden geheftet, sodass Linda sein Gesicht nicht erkennen konnte. Ingas Kopf hing leblos zur Seite, was nahelegte, dass sie betäubt worden war.

Der Angestellte des Krankenhauses wechselte den Blickwinkel und die Kamera erfasste das Geschehen vor der Tür. Aber nur für einen kurzen Moment. Dann war der Mann um die Ecke gebogen und mit Inga auf Nimmerwiedersehen verschwunden.

„Mist. Ich hatte so gehofft, dass er den Rollstuhl zu einem der Fahrzeuge schiebt", kommentierte Linda die Videoaufzeichnung.

„Er war verdammt gut vorbereitet und ist den Kameras geschickt ausgewichen", merkte Jörgen an. „Wurde der Rollstuhl schon gefunden?"

Linda nickte. „Er hat ihn einfach in den Büschen entsorgt. Ich glaube nicht, dass die Kollegen Spuren daran finden werden."

„Ohne Inga Olsson werden wir nie erfahren, was tatsächlich vorgefallen ist. Sie muss genau wie der Rest ihrer Familie eine wichtige Zeugin sein, die, koste es, was es wolle, aus dem Weg geräumt werden soll."

„Das werde ich keinesfalls zulassen."

„Mir kommt da so ein Gedanke", sinnierte Jörgen. „Was,

wenn die Schwangerschaften, die durch den Missbrauch entstanden sind, bewusst herbeigeführt wurden?“

„Du meinst, sie haben es auf die Zeugung weiterer Kinder regelrecht angelegt?“

„Ja, um sie dann vielleicht landesweit zu verkaufen.“

„Und was ist mit den Kindern, die in diesem Loch gelandet sind?“

„Tja, gute Frage“, antwortete Jörgen.

„Dann sollten wir uns diesen Häggkvist einmal vorknöpfen. Er scheint ja ein ganz besonderer Mensch zu sein, wenn ihn so viele Personen testamentarisch bedenken.“

Ingmar Häggkvist kam ihnen mit seinem Rechtsbeistand auf dem Flur entgegen. Seine Miene war ernst und undurchdringlich und eine gewisse Härte ging von ihm aus. Alex war ebenfalls anwesend. Er würde das Gespräch hinter der Spiegelscheibe mitverfolgen, um die Gesten von Häggkvist zu studieren.

Linda bezweifelte, dass sie ihm irgendetwas entlocken könnten. Keine Vorstrafen, keine Auffälligkeit. Häggkvist entwickelte Software und schien ganz gut davon leben zu können. Ob ihn sein Beruf oder die Erbschaften reich gemacht hatten, würden sie noch ermitteln müssen. Doch ihr Boss hatte schon jetzt seine Hand schützend über Häggkvist gehalten und nur unter stummem Protest der Vorladung zugestimmt.

Nacheinander betraten sie den Verhörraum und Linda spürte die Anspannung, die sich unter den Kollegen breitgemacht hatte. Nach der obligatorischen Begrüßung und Einleitung stellte Linda die ersten Fragen.

„Herr Häggkvist, wir würden gern von Ihnen wissen, in welcher Beziehung Sie zur Familie Olsson standen.“

„Wir waren sehr gut befreundet“, erwiderte er knapp.

„Ist die Freundschaft so innig gewesen, dass Ihnen die Olssons bedenkenlos ihr gesamtes Vermögen überschrieben haben?“

„Warum nicht.“ Er zuckte mit den Schultern.

„Seit wann bestand dieser enge Kontakt zu den Olssons?“, hakte Linda nach.

„Schon unsere Eltern waren miteinander bekannt. Wir sind zusammen aufgewachsen und haben im Sandkasten gespielt, wie man so schön sagt.“

„Mit Mette und Birger Olsson?“

„Warum nicht? Ich kann nichts Frevelhaftes daran erkennen.“

„Das mag schon sein, aber werden die Kinder im Falle eines Ablebens der Eltern nicht zuerst bedacht, damit sie abgesichert sind?“, fragte Linda.

„Genau aus diesem Grund verwalte ich jetzt den Nachlass der Olssons. Ich weiß zum Beispiel von staatlichen Stellen, die den Erbteil der Kinder einfach einbehalten haben.“

„Hätten Sie ein Beispiel parat?“, fragte Jörgen.

Ingmar Häggkvist verschränkte demonstrativ die Arme. „Ich glaube nicht, dass ich in der Beweispflicht bin.“

„Die Olssons sind jedoch nicht die einzige Familie, die Ihnen ihr Vermögen überschrieben hat. Wir fragen uns natürlich, welche Druckmittel Sie eingesetzt haben könnten?“ Linda musterte ihn mit festem Blick.

„Da sind Sie aber gewaltig auf dem Holzweg. Wir sind seit Jahren miteinander befreundet, das geschieht ausschließlich auf freiwilliger Basis.“

„Ich habe da so meine Zweifel“, brummte Jörgen.

„Mein Rechtsanwalt ist gleichzeitig auch mein Notar und er kann Ihnen versichern, dass alles mit rechten Dingen zugegangen ist.“

Der wortkarge glatzköpfige Herr im maßgeschneiderten Anzug deutete ein Nicken an.

Linda wechselte das Thema. „Sie sind kinderlos geblieben. Hatte das Gründe?“

„Ich möchte von meinen Recht Gebrauch machen und die Aussage verweigern“, blieb Häggkvist hart.

„Sie waren nie verheiratet?“

„Diese Frage ist nicht für Ihre Ermittlungen relevant“, meldete sich sein Anwalt zu Wort.

„Wie sah der Kontakt zu den Töchtern der Olssons aus?“, wollte Linda wissen.

„Würden Sie das bitte genauer erläutern.“

Der Blick von Ingmar Häggkvist wurde eine Spur frostiger.

„Nun, die älteste Tochter der Olssons hat vor Kurzem ein Kind entbunden und wir suchen nach dem möglichen Vater, da sie minderjährig ist.“

„Und ich soll jetzt dafür verantwortlich gemacht werden? Die Teenager toben sich aus, da passiert das schon einmal.“

„Von Austoben kann bei Inga Olsson allerdings nicht die Rede sein. Sie und ihre Schwestern sind von der Außenwelt regelrecht abgeschottet aufgewachsen, wir gehen hier von gezieltem Missbrauch aus.“

„Und wie kann ich Ihnen da weiterhelfen?“

Die Arroganz von Häggkvist war für Linda kaum zu ertragen. Sie hatte geahnt, dass dieses Gespräch so verlaufen würde, war aber dennoch enttäuscht.

„Wir würden gern Ihre DNA mit der des Kindes abgleichen?“

„Wie bitte?“

Häggkvist beugte sich nach vorn und funkelte Linda zornig an. Doch sie ließ sich nicht von seinem Drohgebaren einschüchtern.

„Dürfen die das?“, raunte er seinem Anwalt schließlich zu. Damit hatte er anscheinend nicht gerechnet.

„Ja. Ein DNA-Abgleich kann beantragt werden“, antwortete sein Rechtsbeistand.

„Müssen wir dem wirklich zustimmen?“

Sein Anwalt nickte stumm.

„Keine Sorge, der Test ist bereits genehmigt worden“, sagte Linda und schob das Blatt Papier über den Tisch. „Nach der Anhörung wird Ihnen ein Abstrich genommen.“

„Ich habe nichts mit Inga Olsson zu schaffen“, knurrte Häggkvist.

„Es geht bei unseren Ermittlungen nicht nur um die Olssons. Wir werden die DNA-Testreihe ausweiten.“

Ingmar Häggkvists Miene entgleiste für eine Millisekunde, dann hatte er sich wieder im Griff. Sie waren auf dem richtigen Weg, ganz ohne Zweifel.

„War es das jetzt?“ Seine Augen funkelten zornig.

„Ja, Sie dürfen gehen.“

Häggkvist und sein Anwalt verließen wortlos den Raum.

„Wir kriegen dich“, murmelte Linda, als sich die Tür hinter den Männern schloss.

---

Linda und Alex saßen sich nur wenige Minuten später im Aufenthaltsraum bei einer Tasse Kaffee gegenüber.

„Und, wie ist deine Einschätzung, Alex?“, fragte Linda.

„Ihr müsst an Häggkvist dranbleiben. Er hatte sich zwar gut unter Kontrolle, aber sein Gehabe wirkte aufgesetzt. Ich bin gespannt, was die Speichelprobe ergeben wird.“

„Glaube mir, ich kann es kaum erwarten“, erwiderte Linda. „Zunächst werden die Männer, mit denen Häggkvist am häufigsten verkehrt, eine Speichelprobe abgeben müssen, dann sehen wir weiter. Am liebsten hätte ich die Ergebnisse sofort in der Hand, um agieren zu können.“

„Durchsucht ihr auch das Darknet nach Foto- und Videomaterial?“

„Zwei Kollegen sitzen dran, sind aber noch nicht erfolgreich mit ihrer Suche. Der geheime Raum bei den Olssons hat mir die Sprache verschlagen. Wie kann man seine eigenen Kinder nur auf diese Weise vermarkten? Und wie lange lief das schon?"

„Ingas Flucht aus dem Elternhaus hat den Stein ins Rollen gebracht, und ihr müsst sie finden, bevor es zu spät ist. Sie ist die wichtigste Zeugin überhaupt."

„Als ob ich das nicht wüsste", erwiderte Linda gereizt. „Du gehst also auch davon aus, dass Häggkvist und seine Gefolgschaft unter einer Decke stecken, die Morde und das Verschachern der Säuglinge miteinander zusammenhängen?"

„Ich denke schon. Ludvika ist viel zu klein, als dass zwei unabhängig voneinander arbeitende Gruppierungen hier agieren könnten." Alex leerte seine Tasse. „Außerdem habe ich bemerkt, wie Häggkvist auf dem Flur einen Blick mit einem eurer Beamten gewechselt hat. Er wird nicht nur bei euch seine Informanten haben. Ihr solltet euch auf jeden Fall bedeckt halten."

„Das ergibt natürlich einen Sinn, wenn ich an die verschwundenen Akten denke", sagte Linda.

„Hej." Jörgen betrat den Raum und legte einen schmalen Ordner auf den Tisch. „Das sind die Untersuchungsergebnisse vom Labor. Inga Olssons wurde über den Tropf ein Betäubungsmittel injiziert. Die Menge war wohl zu gering, weil sie sich die Nadel aus dem Arm gerissen hat."

„Ich hasse es, auf der Stelle zu treten. Die kleine Sofia braucht ihre Mutter, auch wenn sie momentan in einer Pflegefamilie untergebracht wurde", seufzte Linda.

„Habt ihr einen Mann abgestellt, um das Haus der Pflegefamilie im Auge zu behalten?", fragte Alex.

„Selbstverständlich, einer unserer zuverlässigsten Beamten. So ein Fauxpas wie bei Inga Olsson darf nie wieder passieren."

Die Tür zum Aufenthaltsraum wurde aufgerissen.

„Wir haben einen Notruf aus der alten Molkerei empfangen, der Streifenwagen ist bereits unterwegs“, verkündete Jasper atemlos.

Linda sprang auf. „Denkt ihr auch, was ich denke? Los jetzt bewegt euch!“

# 27

Zitternd hielt Inga das Smartphone in den Händen – ihr gutes Gedächtnis und ihre Auffassungsgabe waren ein Segen. Im letzten Moment hatte sie sich daran erinnert, dass der Notruf auch ohne Entsperrung funktionierte.

Genau in dem Moment, als sie der Notrufzentrale die Adresse genannt hatte, stürmte der breitschultrige Kerl erneut in den Raum.

„Du verdammtes Miststück“, brüllte der und riss ihr das Smartphone aus der Hand. Hektisch unterbrach er die Verbindung und schaltete es sofort aus. „Dafür sollst du in der Hölle schmoren“, zischte er.

Inga empfand so etwas wie Genugtuung, dass es ihr doch noch gelungen war, den Notruf abzusetzen. Hoffentlich war die Polizei schnell genug, denn der Typ prügelte sie mit harten Schlägen in Richtung Tür.

„Ich werde dir schon noch Beine machen“, brüllte er und sie zuckte nicht nur unter seinen Worten zusammen.

Ein schmales Rinnsal frischen Blutes tropfte aus ihrer Nase direkt auf den Boden, als er sie in den Flur stieß. Inga strauchelte und ging zu Boden. Ein Tritt in die Nierengegend ließ sie qualvoll aufstöhnen.

„Selbst schuld. Warum musstest du auch so ein Theater veranstalten? Mit etwas Glück wirst du irgendwann im Wald verscharrt wieder auftauchen, wenn ein räudiger Hund nach deinen Knochen gräbt.“ Er stieß einen verächtlichen Laut aus.

Inga zog die Beine bis zum Bauch, um sie dann kraftvoll nach vorn schnellen zu lassen. Sie traf den bulligen Kerl zwar am rechten Unterschenkel, doch er verzog keine Miene.

„Noch ein Versuch, und die Bullen können dich gleich hier vom Boden kratzen.“

Er griff in ihr kurzes Haar und zerrte sie wieder auf die Beine. Einige schwarz gefärbte Büschel schwebten zu Boden, doch Inga achtete nicht darauf. Sie wollte lebend dieser Hölle entkommen, um Matti und Sofia zu finden.

Der Typ stieß Inga wie eine Schwerverbrecherin den langen Flur entlang. An der Treppe umfasste er ihren Oberarm, damit sie nicht auf dumme Gedanken kommen könnte. Dabei war sie bereits viel zu schwach, um sich gegen ihn zur Wehr zu setzen. Verdammt, wie lange brauchte die Polizei, um endlich vor Ort zu sein?

Als Inga nach draußen trat, strahlte die Sonne von einem kobaltblauen Himmel und sie kniff geblendet die Augen zusammen. Im Hof stand ein verbeulter Kastenwagen mit geöffneten Türen. Sie wurde auf die Ladefläche gehievt und hinter ihr knallten die Türen ins Schloss. Sie hatte den Tod vor Augen, er war zur drohenden Gefahr geworden.

Der Motor heulte auf und der Kastenwagen setzte sich

mit einem harten Ruck in Bewegung. Inga wurde nach vorn geschleudert und prallte mit der Stirn aufs blanke Metall. Wimmernd rieb sie sich die Stirn und versuchte, auf dem glatten Boden Halt zu finden. Doch schon in der nächsten Kurve rollte sie zur Seite und knallte mit der Schulter gegen den Radkasten. Sie robbte in Richtung Fahrerkabine und presste sich mit dem Rücken gegen die Wand.

Plötzlich kreischten Bremsen und ein harter Aufprall folgte. Ihr Hinterkopf traf auf die Trennwand zur Fahrerkabine, dann wurde sie nach vorn geschleudert und landete auf Bauch und Kinn. Der Schmerz trieb ihr die Tränen in die Augen und sie schmeckte Blut.

Der Typ manövrierte den Kastenwagen umständlich vor und zurück und kurz darauf knirschte Metall auf Metall wie Kreide auf einer Tafel. Inga war den Fliehkräften hilflos ausgeliefert, fand keinen Halt und wurde wie ein Pingpong-Ball im Innenraum hin- und hergeworfen.

Nur Sekunden später beschleunigte das Fahrzeug wieder und Inga rutschte hilflos in den hinteren Teil der Ladefläche. Sie hörte das Sirenengeheul der Einsatzfahrzeuge und verfluchte den Umstand, dass sie nicht eher eingetroffen waren, um Schlimmeres zu verhindern. Es konnte doch nicht so schwierig sein, dieses klapprige Gefährt einzuholen und sie zu befreien? Mattis Leben stand schließlich auf dem Spiel.

Die Fahrt schien unterdessen endlos zu dauern. Immer wieder hörte sie, wie andere Fahrzeuge scharf abbremsten und sich der Kastenwagen in Schlangenlinien fortbewegte. Erneut wurde sie ruckartig zur Seite geschleudert und als ihr Kopf gegen den Radkasten prallte, umhüllte sie eine undurchdringbare Schwärze.

Ingas Lider flatterten, als sie das Bewusstsein wiedererlangte.

Die Welt schien für einen Augenblick stillzustehen ... bis sie Matti entdeckte. Matti lag gefesselt auf dem Boden, während sich Häggkvist über den Jungen beugte. Ihre Blicke trafen sich und Inga erkannte, dass Matti aufgegeben hatte. Der Lebenswille war in seinen Augen erloschen.

Hier würde nun alles enden, was vor vielen Jahren seinen Lauf genommen hatte. Inga bedauerte, Matti nicht mehr helfen zu können, und ein verzweifelter Schrei löste sich von ihren Lippen.

# 28

Verdammt noch einmal, wir haben ihn verloren", rief Linda aufgewühlt. „Es kann doch wohl nicht so schwer sein, einen unförmigen Kastenwagen im Visier zu behalten."

„Ich krieg das wieder hin, er kann sich schließlich nicht in Luft aufgelöst haben", brummte Jörgen.

„Dann mach, gib Gas", drängte Linda, die nervös mit den Fingerspitzen aufs Armaturenbrett trommelte.

„Kannst du bitte damit aufhören, ich muss mich auf den Verkehr konzentrieren."

Jörgen machte einen gewagten Schlenker und überholte den Lkw, der ihnen die Sicht genommen hatte.

„Ich glaube, dort vorn fährt er." Linda deutete mit dem ausgestreckten Arm in die Richtung.

„Himmelherrgott, ich trete doch schon aufs Gas."

Jörgen war mindestens genauso angespannt wie sie. Obwohl sie sofort einen Streifenwagen zur alten Molkerei geschickt hatten, war der Mann, der Inga entführt hatte, entkommen. Er hatte sich durch die schmale Zufahrt gezwängt und den Streifenwagen wie ein Spielzeugauto zur Seite geschoben. Seitdem befand er sich auf der Flucht. Der Kerl war ihnen dummerweise nur entkommen, weil er überraschend in eine Einbahnstraße abgebogen war. Sämtliche Einsatzfahrzeuge hatten seine Spur verloren. Manchmal kam es eben dicker, als man es gebrauchen konnte.

„Jetzt sehe ich ihn auch", sagte Jörgen und scherte erneut aus, um zu überholen. Der Fahrer des Wagens hinter ihnen drückte mehrmals empört auf die Hupe. „Dummer Fatzke", schimpfte Jörgen. „Der muss das Blaulicht doch hören und sehen."

Er rückte dem Kastenwagen auf die Pelle und als Linda das Nummernschild erkennen konnte, schlug sie mit der Faust wütend gegen die Seitentür.

„Er ist es nicht, falsches Kennzeichen."

„Fuck!" Jörgen stieß geräuschvoll die Luft aus. „Soll ich wenden?"

„Keine Ahnung", erwiderte Linda ratlos.

Sie gab ihre Position durch und berichtete, dass auch sie den Sichtkontakt zum Fluchtfahrzeug verloren hatten. Jörgen wendete den Wagen und fuhr zu der Stelle zurück, an der das Fahrzeug in die Einbahnstraße abgebogen war. Die Straße führte an ihrem Ende nach rechts und Jörgen folgte dem Verlauf.

„In dieser Richtung geht es stadtauswärts", brummte er.

„Vertrau auf dein Gefühl, wir können sowieso nicht mehr viel an der Situation ändern."

Jörgen näherte sich dem Ortsausgang. Ein weiterer Streifenwagen kreuzte ihren Weg, dessen Suche ebenfalls erfolglos geblieben war.

Linda rieb ihre verschwitzten Hände an der Jeans ab und griff zum Smartphone, um die Nummer von Alex zu wählen.

„Habt ihr ihn fassen können?“, fragte er wie aus der Pistole geschossen.

„Nein, er ist uns entkommen. Wir sind völlig ratlos, wo er mit Inga hingefahren sein könnte. Hast du vielleicht eine Vermutung?“

„Wo genau seid ihr?“

„Wir fahren in Richtung Wald und werden Ludvika gleich hinter uns lassen.“

„Dort, wo die Kinderskelette gefunden wurden?“

„Genau, aber so dumm wird er ja wohl nicht sein“, antwortete sie.

„Ich möchte doch nur wissen, ob die Richtung stimmt?“

„Ja, schon, aber wir sind uns nicht sicher, ob er tatsächlich diese Strecke entlanggefahren ist.“

„Linda, du hörst mir jetzt ganz genau zu: Du wirst Verstärkung anfordern und zu der Stelle fahren, an der ihr das letzte Mal eure Fahrzeuge abgestellt habt. Dort wartest du auf mich“, forderte er.

„In Ordnung. Aber warum willst du mich nicht einweihen?“

„Das werde ich vor Ort. Kennt ihr jemanden, der sich in diesem Gebiet gut auskennt?“

„Warum, Alex, warum?“

„Weil ich eine vage Vermutung habe, wo er Inga hinbringen könnte. Ich steige jetzt in meinen Wagen und fahre auf dem schnellsten Weg zu dir.“

Noch bevor Linda etwas erwidern konnte, hatte er aufgelegt.

„Was ist?“, fragte Jörgen.

„Wir sollen zum Wald, die Stelle suchen, an der wir letztes Mal geparkt haben und dort auf ihn warten. Ist dir vielleicht jemand bekannt, der sich in dieser Gegend auskennt?"

„Das fällt mir spontan Calle ein. Der ist aktiver Pilz- und Beerensammler und weiß über alles Bescheid. Behauptet er zumindest."

„Wie kann ich ihn erreichen?" Lindas Ungeduld wuchs von Minute zu Minute.

„Ich kenne seine Nummer nicht auswendig, weiß aber, wo er wohnt."

„Na dann, worauf wartest du? Fahr zu ihm!"

„Dann müsste ich wenden und zurück."

„Jetzt stell dich nicht so an", schimpfte sie.

„Schon gut, ich fahre zurück."

Jörgen bog in eine Seitenstraße, wendete und fädelte sich wieder in den Verkehr ein. Calle bewohnte ein kleines Häuschen, das über und über von Stockrosen in sämtlichen Farben umsäumt wurde.

Jörgen sprang aus dem Wagen und spurtete zum Haus. Vor einem geöffneten Fenster blieb er stehen und rief so lange, bis der weißhaarige Schopf eines fast achtzigjährigen Mannes erschien.

„Calle, wir brauchen dringend deine Hilfe."

„Mensch Jörgen, was brüllst du denn so? Ich bin doch nicht taub."

Na, das konnte ja noch heiter werden, dachte Linda frustriert. Der Einsatz musste schnell gehen und der alte Mann konnte sicher nicht mit den Einsatzkräften Schritt halten.

„Wir brauchen jemanden, der sich im Wald auskennt. Tust du doch, oder?"

„Klar, aber nur auf der Seite, wo das Massengrab ... na du weißt schon."

„Wunderbar. Dann zieh dir deine Schuhe über und folge mir zum Wagen", befahl Jörgen.

„Sag spinnst du? Ich habe das Essen auf dem Herd", weigerte sich Calle.

Das war der Moment, in dem Linda der Kragen platzte. Sie stieg aus, eilte zum Haus und hielt Calle ihren Dienstausweis unter die Nase.

„Sie werden sofort mit uns kommen, Ende der Diskussion."

Ihr aggressives Einschreiten schien die Wirkung nicht zu verfehlen, nur Sekunden später stand Calle einsatzbereit in der Tür. Er war erstaunlich rüstig und flink, was Linda erleichtert zur Kenntnis nahm. Zu dritt stiegen sie in den Dienstwagen und Jörgen startete den Motor. Er war bemüht, die verlorene Zeit aufzuholen, schnitt die Kurven und nahm einem Taxi rasant die Vorfahrt. Calle wurde ordentlich durchgeschüttelt und in den Gurt gedrückt, sagte aber nichts.

Zehn Minuten später hatten sie den Wald erreicht. Zwei Streifenwagen warteten bereits, die Verstärkung war noch auf dem Weg. Auch von Alex fehlte jede Spur. Linda stieg aus und kontrollierte ununterbrochen die Uhrzeit, während ihr Puls in die Höhe schnellte. Verdammt, wo blieb Alex nur?

„Wie werden wir vorgehen?", erkundigte sich einer der Beamten, der allmählich nervös wurde.

„Ich warte auf den Fallanalytiker Alex Berg. Er hat eine Vermutung, mehr weiß ich noch nicht."

„Ein bisschen vage", meldete sich eine junge Polizisten zu Wort, deren blonder Pferdeschwanz bei jeder Kopfbewegung auf und ab wippte.

„Für eine Teambesprechung im Konferenzraum war leider keine Zeit mehr geblieben", erwiderte Linda bissig. „Aber ich vertraue der Kompetenz von Alex Berg."

In der Ferne sah sie endlich seinen Wagen, der sich ihnen in einer Staubwolke eingehüllt näherte.

„Calle, jetzt sind Sie gefragt", wandte sich Linda an den Achtzigjährigen.

„Kein Problem, ich bin bereit."

Kaum war das Fahrzeug zum Stehen gekommen, riss Linda die Fahrertür auf.

„Wo müssen wir hin?“, fragte sie.

„Ist die Verstärkung schon eingetroffen?“, antwortete Alex mit einer Gegenfrage.

„Nein, aber die Männer müssten jeden Moment hier sein.“

„Sehr gut …“

„Jetzt rede endlich mit mir. Was hast du vor?“, unterbrach sie unwirsch.

„Ich habe vor ein paar Tagen eine kreisrunde Lichtung im Wald entdeckt, nicht weit von der Stelle entfernt, an der die Kinder gefunden wurden. Du weißt, dass ich von Anfang an Ritualmorde nicht ausgeschlossen habe, und ich könnte mir vorstellen, dass sie Inga dort richten wollen.“

Linda schüttelte kaum merklich ihren Kopf. Hier, in Ludvika? Noch immer undenkbar.

„Habt ihr jemanden auftreiben können, der sich in dieser Gegend auskennt?“

Linda machte Alex mit Calle bekannt.

„Von mir aus können wir los“, verkündete Calle.

„Ich würde sagen, wir machen uns auf den Weg. Es reicht mit Sicherheit, wenn wir die jeweiligen Koordinaten an die Einsatzkräfte weitergeben.“ Alex drehte sich zu Calle. „Sie kennen sicher die Lichtung. Wo müssen wir entlang?“

Calle zögerte kurz.

„Gibt es Probleme?“, hakte Alex nach.

„Nein, nein“, versicherte Calle rasch. „Folgen Sie mir einfach.“ Er stapfte drauflos und der Tross der Beamten setzte sich hinter ihm in Bewegung.

„Glaubst du wirklich, dass sie Inga in den Wald gebracht haben, um sie zu bestrafen?“, raunte Linda in Alex’ Richtung. „Ich habe Angst, dass wir an der falschen Stelle suchen.“

„Bitte vertrau mir“, flüsterte er zurück.

„Das tu ich doch, aber …“

„Kein Aber. Die Scheune ist abgebrannt, die Häuser werden überwacht, es existiert kein anderer Rückzugsort."

„Okay, ich habe verstanden. Hoffentlich kommen wir nicht zu spät."

„Das hoffe ich auch", antwortete Alex.

Calle steuerte in Richtung Fundort, während Jörgen dafür sorgte, dass die Mannschaften ständig die aktuellsten Koordinaten erhielten. Calle war in ausgesprochen guter körperlicher Verfassung und der Tross kam zügig voran. Sie schreckten drei junge Rehböcke auf, die zwischen Farnwedeln gedöst hatten. Die Tiere entfernten sich mit eleganten Sprüngen und waren schon bald ihren Blicken entschwunden.

Nachdem sie den ehemaligen Fundort hinter sich gelassen hatten, kämpften sie sich durchs dichte Unterholz. Spinnweben und Blätter verfingen sich in Lindas Haaren und sie wischte sich immer wieder angewidert durchs Gesicht. Gab es denn keinen anderen Weg? Alex schien ähnlich zu denken. Mit gerunzelter Stirn folgte er Calle, der sein Tempo drastisch reduziert hatte. Das kostete unnötig Zeit.

„Die Verstärkung ist eingetroffen", informierte Jörgen die Kollegen.

„Das sind gute Nachrichten. Die Männer haben uns sicher bald eingeholt", sagte Linda.

„Garantiert. Allerdings bewegt sich Calle im Zickzack vorwärts, keine Ahnung warum. Ich dachte, mit einem Fingerschnippen hätten wir den Zielort erreicht", brummte Alex verstimmt.

„Das dachte ich auch. Aber Calle wird schon wissen, was er tut", erwiderte sie.

„Wehe, wenn nicht", murmelte Jörgen abwesend und duckte sich unter den tiefhängenden Ästen hindurch.

Lindas Blick wanderte ständig auf die Armbanduhr. Sie

waren jetzt seit einer halben Stunde unterwegs, ohne dass sich groß etwas getan hätte.

„Sind wir wirklich richtig?", fragte sie leise. Hoffentlich hörte Alex ihre Zweifel nicht heraus, denn ihre Intuition hatte eine ganz eigene Meinung dazu.

„Ich kann mich jedenfalls nicht erinnern, durch diese Schonung gestolpert zu sein. Aber vielleicht gelangen wir auf diesem Weg schneller ans Ziel."

Auch er schien verunsichert, das war ihr nicht entgangen. Zehn Minuten später hatten sich die Einsatzkräfte ihnen angeschlossen. Obwohl die Männer versuchten, sich so lautlos wie möglich fortzubewegen, knackten hier und da vertrocknete Zweige und das Laub vom Vorjahr raschelte unter ihren Füßen. Ein Eichhörnchen flitzte von einem Baum zu anderen und über ihnen hämmerte ein Specht.

Als plötzlich ein gellender Schrei die Stille zerriss, stoppte Linda sofort ihre Schritte. „Was war das?", fragte sie beunruhigt und zupfte an Jörgens Ärmel.

„Kein Grund zur Sorge", winkte Calle ab. „Das war nur der Ruf einer läufigen Fuchsfähe", erklärte er nüchtern.

„Ich will ja nicht mosern, aber der Schrei hat ziemlich menschlich geklungen", widersprach sie.

„Ach was. Sie müssten mal ein Schwein bei der Schlachtung hören, klingt fast wie ein Mensch in Panik. Na los, weiter geht's."

Calles Worte brachten etwas in ihr zum Schwingen. Das hier fühlte sich so paradox an, als würden Irrlichter ihnen die falsche Richtung weisen. Auch die skeptische Miene von Alex sprach Bände. Nur wenige Meter weiter blieb er unvermittelt stehen und bat Jörgen darum, ihm die bisherigen Koordinaten auf der Karte zu zeigen.

Währenddessen pendelte Calles Blick zwischen Linda und Alex unruhig hin und her.

„Ich glaub das jetzt nicht. Wir haben uns tatsächlich im

Kreis fortbewegt", raunte Alex. „Aus welcher Richtung war der Schrei gekommen?"

Linda und Jörgen deuteten zeitgleich nach rechts.

„Ich weiß nichts über diesen Calle, aber ich bin der Meinung, dass er uns absichtlich in die Irre geführt hat", fuhr Alex fort.

„Ich kenne den Mann schon seit Jahren", erwiderte Jörgen entrüstet. „Er bietet Pilzwanderungen für jedermann an."

„Das mag schon sein, aber die Koordinaten sprechen eine eindeutige Sprache. Wir müssen sofort die Richtung wechseln, jede Minute zählt. Linda, schick die Mannschaft voraus."

Mit fester Stimme gab sie das Kommando an den Einsatzleiter weiter und das Team verschwand in Sekundenschnelle im Unterholz. Mit klopfendem Herzen sah Linda den Männern hinterher. Hoffentlich hatte sie die richtige Entscheidung getroffen, etwas anderes konnte sie nicht akzeptieren.

„Verdammt, Calle ist weg", rief Jörgen plötzlich.

Linda hob ihren Blick und schaute sich suchend um.

„Die restlichen Leute sofort ausschwärmen", kommandierte sie. Ihr Verdacht bestätigte sich, dass Calle sie absichtlich gelinkt hatte, warum auch immer. Die Gemeinschaft, von der Inga erzählt hatte, schien eingeschworener und deutlich größer zu sein, als sie anfangs angenommen hatte.

Wiederholt mussten sich die Beamten durchs dichte Unterholz kämpfen. Zweige peitschten Linda ins Gesicht und das linke Auge tränte. Ihre Wut auf diesen Calle wuchs von Minute zu Minute. Aber sie würde ihn schon noch erwischen und anschließend zur Rechenschaft ziehen. Außerdem erwog sie eine Hausdurchsuchung.

In der Ferne erschollen laute Rufe und ein Warnschuss wurde abgefeuert. Alex warf Linda einen wissenden Blick zu und sie nickte dankbar. Hoffentlich war es für Inga noch nicht zu spät.

Die Suche nach Calle gestaltete sich schwierig, zumal er sich in diesem Gebiet bestens auskannte. Alle atmeten auf, als der erlösende Funkspruch einging, dass die Lichtung, auf der Matti und Inga geopfert werden sollten, endlich eingenommen worden war. Es hatte keine Toten, aber Verletzte gegeben. Dankbar schloss Linda für einen Sekundenbruchteil die Augen, dann erhöhte sie das Tempo. An einem Abhang sah sie plötzlich das karierte Hemd von Calle zwischen den Baumstämmen.

„Da vorn ist er, schnappt ihn euch!“, rief sie und stürmte nach vorn.

Die Jagd nach Calle sollte noch mehrere hundert Meter durch den Wald führen, dann stolperte der Achtzigjährige über eine Baumwurzel und ging zu Boden. Ein Beamter beugte sich sofort über ihn und legte ihm Handschellen an.

„Sie sind uns eine Erklärung schuldig“, sagte Linda. „Wir sehen uns zu einem Verhör in der Behörde wieder.“

Während sie Calle von zwei Streifenpolizisten abführen ließ, wurden über Funk die Namen der Beteiligten durchgegeben. Inga Olsson, Matti Helmersson und Ingmar Häggkvist waren unter ihnen.

„Ob es jetzt endlich vorbei ist?“, fragte Linda bang. Es hatte genug Opfer gegeben.

„Mit Sicherheit, falls sich Ingmar Häggkvist und seine Komplizen geständig zeigen. Aber ich habe da so meine Zweifel“, antwortete Jörgen. „Außerdem wurden die Kinder über einen sehr langen Zeitraum im Wald abgelegt.“

„Dann müssen wir dafür sorgen, dass Inga Olsson ihr Schweigen bricht. Wir haben noch einige Hürden zu nehmen“, mischte sich Alex in das Gespräch. „In sektenähnlichen Gefügen sind physische und psychische Manipulationen an der Tagesordnung.“

„Was schlägst du also vor?“ Linda sah ihn fragend an.

„Inga Olsson darf auf keinen Fall in Ludvika bleiben, denn sie könnte nach wie vor mundtot gemacht werden. Wir sollten sie und ihre Tochter an einem sicheren Ort unterbringen. Ich gehe ganz klar davon aus, dass einige der Behörden unterwandert sind."

„Dann fahren wir zurück und leiten alles Weitere schnellstmöglich in die Wege", erwiderte Linda.

---

Geschäftig blätterte Linda die Unterlagen durch, die Bent, der Kollege von der Technik, auf ihrem Schreibtisch abgelegt hatte. „Was sind das nur für Monster", sagte sie leise und reichte den schmalen Ordner an Jörgen weiter.

„Inga Olsson und die anderen Kinder müssen die Männer identifizieren. Diese Bilder sind einfach nur abscheulich." Sie schluckte, und die Betroffenheit über das Ausmaß des Ganzen stand ihr ins Gesicht geschrieben. „Jörgen, du übernimmst das Kommando, während ich mich mit Alex auf den Weg mache. Viel Erfolg bei der Vernehmung von Calle."

„Ich werde mein Bestes geben", antwortete Jörgen. „Wie konnten diese Taten all die Jahrzehnte unentdeckt bleiben?"

„Das werden wir klären und diesen Sumpf von Kindesmissbrauch und Kindstötung ausheben", erwiderte Linda zuversichtlich. „Aber jetzt muss ich los."

Alex wartete draußen im Flur und gemeinsam verließen sie die Behörde.

„Zu Helene?", fragte er, als er sich hinters Steuer gesetzt hatte.

„Ja, sie hat sich spontan bereit erklärt, zu helfen."

Der Verkehr hielt sich in Grenzen, und so legten sie die Strecke innerhalb kürzester Zeit zurück. Linda war dermaßen mit den Geschehnissen beschäftigt, dass sie kaum einen klaren Gedanken fassen konnte. Als sie das Haus erreicht hatten, stand Helene bereits wartend in der Tür.

„Es tut mir so unendlich leid", sagte sie mit schuldbewusster Miene. „Frederik und ich, wir waren so von dem

Kinderwunsch besessen, dass wir die Lügen, die uns aufgetischt wurden, ohne zu hinterfragen, geglaubt haben. Fast jeder in Ludvika wusste, dass wir uns ein Kind wünschen und als man an uns herangetreten war, um uns dieses Angebot zu unterbreiten, konnten wir nicht Nein sagen."

Sie verschwand für einen Augenblick im Haus und drückte Linda den Kindersitz in die Hand.

„In den Tüten sind die Kleidungsstücke von Sofia, das Klappbett ist in diesem Karton. Sagt dem Mädchen, dass es mir aufrichtig leidtut."

Helene kämpfte sichtlich mit ihren Emotionen und schlug hastig die Tür zu. Aus dem Inneren des Hauses hörten sie ein verzweifeltes Weinen.

„Das wird bitter für Helene", sagte Linda leise. „Auf der einen Seite bin ich wahnsinnig wütend, auf der anderen bemitleide ich sie."

„Deine Freundin hat eine Straftat begangen, und dafür muss sie sich verantworten. Es hätte auch andere Wege gegeben, ein Kind zu adoptieren." Alex verstaute die Erstausstattung für Sofia im Kofferraum. „Jetzt zum Krankenhaus?"

Linda nickte und stieg ein und nachdem sie den Gurt umgelegt hatte, startete Alex den Motor.

„Schade, dass du heute schon nach Stockholm zurückfahren wirst", sagte Linda bedauernd. „Aber ich finde es großartig von deiner Schwester, dass sie Inga und ihrer Tochter ein Zimmer zur Verfügung stellt, wo sie zur Ruhe kommen können."

„Nur wir drei kennen den Aufenthaltsort von Inga Olsson, und bis zur Verhandlung sollte das auch so bleiben."

Alex bog auf den Krankenhausparklatz ab. „Ich werde im Wagen auf euch warten", sagte er.

„Geht klar."

Linda verschwand im Inneren des Gebäudes und fuhr mit dem Fahrstuhl in die dritte Etage. Inga Olssons saß auf dem Bett und befand sich in einem erbarmungswürdigen

Zustand. Blaue Flecken und eine geschwollene Lippe verunstalteten ihr Gesicht. Doch ihre Augen waren voller Lebendigkeit, was Linda erleichtert zur Kenntnis nahm. Sie hätte das Mädchen gern tröstend in ihre Arme geschlossen, aber sie wusste von Lillemor, dass Inga Berührungen als unangenehm und einengend empfand.

„Bist du bereit?", fragte sie stattdessen.

Inga erhob sich mit schmerzverzerrtem Gesicht, aber ihre Augen strahlten.

„Ja, das bin ich. Aber ich möchte mich noch von Matti verabschieden."

„Kein Problem, ich bringe dich hin. Hier sind noch ein paar Kleidungsstücke von Lillemor, die kannst du überziehen. Ich warte vor der Tür."

„Danke."

Linda legte das Päckchen auf die Bettdecke und ging nach draußen, um einen Rollstuhl zu besorgen. Nur fünf Minuten später schob sie Inga den langen Flur entlang und klopfte an Mattis Zimmertür.

Er lag in seinem Bett, das Gesicht wächsern und bleich. Sein Hals war bandagiert und verdeckte die Schnittwunde. Als er Inga sah, erhellte sich seine Miene. Er wollte zur Begrüßung etwas sagen, aber nur ein hohles Krächzen verließ seine Kehle.

„Schhh, Matti, du sollst dich schonen", säuselte Alba Helmersson und strich dem Jungen sanft durchs Haar. Ihre Augen waren vom vielen Weinen gerötet, aber sie lächelte glücklich.

„Hej, Matti", sagte Inga, nachdem Linda sie neben das Bett geschoben hatte. „Ich bin so froh, dass es dir gut geht."

Er nickte schwach.

„Ich wollte mich von dir verabschieden und dir alles Gute wünschen."

Sein Blick trübte sich.

„Du musst nicht traurig sein, wir werden uns mit Sicherheit wiedersehen. Lass dich nicht unterkriegen und versprich mir, dass du schnell gesund wirst."

„Mhm."

Inga drehte sich zu Mattis Eltern. „Passen Sie gut auf ihn auf, er ist ein toller Junge." Voller Dankbarkeit drückte sie Mattis Hand und blinzelte gegen die aufsteigenden Tränen an.

„Sollen wir?", fragte Linda.

„Ja, ich möchte so schnell wie möglich zu Sofia."

Linda holte im Schwesternzimmer Ingas Entlassungspapiere ab, dann ging die Fahrt mit dem Lift abwärts.

„Hallo Inga", begrüßte Alex sie. „Bereit für Stockholm?"

Inga hauchte ein „Ja" und lehnte sich mit dem Kopf an das Polster des Rücksitzes.

„Auf geht's", sagte Linda und nickte Alex zu.

Das Haus der Pflegefamilie, in dem Sofia untergebracht worden war, lag ganz in der Nähe. Kaum hatte Alex den Wagen in der Einfahrt angehalten, stieß Inga die Autotür auf und stürmte nach draußen. Linda eilte ihr hinterher. Die Pflegemutter öffnete ihnen und hielt Sofia bereits auf dem Arm.

Inga weinte vor Glück und streckte sehnsüchtig die Arme nach ihrer Tochter aus. „Komm her, mein Schatz, ich habe dich so schrecklich vermisst." Sie drückte Sofia an ihre Brust und bedeckte das Köpfchen des kleinen Mädchens mit unzähligen Küssen.

„Es ist wirklich toll, wie liebevoll Sie sich um die Kleine gekümmert haben", dankte Linda der Pflegemutter.

Nachdem Inga sämtliche Papiere unterschrieben hatte, setzte sie ihre Tochter in den Kindersitz und ließ sie keine Sekunde aus den Augen.

„Tja Alex, nun ist er da, der Abschied", murmelte Linda betrübt und lehnte ihren Kopf an seine Brust.

Er strich sacht durch ihr Haar. „Wir sehen uns doch bald

wieder. Ich kann es kaum erwarten, dich in Stockholm in meine Arme zu schließen", raunte er.

„Fahr vorsichtig und pass bitte gut auf Inga und ihr Töchterchen auf."

„Selbstverständlich, Linda. Bring diesen Ingmar Häggkvist zu Fall und übergib die Beteiligten der Justiz, damit sich diese Art von Verbrechen in Ludvika nicht mehr ausbreiten kann."

„Ich werde mein Bestes geben."

Alex hauchte Linda einen flüchtigen Kuss auf die Wange und stieg in seinen Wagen. Mit verminderter Geschwindigkeit fuhr er aus der Einfahrt und hob zum Abschied die Hand. Auch Inga winkte ihr ein letztes Mal zu. Nur Sekunden später war der Volvo hinter der nächsten Kurve verschwunden.

Die Pflegemutter stand neben Linda am Gartentor. „Möchten Sie vielleicht einen Kaffee?"

Linda lehnte dankend ab. „Ich muss zurück ins Büro, um dem Fall einen würdigen Abschluss zu verschaffen."

„Ich wünsche mir sehnlichst, dass die Täter zur Verantwortung gezogen werden." Sie legte kurz ihre Hand auf Lindas Arm. „Es ist ein schönes Gefühl, Mutter und Tochter wieder vereint zu sehen. Mehr Happy End geht nicht."

„Das stimmt. Sie haben großartige Arbeit geleistet", lobte Linda.

„Ja. Aber es fällt mir von Mal zu Mal schwerer, die Kleinen wieder herzugeben."

„Das glaube ich Ihnen aufs Wort."

„Wenn Sie möchten, dann kann ich Sie zurückfahren", schlug die Pflegemutter vor, der man die vierzig Jahre in ihrem Jeansoverall und dem modernen Kurzhaarschnitt keineswegs ansah.

„Danke, das wäre wirklich nett von Ihnen."

„Fein, dann folgen Sie mir bitte zur Garage."

# 29

Inga saß auf dem Rücksitz neben Sofia und ihr Herz klopfte wie verrückt. So musste sich Glück anfühlen. Das kleine Mädchen hatte die ersten Minuten in der fremden Umgebung geweint, aber nachdem Inga beruhigend auf ihre Tochter eingeredet hatte, war sie eingeschlafen.

„Alles gut bei euch?", fragte Alex und schaute in den Rückspiegel.

„Ja. Sofia schläft tief und fest."

„Wenn ihr eine Pause braucht, dann melde dich." Er räusperte sich. „Ich habe in der Hinsicht nicht viel Erfahrung, wie das mit Kleinkindern so funktioniert. Zwar bin ich ein hervorragender Onkel, wenn es um Geschenke geht, aber ansonsten eher unerfahren."

Inga sah seinen Augen an, dass er lächelte.

„Ich bin einfach nur froh, dass Sie mich von diesem schrecklichen Ort wegbringen", sagte sie.

Alex schwieg für einen Moment.

„Wir sollten das Siezen weglassen. Sag einfach Alex zu mir."

„Danke", erwiderte sie brav.

Schwedens üppige Landschaft flog an ihr vorüber und durch das geöffnete Seitenfenster roch sie den Duft von Heu und blühenden Sommerwiesen. Der Himmel war zwar bewölkt und es sah nach Regen aus, aber das tat ihrer guten Stimmung keinen Abbruch.

Endlich keimte wieder ein Funke Hoffnung in ihr, dass es tatsächlich Menschen gab, die es gut mit ihr meinten. Die sich um Sofias und ihr Wohlergehen sorgen würden, zum ersten Mal in ihrem Leben.

Sicher, zuerst hatte sie das Kind nicht annehmen wollen. Wozu Gefühle aufbauen, wenn es doch geopfert werden sollte. Aber Sofia war ein Teil von ihr, das letzte Bindeglied zu ihrer Familie, und die Liebe zu diesem kleinen Winzling wuchs mit jedem anbrechenden Tag. Vielleicht war auch eine kleine Portion Egoismus dabei, nicht mehr ganz so allein auf dieser Welt wandeln zu müssen.

„Denkst du über alles nach?"

Inga fühlte sich ertappt und löste den Blick von einem See, dessen gekräuselte Oberfläche silbern schimmerte.

„Du hast einen tiefen Seufzer ausgestoßen", sagte Alex.

„Ich freue mich auf die Zukunft, habe aber auch Angst davor", erklärte Inga.

„Das ist völlig normal. Aber Stockholm ist eine großartige Stadt, du wirst sie lieben."

„Ich bin schon sehr gespannt. Keine Ahnung, wie sich das neue Leben anfühlen wird."

„Besser Inga, besser als jemals zuvor. Meine Schwester freut sich schon sehr auf euch und hat das Zimmer liebevoll hergerichtet. Du wirst dich mit Sofia garantiert wohlfühlen."

„Es ist ungewohnt für mich, dass es Menschen gibt, die mir ohne eine Gegenleistung helfen. Bisher wurden mir nur Schmerzen zugefügt ..." Sie stockte.

„Das sollte Normalität sein, dass man einander hilft und sich gegenseitig eine Stütze ist", erklärte Alex.

„Ich habe es nicht anders gekannt", erwiderte sie.

Inga hatte großes Vertrauen zu Alex und das dringende Bedürfnis, sich ihm mitzuteilen. Dass es ausgerechnet ein Mann sein würde, das hätte sie nie für möglich gehalten.

„Seit ich denken kann, besteht mein Leben aus Hass, Schmerz und Kontrolle. Meine Schwestern und ich, wir wurden wie dressierte Affen vorgeführt und ... missbraucht."

„Wann hat das Martyrium für dich begonnen?"

„Im Alter von neun Jahren. Anfangs war Luisa mit dabei, um zuzusehen und später auch Krista."

„Auch für deine Schwestern hat der Missbrauch mit neun Jahren begonnen?"

Inga schloss für einen kurzen Moment die Augen. Es tat gut, darüber zu reden, aber ob Alex ihr auch Glauben schenken würde? Zu oft war ihr das Gegenteil eingetrichtert worden.

„Ja. Aber wir waren nicht nur in diesem Raum dem Logenführer gefügig", antwortete sie.

„Logenführer?", hakte Alex nach.

„Ja, das Oberhaupt der Kirche – Tempel of Satan", hauchte Inga, so als fürchtete sie sich davor, diese Worte laut auszusprechen.

„Wer war das Oberhaupt?"

„Ingmar Häggkvist."

„Wo befand sich der Treffpunkt?"

„In der Scheune, die abgebrannt ist und auf der Lichtung im Wald."

„Wie wurden die Messen abgehalten?"

„Keine Ahnung, wo ich anfangen und wo ich aufhören soll“, sagte Inga mit einem Hauch von Verzweiflung in ihrer Stimme.

„Bei Sofia vielleicht? Was wäre mit ihr geschehen, wenn du nicht von zu Hause weggelaufen wärst?“, fragte Alex.

„Astrid und ich, wir sind ungefähr zum gleichen Zeitpunkt schwanger geworden. Während Astrids Kind von einer Familie aus Ludvika hätte adoptiert werden sollen, sah Sofias Schicksal bedeutend grausamer aus. Häggkvist wollte Sofia zu Luisas Weihe opfern.“

„Wann hätte Luisas Weihe stattgefunden?“

„In der Vollmondnacht, in der ich fortgelaufen bin“, erklärte Inga.

„Aber wie wäre das mit der Geburt vonstattengegangen?“, hakte Alex nach. „Ich meine, du hattest doch noch gar keine Wehen?“

„Die Geburt wäre mit Medikamenten eingeleitet worden.“

„Ohne auf die Reife des Kindes zu achten?“

„Sofia wäre doch sowieso gestorben. Es war nur ein kurzer Augenblick, in dem die Kinder das Licht der Welt erblickten, und im Grunde genommen habe ich sie auch darum beneidet. Sie hatten es hinter sich, mussten nicht mehr leiden. Es war mir wie eine Erlösung vorgekommen.“

„Was hätte Luisa bei ihrer Weihe tun müssen?“

Inga rang nach Luft. Allein der Gedanke an diese grausige Tat verursachte Übelkeit und Atemnot.

„Luisa sollte Sofia töten …“ Ihre Stimme erstarb.

„Fühlst du dich dazu in der Lage, es mir zu erzählen?“

„Ich brauch ein paar Minuten, um mich zu sammeln“, antwortete Inga, deren Gedanken wie Pfeile kreuz und quer schossen. Sie erinnerte sich an ihre Weihe, als sie stümperhaft mit zitternden Händen das Messer geführt hatte. Nur einen Atemzug später hielt sie sich keuchend die Ohren zu, um die imaginären Schreie des Säuglings nicht mehr hören zu müssen.

Alex setzte den Warnblinker, drosselte die Geschwindigkeit und fuhr auf den Randstreifen. Er sprang aus dem Wagen und öffnete die Autotür. Schluchzend fiel Inga ihm in die Arme.

„Lass es raus, lass es einfach raus …", flüsterte er.

Nach einigen Minuten löste sich Inga aus der Umarmung und warf einen beschämten Blick auf das Hemd von Alex. Ihre Tränen hatten eine dunkle Spur hinterlassen.

„Keine Sorge, auch als Singlemann weiß ich, wie man eine Waschmaschine bedient", versuchte er, die bedrückende Stimmung ein wenig aufzulockern.

Inga mochte seine etwas unbeholfene Art. Er war so ganz anders als die Männer, die sie kannte. Und das flößte Vertrauen ein. Mittlerweile war Sofia aus ihrem Schlaf erwacht und schwang ihre kleinen Fäustchen.

„Sie hat bestimmt Hunger", sagte Alex und öffnete den Kofferraum, um eine Kühlbox herauszunehmen. Die Pflegemutter hatte mehrere Fläschchen zubereitet und in einen Wärmebehälter gepackt.

Inga nahm wieder auf der Rückbank Platz und hob Sofia aus dem Kindersitz. Anfangs drehte Sofia das Köpfchen immer wieder zur Seite, doch letztlich siegte der Hunger. Der Blick von Alex ruhte auf ihnen und ein zufriedenes Lächeln stahl sich auf sein Gesicht.

„Ich werde sie gleich noch wickeln", sagte Inga, nachdem Sofia das Fläschchen geleert hatte. Alex assistierte und reichte ihr die Sachen, weil sie sich doch noch sehr ungeschickt anstellte. Wahrscheinlich würde sie sich erst mit der Zeit eine gewisse Routine aneignen.

„Bereit zur Weiterfahrt?", fragte Alex.

Inga küsste Sofia auf die Wange und setzte sie zurück in den Kindersitz.

„Jetzt können wir."

Alex fädelte sich wieder in den Verkehr ein. Das gleichmäßige Ruckeln des Fahrzeugs ließ Sofia innerhalb kürzester Zeit einschlafen. Inga spürte noch immer ein angenehmes, aber auch aufregendes Kribbeln in ihrem Bauch. War es tatsächlich möglich, in Stockholm ein neues Leben zu beginnen?

„Sobald du dich eingelebt hast, solltest du mit der Therapie beginnen", schlug Alex vor. „Meine Schwester hat sich bereits umgehört und eine Therapeutin gefunden, die dich ohne Wartezeiten sofort behandeln würde. Wärst du damit einverstanden?"

„Es wird mir sicher schwerfallen, mich zu öffnen. Aber einen Versuch ist es wert."

„Du bist auf dem richtigen Weg, Inga, das ist das Wichtigste", versicherte Alex. „Möchtest du unser Gespräch fortführen?"

Inga zögerte. „Einverstanden", sagte sie schließlich und atmete tief durch.

„Ich weiß, es ist sehr heikel, aber nur mit deiner Hilfe können wir die Täter zur Verantwortung ziehen. Du willst doch sicher auch nicht, dass sie ungestraft davonkommen?"

„Nein, auf gar keinen Fall", antwortete sie.

„Ich finde, dass du unglaublich stark bist und dein neues Leben meistern wirst."

Inga freute sich über seine Worte. In der Schule war sie gemobbt und zu Hause gedemütigt worden. Da war kein Platz für Lob, Verständnis oder gar Liebe. Sie ging einen Moment lang in sich, dann fuhr sie fort.

„Um in eine Loge aufsteigen zu können, muss jedes Mitglied ein besonderes Opfer bringen. Bei mir wäre die Geburt eingeleitet worden und Luisa hätte den Brustkorb des Kindes öffnen müssen."

Sie hörte, wie Alex scharf die Luft einsog. „Was für ein Wahnsinn", murmelte er.

„Dann … dann hätte Luisa das noch schlagende Herz

herausreißen und einen Bissen davon nehmen müssen", stammelte Inga.

„Meine Güte, wie barbarisch ..."

„Die Logenführer hätten anschließend das Herz unter sich aufgeteilt und die rangniederen Mitglieder durften sich mit den Resten des Kindes begnügen."

„Für euch war das Alltag, aber für mich hört sich das wie ein Albtraum an. Die Narben werden auf deiner Seele bleiben, aber ich wünsche mir, dass sie nach und nach verblassen." Alex schaute in den Rückspiegel und nickte ihr zu. „Gab es weitere Opfer?"

„Ja. Wenn jemand den Orden verlassen wollte oder verlassen hat, wurde er aufgespürt und getötet. Abtrünnige hatten keinerlei Daseinsberechtigung mehr", sagte Inga und besah sich die einstmals tiefen Kratzer am Unterarm, die eine helle Narbenspur hinterlassen hatten. „Das Töten von Katzen und anderen Tieren gehörte fast schon zur Tagesordnung. Sie haben sich gewehrt und uns verletzt, aber wer fragt schon danach? Alles, was irgendwie eingefangen und verschleppt werden konnte, landete auf dem Opferaltar."

„Und wo hat der rituelle Missbrauch stattgefunden?"

„Bei den Zeremonien und Messen, die abgehalten wurden. Entweder wurden wir, die Opfer, komplett sediert oder nur die Stellen am Körper, die besonders schmerzempfindlich waren." Inga erschauderte bei diesen furchtbaren Erinnerungen.

„Das machst du wirklich gut und es ist enorm wichtig, dass du uns später die Namen der Opfer und der Täter nennst", sagte Alex. „Ich werde dich nach Kräften unterstützen, du musst das nicht allein durchstehen."

„Ich habe trotzdem große Angst, dass sie mich finden und für meinen Verrat richten werden."

„Das ist verständlich. Aber es würde auch die Möglichkeit bestehen, dir eine neue Identität zu verschaffen. Ich stehe zu meinem Wort, du kannst mir vertrauen."

„Danke."

„Was ist eigentlich mit den Aufnahmen geschehen, die in eurem Haus entstanden sind?"

„Das weiß ich nicht."

„Waren es nur Männer aus eurem Orden oder auch andere, die dich und deine Schwestern missbraucht haben?"

„Manchmal kamen auch Fremde ins Haus, aber das war eher die Ausnahme. Hauptsächlich waren es die rangniederen Mitglieder des Ordens", antwortete Inga und sah auf ihre Tochter hinab. Sofia lächelte im Schlaf und bei diesem friedlichen Anblick schmolz Ingas Herz wie Märzschnee in der Sonne.

„Die geheimen Räume, gab es die auch in anderen Häusern?"

„Nicht dass ich wüsste. Wir haben uns an die strengen Regeln gehalten, die den Kontakt zu anderen Mitgliedern eingeschränkt haben. Gespräche oder Austausch untereinander waren unerwünscht."

„Bei den Ermittlungen wurde festgestellt, dass deine Mutter zwei weitere Kinder geboren hat. Kannst du mir etwas darüber sagen?"

„Mein Vater sollte ein Logenführer werden, ist aber von Ingmar Häggkvist ausgebootet worden. Er musste sich nach dieser hinterhältigen Auseinandersetzung mit einem niederen Rang begnügen, was zur Folge hatte, dass die Kinder geopfert wurden."

„Also durften nur Kinder überleben, die von oberen Logenführern gezeugt wurden?"

„Na ja, manchmal wurde auch nach Lust und Laune entschieden."

„Verhütung hat also nie stattgefunden?", hakte Alex nach.

Inga schüttelte den Kopf. „Nein. Die Kinder waren gewollt, um sie zu opfern oder zu verkaufen."

„Ich bewundere dich, dass du so offen und frei darüber sprechen kannst", lobte Alex sie.

„Es geht mir schon nahe", antwortete sie. „Besonders, wenn ich an meine Familie denke. Krista und Luisa haben den Tod nicht verdient."

„Das stimmt, auch sie hätten ein Anrecht auf ein erfülltes Leben gehabt."

„Ich habe keine Ahnung, wie ich mit der Schuld leben soll, dass sie meinetwegen gestorben sind."

„Inga, du bist frei von aller Schuld. Du hast deine Familie nicht auf dem Gewissen, du hast diesen Unfall nicht fingiert."

„Aber wenn ich nicht weggelaufen wäre, könnten Krista und Luisa noch am Leben sein", widersprach sie heftig.

„Aber dann wäre deine Tochter gestorben und wir hätten die Menschen, die euch in diese schlimme Situation gebracht haben, nicht verurteilen und wegsperren können. Sieh es einmal so – die Kette des Missbrauchs kann endlich durchbrochen werden. Ohne dich wäre das niemals möglich gewesen, du bist der Schlüssel für Gerechtigkeit."

Inga war sprachlos. Dass Menschen sie auf diese Weise sehen würden, hätte sie nie für möglich gehalten. Ihr Selbstvertrauen war gleich null, wie auch, wenn in ihrem Leben nur Hass und der Teufel eine Rolle gespielt hatten. Auf Menschen, die nicht dem Zirkel angehörten, wurde herabgesehen.

Inga und ihre Schwestern waren darauf trainiert worden, die Gefühlsebene abzuspalten. Sie waren stundenlang in Kisten gesperrt und gequält worden, um sie für den Missbrauch und die Folter zu konditionieren und gefügig zu machen. Schläge, Brandmale und Peitschen, die auf ihrem blutigen Rücken getanzt hatten.

Tränen schimmerten in ihren Augen und sie schluckte die qualvollen Erinnerungen hinunter. Nein, Sofia sollte es besser haben. Es würde nicht einfach werden, ganz gewiss nicht, aber wenn Alex zu seinem Wort stand, dann könnte sie durchstarten. Sie lehnte ihren Kopf zurück und schloss die

Augen. Es war einfach nur befreiend, Ludvika und die damit verbundene Vergangenheit hinter sich zu lassen.

Alex schleppte die zwei schweren Reisetaschen keuchend hinter Inga die Stufen nach oben. Seine Schwester Lotta war vorausgegangen und schloss die Zimmertür auf. Sie machte eine ausladende Handbewegung und ein freundliches Lächeln umspielte ihre Lippen.

„Ich hoffe, dass du dich bei uns wohlfühlst."

Inga öffnete ihren Mund, um sich zu bedanken, doch ihr fehlten die Worte. Ein bunter Strauß Sommerblumen stand neben einer Schale mit Süßigkeiten auf dem Tisch und verströmte einen betörenden Duft. Helle Möbel und eine mit zarten Röschen bedruckte Strukturtapete verliehen dem Raum einen gemütlichen Touch. Auf dem frisch bezogenen Bett hockten mehrere Stofftiere, alles wirkte wohnlich und warm.

„Wow …"

„Also gefällt es dir", stellte Lotta zufrieden fest.

„Ja, sehr."

„Wunderbar. Diese Tür führt ins Badezimmer, das über eine Wanne verfügt, damit du Sofia baden kannst."

Inga warf einen kurzen Blick in das modern gestaltete Bad. Hier würde sie sich garantiert wohlfühlen und endlich zur Ruhe kommen.

„Das Frühstück wirst du im Speiseraum einnehmen, das Mittagessen und das Abendbrot mit uns in der Familie. Du musst dich um nichts kümmern."

Inga war sprachlos und brachte nur ein knappes „Danke" zustande.

„Deinen Schulabschluss kannst du im nächsten Jahr nachholen und anschließend durchstarten. Lillemor hat mir verraten, dass du eine ausgezeichnete Schülerin bist und

Stockholm hat jede Menge Bildung zu bieten", meldete sich Alex zu Wort. Lotta und er hatten wirklich an alles gedacht.

Sofia hatte es gar nicht gefallen, aus dem Schlaf gerissen zu werden, und sie greinte leise.

„Ich werde gleich das Klappbett und die Wickelunterlage aus dem Kofferraum holen", sagte Alex und machte auf dem Absatz kehrt. An der Tür drehte er sich noch einmal um. „Unglaublich, was so ein Winzling alles braucht."

„Sobald du Sofia versorgt hast, können wir essen. Du hast sicher Hunger von der langen Fahrt", sagte Lotta.

Inga fand es rührend, wie sehr sich Lotta um sie sorgte. Die menschliche Wärme tat ihr gut, Inga fühlte sich sofort geborgen. Kurz darauf kehrte Alex ins Zimmer zurück.

„Wo soll ich das Bett aufbauen?", fragte er.

„Dort drüben vielleicht?" Lotta deutete auf eine Nische neben dem gemütlichen Doppelbett.

„Okay, dann ran an die Arbeit."

Es wirkte etwas befremdlich, wie Alex in seinem feinen Zwirn auf dem Boden kniete, um die Teile des Kinderbettes miteinander zu verschrauben.

„An dir ist wirklich kein Handwerker verlorengegangen", scherzte Lotta, die gerade dabei war, die Wickelunterlage auf der Kommode zu befestigen. „Soll ich das Fläschchen aufwärmen?", fragte sie.

Inga reichte es ihr. „Ich habe noch nicht so viel Ahnung davon", murmelte sie.

„Kein Problem. Ich habe drei Kinder großgezogen und weiß mittlerweile, wie das geht. Du kannst mich jederzeit fragen", bot Lotta an.

Nur wenig später hatte sich die Familie am großen Küchentisch versammelt. Inga fühlte sich sofort angenommen, obwohl sie befürchtet hatte, zwischen diesen freundlichen Menschen wie ein Fremdkörper zu wirken. Die Stimmung war gelöst und Lotta hatte Sofia auf den Arm genommen, damit Inga in Ruhe essen konnte.

„Lang ordentlich zu", forderte Lotta sie lächelnd auf.

Der Anblick von Lottas Töchtern und ihrem Sohn, die völlig unbeschwert miteinander umgingen, versetzte Inga einen Stich. Sie musste unwillkürlich an Luisa und Krista denken, aber auch an ihre Aufgabe, weiteren Missbrauch zu verhindern. Eine harte Zeit würde ihr bevorstehen, dafür musste sie gewappnet sein.

„Liebes, alles in Ordnung mit dir?", fragte Lotta.

Inga nickte und nahm noch eine Portion des frischen Salates. Sie genoss die erste Mahlzeit in Freiheit und ein Großteil der Anspannung fiel von ihr ab. Anschließend zog sie sich in ihr Zimmer zurück, kuschelte mit Sofia und als ihre Tochter eingeschlafen, räumte sie die Taschen und Kartons aus. Alex hatte ein paar Kronen dagelassen, damit sich Inga in den nächsten Tagen etwas zum Anziehen kaufen konnte. Er war ein großzügiger und gutherziger Mensch, und zum ersten Mal in ihrem Leben übermannte Inga das Gefühl, angekommen zu sein.

Sie hatte noch einen schmerzvollen Weg vor sich, aber mit Sofia an ihrer Seite würde sie es schaffen. Ihre Tochter gab ihr den Lebenswillen und die Hoffnung zurück, die sie brauchte, um durchzustarten. Jetzt musste sie die Vergangenheit nur noch abstreifen wie eine Schlange ihre Haut.

# 30

Linda schob den Kinderwagen vor sich her, während Elina, Inga und Lillemor vorausliefen. Zu fünft schlenderten sie bei schönstem Sommerwetter die Wege des Humlegården entlang.

„Fühlt sich gut an“, sagte sie mit einem Augenzwinkern in Alex’ Richtung.

„Du willst noch ein Kind?“, fragte er irritiert und Linda brach in schallendes Gelächter aus.

„Nein, nicht wirklich, obwohl dieser Gedanke durchaus etwas Verlockendes hätte.“ Sie deutete mit einem Kopfnicken in die Richtung der Mädchen. „Ich habe mich eher in der Rolle einer angehenden Großmutter gesehen.“

„Dafür bist du doch noch viel zu jung“, erwiderte Alex.

„Danke für das Kompliment, aber manchmal geht das schneller, als einem lieb sein kann“, sagte sie lächelnd. „Wie hat sich Inga bei euch eingelebt?“

„Sehr gut, würde ich sagen. Lotta meint, dass Inga sehr dankbar und hilfsbereit ist und regelmäßig die Therapiestunden besucht. Trotz ihres jungen Alters kümmert sie sich rührend um Sofia und nach dem Prozess wird sie in ein Heim für junge Mütter ziehen, damit sie lernt, auf eigenen Beinen zu stehen.“

„Das hört sich doch vielversprechend an.“

„Und wie kommt ihr mit dem Fall voran?“, erkundigte sich Alex.

„Ob du es glaubst oder nicht, beim alten Calle wurde ein Laptop mit Kinderpornografien gefunden. Auch einer, der im Sumpf feststeckt.“

„Das hatte ich schon vermutet“, brummte Alex.

„Dank Ingas Hilfe konnten alle Täter identifiziert und verhaftet werden. Die betroffenen Kinder wurden der Jugendhilfe überstellt und sind vorläufig in Pflegefamilien untergebracht. Außerdem konnten wir ein länderweites Sekten-Netzwerk aufdecken. Wir nähern uns der Zielgeraden, zumindest was die Aufklärung in Ludvika betrifft.“

„Ich gratuliere euch, dass ihr diese Schlangengrube ausgehoben habt.“

„Ja, den Urlaub habe ich mir redlich verdient“, seufzte Linda erleichtert.

„Wird Matti in seiner Familie bleiben?“, hakte Alex nach.

Linda nickte. „Für ihn war es ein Segen, aus diesem Milieu heraus adoptiert zu werden. Seine Zieheltern sind mit einer empfindlichen Geldstrafe davongekommen, darauf haben sich beide Parteien außergerichtlich geeinigt. Ich bin wirklich sehr froh darüber, denn die Helmerssons sind hervorragende Eltern, auch wenn sie Matti illegal adoptiert haben. Mittlerweile ist die Adoption jedoch rechtskräftig.“

„Wie sieht es mit Helene aus?“

„Sie ist nach wie vor am Boden zerstört, wie du dir sicher denken kannst. Aber mein Mitleid hält sich in Grenzen. Dass sie mich so dreist belügen würde, hätte ich nie gedacht. Dieser Vertrauensbruch schmerzt."

„Und der Säugling, der im Wald gefunden wurde?"

„Das ist besonders tragisch, denn eigentlich war dieses Baby für Helene vorbestimmt. Durch Ingas überstürzte Flucht hatten die Täter kurzerhand bei Astrid die Wehen eingeleitet, um das Kind opfern zu können. Das Mädchen war erst fünfzehn Jahre alt, stell dir das mal vor. Wenn du mich fragst, der helle Wahnsinn."

Alex legte seinen Arm um Lindas Schultern und zog sie zu sich heran. „Weißt du eigentlich, wie stolz ich auf dich bin?"

Sie erwiderte sein Lächeln und lehnte ihren Kopf an seine Schulter. „Ich bin froh, dass es dich gibt. In unserem Job ist es schwer, einen Mann zu finden, der Verständnis für Überstunden und die ständige Belastung aufbringt. Mit dir kann ich auch meine beruflichen Sorgen teilen."

Alex küsste Lindas Scheitel und genau in diesem Moment drehte sich Lillemor zu ihnen um. Sie verzog das Gesicht zu einem breiten Grinsen und verdrehte die Augen.

„Könnt ihr damit nicht warten, bis es dunkel ist?", rief sie ihnen lachend zu.

„Du solltest dich lieber an diesen Anblick gewöhnen", erwiderte Linda. „Wir sind schließlich erwachsen, wir dürfen das."

Es folgte nur ein gelangweiltes Schulterzucken von Lillemor, die sich sofort wieder in das Gespräch mit Inga vertiefte.

„So entspannt könnte es immer sein", sagte Linda.

„Aber bis zur Rente haben wir noch ein wenig Zeit", scherzte Alex.

„Vielleicht ganz gut so."

Sofia öffnete blinzelnd die Augen und räkelte sich.

„Ich glaube, jetzt wird es Zeit für das nächste Fläschchen“, rief Linda und winkte Inga zu sich heran. Sie beobachtete die junge Frau, die sich auf eine Parkbank gesetzt hatte, um Sofia zu füttern.

„Deine Idee, Inga mit nach Stockholm zu nehmen, war Gold wert, und es macht mich glücklich, die zwei so zu sehen“, raunte Linda Alex zu. „Hoffentlich bekommen wir nie wieder so einen Fall auf den Tisch.“

„Male bitte nicht den Teufel an die Wand …“, brummte Alex und schüttelte den Kopf.

„Garantiert nicht“, erwiderte Linda und atmete tief durch.

# NACHWORT

Liebe Leserinnen, liebe Leser,

ich habe all die Geschichten rund um den Satanskult immer für reine Verschwörungstheorien gehalten. Erst Fachbücher von renommierten Autoren und eine Studie des Bischofstums Münster haben mich eines Besseren belehrt.

Es wurden eintausend Psychotherapeuten zu dieser Thematik angeschrieben, von denen sich ungefähr einhundert zurückgemeldet haben, um von traumatisierten Patienten aus Sekten mit Satanskult zu berichten. Neben dem sexuellen Missbrauch von Kindern, Jugendlichen und Frauen gibt es auch Tier- und Menschenopfer.

Satansjünger werden rekrutiert und in Frankreich, Deutschland, England und Skandinavien ausgebildet. Die abartigen Aufnahmerituale möchte ich hier nicht in allen Einzelheiten schildern.

Es gibt zum Beispiel genaue Anweisungen von Aleister Crowley, wie man Mensch und Tier schlachtet, um an das Herz zu gelangen und es roh zu verzehren. Er selbst wurde des Landes (Italien) verwiesen, nachdem einige Kinder in der näheren Umgebung der Sekte verschwunden waren. Seine

Schriften und Aufzeichnungen werden nach seinem Tod wie heilige Schätze gehütet.

Es würde den Rahmen sprengen, all das Wissen der Bücher und Berichte wiederzugeben. Die Opfer sind stark traumatisiert und wenn ihnen der Ausstieg tatsächlich gelingt, landen sie früher oder später in der Psychiatrie und benötigen meist eine lebenslange Therapie. Ja, auch mir hat es die Sprache verschlagen.

Die Bundesregierung hat 2019 mittlerweile zugegeben, dass es sich bei rituellem Missbrauch um keine Verschwörungstheorie handelt, und es wurde eine Hotline eingerichtet, an die sich die Opfer von Sektengewalt und Satanskult wenden können, um Hilfe zu erlangen.

Bitte passen Sie auf sich auf.

Herzlichst

Ihre Ana Dee

## WEITERE BÜCHER DER AUTORIN

- Sommer voller Angst – Teil I
- Sommer voller Angst – Teil II
- Das Böse in mir
- Kaltes Herz
- Soulless Places
- Vermächtnis der Schuld
- Verborgene Sünden
- Ich heirate keinen Millionär
- Winterschatten
- Zwillingsschmerz
- Zwillingszorn
- Verschollen in den Bergen
- Tödliche Amnesie
- So still ruht der See
- Sündenkinder
- Die Kälte im Herzen
- Tränenherz

Erfahren Sie mehr über Ana Dee unter: www.anade-e.jimdo.com

# IMPRESSUM


Autorin: Ana Dee/Elin Svensson
Titel: Teufelskinder

Korrektorat/Lektorat: Heidemarie Rabe
autorinanadee@aol.com
Ana Dee
Postfach 11 26,
33026 Brakel